丁善玺　唐季礼 / 著

李勋阳 / 改编

北京联合出版公司

精忠
岳飛
THE PATRIOT YUE FEI

『只要你们打上城头，金人必会不战而溃！北边二十里就是汴京城，这千古一战，我岳飞拜托你们了！』

THE PATRIOT YUE FEI

THE PATRIOT YUE FEI

『十年之功，废于一旦！所得州郡，一朝全休！社稷江山，难以中兴，乾坤世界，何以再复……』

『兵法有云，其疾如风，其徐如林，若时机未到，则不动如山，时机一到，动如雷震！』

THE PATRIOT YUE FEI

THE PATRIOT YUE FEI

『止戈为武，才有田园。』在这乱世之中，必须有人挑起扶大厦于将倾的使命，你们是大宋社稷之柱，是大宋百姓之幸！

岳飞双手褪衫，只见他背部大小伤痕遍布，中间有四个字：尽忠报国。秦桧和万俟卨躲在隔室窗户后看到也不免脊背发凉。

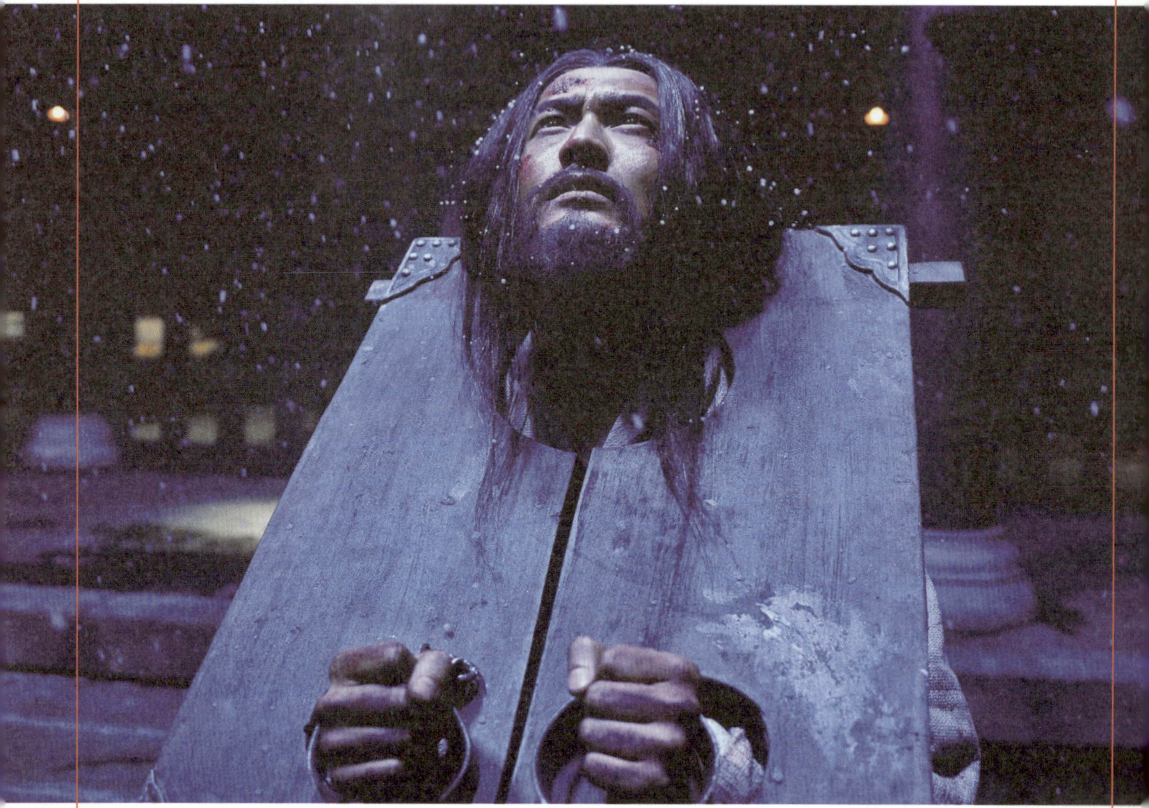

岳飞面色沉静，向内而坐，想想自己保卫了半辈子的天下竟然这样，不禁心中冰凉，无语问苍天。

CONTENTS

目　录

第四十八章

奉圣旨攻克六郡

金兀术修书一封，责令伪齐皇帝刘豫联络两湖的匪寇对南宋开战。那刘豫本来就是金兀术扶植起来的棋子，接到金兀术的通文，也不敢违抗，集结两湖匪寇，打算与大宋来个鱼死网破。忠义社梁兴听到这消息，八百里加急来到岳飞军营。连日来岳飞戡定内乱，已见成效，这天正在自己营帐中休息，见到梁兴千里迢迢从北方赶来，略感意外，道："梁小哥！你怎么来了？"

梁兴道："岳大哥，各位。伪齐和两湖的匪寇正在私下结盟，准备攻打大宋。"

张宪听后，大吃一惊，道："听说两湖的杨幺功夫十分了得，而且手下也有几十万人。"

岳飞想了想，问道："这次攻打，可有金人为之后援？"

梁兴道："我去密会上打探过，没有听闻，没有提到金国派兵。"

张宪思考了一下，道："岳大哥，伪齐在金人的帮助下攻下了襄阳、邓州等地，此次又联合洞庭湖的杨幺，形成南北夹击之势，江汉都在他们掌控之中。这样一来，南宋的大后方就岌岌可危了。"岳飞连连点头，同意张宪的分析，道："嗯，为伪齐之事我曾多次上书朝廷，襄阳六郡原本就是兵家必争之地。不如我立即上书朝廷，请求出兵将六郡收回，你们以为如何？"众人纷纷赞成。

于是岳飞连夜上书赵构。

这天赵构正在御花园临摹自己养的那几匹骏马，此时姚公公进来禀报道："启禀皇上，韩世忠将军求见。"

赵构皱了皱眉，叫梁公公将韩世忠宣了进来。韩世忠见到赵构，欲行大礼，赵构连忙说道："韩将军快快免礼！安国夫人的事，朕实在替你难过，你若需休养一段时间，尽管跟朕开口。"

韩世忠道："末将确有一事相求。"

赵构喝了口茶，道："你说。"

韩世忠跪下，道："臣想请兵北伐，请皇上恩准！"赵构知道韩世忠为梁红玉的死悲愤难平，想起兵北伐替梁红玉报仇，但这不是无端生事吗？于是佯装关切道："爱卿，你是日夜兼程赶来的吧？你先坐下，我们慢慢说话。"

小宦官替赵构和韩世忠上茶，赵构劝韩世忠道："金人在我宋土上，烧杀抢掠，多年来，结下无数仇怨，连朕的父皇母后，都在他们的手里，朕也想早日救他们回来啊。"

韩世忠急切道："皇上，我有线报，此刻金国内政不稳，是我们出兵的好机会。且臣有这个把握，可以一路杀到五国城，把金国的皇帝也抓回来做个俘虏。"

赵构笑道："你此刻最想杀的，其实只有一个金人，不是吗？"韩世忠听后，保持沉默。赵构看着他，劝道："朕太明白你的心情了。朕的发妻，就是死在金人的手里……朕到今日，也还时时梦见她，醒来，就心如刀绞。"

韩世忠眼泛泪花请求道："那请皇上恩准臣带兵北伐！"

赵构摇了摇头道："朕何尝不想报仇？何尝不想手刃敌人！但是你知道吗？朕是一国之君，要以国家社稷为重。我大宋本是富庶之地，朕登基之初，战乱频频，国库空虚，国力孱弱。而此刻，我大宋的战事平静了才一年，各行各业百废俱兴，国力也因此而加强了不少，即使金人再要打来，我们也有足够的军需储备。"

韩世忠叹了一口气，哽咽道："皇上所说的道理，臣都明白，只是……若是不报此仇，臣……臣实在枉为男子。"

赵构道：“韩将军此言差矣。朕的妻子也是死在金人手中，难道朕也枉为男子吗？实在是与金国相比，战乱对我宋国的伤害要大得多。身为男子汉，就要以大局为重。有时忍辱负重比逞一时之快要痛苦百倍，能忍得了的，才是男子汉。朕不出兵，并非是因为朕不想杀金人报仇，希望你明白朕的心意。”韩世忠看着赵构，知道他无意北伐，向赵构告了辞，心灰意冷地离开了。

这天，赵构正在御书房休息，姚公公禀报秦桧和张俊求见，他正有一事在心中盘桓，于是便招他们进来。秦桧一见赵构，便禀报道：“皇上！岳飞有折子上奏！”赵构听到岳飞二字便有些心烦，刚打发走韩世忠，这岳飞又来了，于是不耐烦道：“他怎么说？”

秦桧道：“刘豫联络太湖的杨幺密谋攻宋，形势危急，请皇上允许他发兵征讨。”赵构听过心中大惊，道：“刘豫这逆贼，竟敢如此猖狂！念！听听岳飞怎么说。”

秦桧取折展读道：“今外有北虏之寇扰，内有流民之窃据，两者皆为朝廷之大患！然湖贼虽近，为心腹之忧，其实刘豫是他们唇齿之援。襄阳六郡，地势险要，恢复中原，此为基本！臣今已厉兵饬士，一经报可，指期北向。伏乞皇上睿断，速赐臣等施行，只要上流早见平定，中兴之功，次第而致！”赵构听过，紧锁愁眉，不作声响，张俊看到赵构这副神情，和秦桧偷偷对视一眼，知道这又是一个让赵构感到岳飞功高震主的机会，于是奏道：“皇上，襄阳六郡，地势险要，恢复中原，此为基本！岳帅一言中的，皇上明鉴！”

赵构骂道：“一言中的有什么用？唉！有些人中了宗泽、李纲的毒，岳飞中的毒最深！夺回襄阳六郡，是有利我大宋巩固河山，但若是败了，惹恼了金人，到时候金兵南下，难道朕又要回海上去过日子？”

张俊道：“襄阳是上游，襟带吴蜀，朝廷若得之，则进可以对付盗贼，退可以保全宋境。如今这些地方在贼寇手中，理应率先攻取！”

秦桧附和道：“请皇上下旨！”

赵构沉吟片刻，道：“朕就冒一次险，大宋国运如何，就看这一仗了！不过，谁领兵前往，韩世忠如何？”张俊忙劝道：“韩帅刚刚经历丧妻之痛，不宜马上用兵。既然岳飞已有准备，不如让岳飞北上比较合适。”心里思忖，一定要将这岳飞捧得越高越好，高得让这宋高宗感觉到威胁才更好。

赵构看向秦桧，秦桧忙道：“赵鼎大人曾对微臣说过，知长江上游利害者，没有人比岳飞强！由此可见，责成岳飞收复六郡确是众望所归，皇上不必多此犹豫了！”

赵构想了想，无奈道：“秦桧！朕下旨，你执笔！”于是秦桧坐在画案旁记载旨稿道：

其一：今差岳飞兼制置荆南，鄂，岳。荆南镇抚使司军马，概由岳飞节制！

其二：叛贼李成等占据襄阳府、唐、邓、随、郢州、信阳军，等候麦熟收成，便聚兵南来作恶！今差岳部军马于麦熟之前措置收复上述州郡，不得有误，违纪严惩不贷！

其三：伪齐乘隙侵犯，李成等辄敢占据，须着遣兵收复六郡土地。但所至州县，务必要宣布朕的德意，抚恤百姓。如有贼兵抗拒王师，自当攻讨，凡伪齐官吏军民来归附者;不得杀戮，宜招收抚恤之。

其四：岳飞本军每月现支钱一十二万余贯，米一万四千余石，出征之中，难免有添兵犒赏之需，理宜从宽支降。

其五：收复诸州，岳飞随宜措置，差官防守。如城壁不堪守御，相度移置山寨，或用土壕围绕，或着可信之旧将主管！

钦此！

赵构一口气宣旨完毕后，问他们二人道：“嗯？如何？你们看看此旨还有什么不妥之处？”张俊立马恭维道：“皇恩浩荡！岳飞岂敢抗旨不遵！”

秦桧笑道："皇上御旨，千金万宝，稍作推敲，便成绝世之章！"

赵构一听，心中略有不满，道："好！你推敲一番，来个绝世之章，让朕来看看怎么个绝世法！"

秦桧从容不迫道："为了明确表示岳家军投入此番争战的崇高权威，宜在概由岳飞节制之后加上'使唤'二字，以树立岳家军无与伦比之强势！"张俊听过不解，看着秦桧道："此二字……可有可无！岳家军之强势众所周知，何须以使唤二字，添其声望？宰相之议似有蛇足之嫌！"

秦桧向张俊使了个眼色道："臣以为大凡作战之道，未战之时养的是'财'，将要打了，养的是'力'，开打了，养的是'气'，以使唤之权赋予岳家军，那就是临阵之士盛养其气啊！"张俊立马明白，原来秦桧是故意要灭皇上威风长岳飞志气啊，于是忙附和道："秦大人所言极是！"

赵构心中不悦，也装作和颜悦色道："尚可！尚可！秦卿说下去！"

秦桧接着详细解道："皇上旨曰：今差岳部军马于麦熟之前措置收复上述州郡，不得有误，违纪严惩不贷！臣以为岳家军立军之根本，便是攻必克，战必胜！如今该部还没攻，还没战，皇上先以严惩不贷四字为之警告，这是未养其'气'先杀其威啊！岳飞面对这两句话，必然觉得他与朝廷之间有隙，正如古人所说井蛙不足语海，夏虫不足语冰，书生不足语权宜之变啊！"

张俊点头笑道："有理，有理，大军未动，棒喝当头，难怪他一首《小重山》写什么要把心事付给瑶琴，什么知音少，弦断没人听呢！"

赵构不耐烦道："好吧！好吧！朕既然已经退让了，就退让到底，把尾句删掉就是！"秦桧笑道："皇上英明！"

说着以笔涂抹原旨第二条的"违纪严惩不贷"字样，赵构看着秦桧，不解道："以前卿与岳飞之间颇有异议，怎么今日里处处为岳飞争上风，朕还以为爱卿得了岳家军什么好处哩！"

秦桧笑道："《尚书》曰：人之有技，若己有之，人之彦圣，其心好之！也就是说岳飞负有上将之才，如同我秦桧身上也负有此才而庆幸鼓舞，岳飞为人处世有超凡入圣之作为，我秦桧也当好心好意为他设想周全，以敬畏他，保护他。”

张俊附和道：“岳飞有上将之才，秦大人有伯乐之智！”

秦桧连忙笑道：“不敢，不敢，皇上才是众臣之伯乐！”

赵构见他俩一唱一和，实在不明白他们葫芦里卖的什么药，疑惑道：“秦相台，继续说下去！”

秦桧看向圣旨后面部分，道：“皇上原旨不是想对岳飞北向行动加以限制吗？不如在原旨‘如有贼兵抗拒王师，自当攻讨’之后，再加‘若逃遁出界，不须远追’九字，以免岳家军以追贼为由私自北向。”赵构这下才听得悦耳，点头道：“秦卿所书之言恩威并施，在情在理，所谓办大事者，以集才集气集势集时为是！此四集，集于秦卿之笔墨也！”

张俊在旁边道：“下面则是战后问题，原旨已有点拨，不知尊意何如？”

秦桧笑了笑，道：“臣以为岳家军之纵横有术攻防得宜，全在岳飞麾下一班旧将，其作战之能无人能及！今日皇上既然提到这般忠贞豪勇之士，不如宣布其姓名表扬其功绩，使他等感怀龙恩。”

赵构又是不解，道：“这是为何？”

张俊马上明白岳飞用意，向赵构解释道：“不但让他等感怀龙恩，更可以离间岳飞与他等同袍之情！如此一来，既捧了岳家军的旧部，又夺了岳家军的忠心！”

秦桧微笑，挥写圣旨：如城壁不堪守御，相度移置山寨，或用土壕围绕，或差用旧将张宪王贵主管之！

赵构看过，龙心大悦，道：“极好，极好。昔有一桃杀三士，今有一桧乱军心啊！”秦桧连连拱手道：“食君之禄，报君之恩！”

就这样，经过秦桧搬弄的这道圣旨宣了下去，岳飞很快就以旨征讨两湖六郡。岳家军各个勇猛势不可当，就连岳云也屡建奇功。原来这岳云一天天长大，整天也梦想着成为爹爹那样的大英雄，成为人们心目中的飞将军，虽然李孝娥有些不舍，无奈执拗不过，只好答应让其参军，更何况自己的丈夫就是战无不胜的大英豪，难道他还不能保护自己的儿子，于是岳飞岳云成了名副其实的上阵父子兵。

第四十九章

过淮河王师初捷

听闻岳飞要率领岳家军收复襄阳六郡，梁兴率领忠义社甘当马前卒收集敌情，并很快便将两湖刘豫及其联盟匪寇的底细摸得一清二楚。这天岳飞集结岳家军军将士兵，发布总动员令道："各位将士！襄阳六郡，地势险要，伪齐，表面是齐国，实则是金国！我们要把六郡收回来，才能有效拦截金人南下！天下太平，是我们的期望，也是千千万万大宋老百姓的期望！这个希望，就要靠大家来完成了！发兵襄阳，收复失地！"

士兵们各个士气高涨，齐声呐喊："发兵襄阳，收复失地！发兵襄阳，收复失地！"连附近十里八镇的老百姓都赶来鼓舞士气，更有拎来自家的瓜果蔬菜柴米油盐的。王贵、杨再兴他们一再推辞，笑道："感谢父老乡亲前来鼓舞士气，虽然我们要去收复大宋失地，但也不能因此拿取老百姓家一针一线，同时我们向父老乡亲们保证，收复失地，还我河山！"

岳母、李孝娥也前来为岳飞送行，岳飞给母亲磕头道："娘，孩儿走后，您老要保重身体。"岳母颤颤巍巍地扶起他，点点头，道："你放心去吧。"一阵风吹来，拂乱了岳母的头发，岳飞给母亲整了整鬓角，竟然发现母亲已经十分苍老，岁月在其脸上爬满了沟壑，不禁眼睛一酸，连忙转过头向岳霖道："你在家好好听娘的话！"

李孝娥看着岳飞，一时千言万语都无从说起，最后喃喃道："一定要平安回来，我和孩子们等你！"岳飞点点头，也无语可说。李孝娥把一身戎装的岳云拉到面前仔细端详，道："你现在也是一名战士了，为娘已经无法管束你了，既然你到了军队，那就得服从军队的指挥，既然你爹是军队的统帅，那你就得服从爹爹的命令，不得顶撞。"

岳云点了点头，嗯了一声，便急急忙忙钻进队伍去了，他知道自己长大了，现在参军要去打仗，如果还婆婆妈妈的便多少有些害臊。那边桂娘也向牛皋说了许多话，依依不舍，只见牛皋已经满脸通红，桂娘还道："我说的话你都记住了？"牛皋看了看两边的人，不好意思地道："我老牛什么人你还不清楚，你要不信我把心剖出来给你看。"

桂娘笑道："你走了，若有人欺负我怎么办？"

牛皋大大咧咧地道："谁敢欺负你啊！你不欺负别人就不错了！"桂娘听过娇嗔地掐了一下牛皋，疼得牛皋大叫，引起大家一阵哄笑。于是大家在这一阵哄笑声中开拔，向两湖地区进发。

不几日，岳家军来到两湖前线，岳飞根据梁兴他们收集来的情报，命令王贵攻打随州、杨再兴兵踏邓州、张宪岳云兵指郢州，分几路人马杀向刘豫所部。对于岳家军来说，刘豫一伙不过是乌合之众，很快六郡之中已有三四郡被岳家军收复，最难对付的便是郢州荆超，此人人称万人敌，治军严明，是不可多得的将才，但无奈岳家军民心所向，他也最终兵败。

城破以后，荆超看到自己的军队溃不成军，心想大势已去，站在城楼上悲凉而笑，而背后正是将其包围的岳家军将士。岳云听他大笑，不觉愤怒，想要上前杀掉他，岳飞抬手阻拦住他，对荆超道："听说你荆超人称万人敌！交手之后，果然名不虚传。你是个将才，若能弃暗投明，为国效力，本帅法外施恩，饶你不死！"

荆超怒视岳飞道："老子要你饶我不死吗？！"

岳飞道："你现在别无选择，还望三思！"

荆超冷笑道："为将者，当在战场厮杀以立功名，如今我既然败给你了，还有什么颜面活着……"说着走向城墙，一声"天亡我齐国"纵身跳下，触地而死，只见血浆崩裂，令人惨不忍睹，众人心中无不唏嘘，岳飞赞叹道："一代勇将，义勇忠良，只可惜没认清时事。"说完，吩咐岳云带人将荆超隆重安葬。

自五月五日，岳家军收复襄阳六郡，至七月二十三日，缠斗两月余，先后夺取邓州、随州、郢州等地，随后率主力往西北方向猛扑襄阳府。襄

阳府正是伪齐准备大举南下的大本营，面对岳家军雷霆般的兵威，面对荆超军一日之内覆没的前车之鉴，刘豫只得仓皇逃遁。值得一提的是，在这次襄阳战役中，岳家军一名年轻小将表现神勇，勇冠三军，他就是岳将军的长子——岳云。别看他今年才十六，在战场上可一点也不含糊，手持两杆数十斤重的铁锤枪，总是身先士卒，第一个冲上城头，那个勇猛劲一点不输其父，真可谓虎父无犬子！

这天，岳飞与众将士围坐一桌，在帅帐内喝酒庆功，岳飞举着杯子向大家道："这次我们能兵不血刃，轻取襄阳，全靠诸位同心协力！"牛皋自己先干了一杯，道："哈哈，那刘豫还以为襄阳是铁打的，没想到被咱们一脚就踏破了！"

张宪爱怜地看了看小将岳云，道："我看这次功劳最大的是岳云，小云子和大哥上阵父子兵，把荆超打个落花流水啊！"岳云羞红了脸，又昂首挺胸不无得意地说道："荆超螳臂当车，那得问问小爷手里的双锤答不答应！"拱手抱拳向周围行了一圈礼，"爹，我早就说吧，您要是早点带我出来，我现在说不定就跟几位叔叔平起平坐了！"

岳飞看着岳云志满意得的样子，不禁眉头一皱，叫道："岳云！"岳云看着爹爹不高兴，心中纳闷，叫道："爹？"

岳飞更加恼怒，喝问道："在军中该如何叫我？"

岳云吓得嗫嚅地道："父帅。"

王贵见状连忙劝道："大哥，年轻人立了头功，一时口不择言，你就不要怪罪他了。来，来，来，咱们开吃！"岳飞瞪了岳云一眼，看着众人尴尬，便不再说什么，王贵为了打破气氛，手撕着羊肉向众人笑道："来来来，大家动手。"

杨再兴连忙向岳飞笑道："这羊得大哥分才对，大哥觉得谁的功劳大，"说着看看岳云向他点头含颌道，"就分给谁，你们说对不对？"

牛皋、张宪立马附和道："对对对！"

岳飞僵硬地笑了笑，就动起手给大家分起羊肉来，他撕下两条羊前腿，分给牛皋和杨再兴道："你们二位合力，歼灭伪齐五千余人，功劳最大！”又扯了两条羊后腿，分给张宪和王贵，道：“邓州一役你们二位三日便破城，大显身手，来！你们四位这次功不可没，我会如实呈报给朝廷的。”岳云见父帅无意给自己分羊肉，神情有些尴尬，如坐针毡。

众人分到羊肉适才还喜笑颜开，听了这话，也不禁一阵尴尬。王贵悄悄碰了碰岳飞，岳飞这才虎着脸，夹了块羊腰给岳云道：“来，云儿，你最喜欢吃羊腰了。”岳云嘴上不言，但心中不忿。众人不好说什么，只好尴尬地吃了起来。

岳飞他们的捷报很快便报了上去，这天赵构正在升早朝，姚公公将手中的捷报呈献给赵构，赵构当朝便宣布了大好消息，文武百官莫不高呼万岁。

赵鼎笑道：“皇上原本预计岳家军完成六郡之役需半年之久，时下岳家军仅以七十八天就收复了六郡，其士气之盛，行动之快，出人意料！从此我军得以控扼长江上游，东可进援淮西，西可连接川陕，南可屏蔽湖广，北可图复中原，一军深入，万夫莫敌。”

赵构龙颜大悦，开怀道：“这次顺利平定襄阳，岳飞确实功不可没！”看着满朝文武感慨道，“朕以前只知道岳飞行军布阵极有纪律，今天才真正体会到岳家军闯关破敌竟如此之勇！”

张俊却看了看赵鼎，冷笑一声，道：“过去有句话，重赏之下必有勇夫！现在这句话要改个词说了！据末将所知，在随城作战时，岳家军之中就有士兵饿得趴下了！也有饿得逃亡了的！这些人上阵，别说得了什么重赏，就连自己的肚子都填不饱，还得替皇上拼死拼活夺回六郡，这分明是‘大义当前必有勇夫’啊！”赵鼎没想到张俊突然将矛头指向自己，吓了一跳，愤怒地看了一眼张俊。

赵构在上面看得清清楚楚，不禁怒道：“赵爱卿，可有此事？张将军所言，若是实情，要负责任的，该是你赵鼎了！朕给的饷银不多，可是发下去的粮秣，却绰绰有余啊！”

赵鼎连忙跪下道：“唉！这确是下官之过！下官之过！岳家军行动如

电，粮秣运输追补不上，沿途又屡遭流寇抢劫，损失不少。下官已经责成相关诸司大力改进，务使军中无饿殍，库中无积粮！”赵构见情有可原，便和颜悦色起来，秦桧看在眼里，知道正是顺毛摸驴的时候，一则讨得龙心大悦，二则为以后继续埋下暗线，便启奏道：“皇上，等岳飞回朝，可要风风光光地办一场庆功宴，好好犒劳诸将啊！”

赵构忙道：“对对对，诸位统统有份！统统有份！哈哈哈！”文武百官又高呼万岁，秦桧看在眼里，皮笑肉不笑地抽动一下嘴角，和张俊使了个眼色，两人心里不无得意。

秦桧虽然在宋高宗面前乐呵呵地替岳家军请赏，但心里却不无纠结，他无法向金人交代啊！听说宋高宗要封赏岳飞，连他的妻子王氏也着急了，这天在饭桌上问道：“官人，我们怎么向金人交代？”秦桧皱着眉，边吃饭边思索，王氏烦躁地一把夺过秦桧的筷子，道：“还吃！要是金人败了，消息走漏了，我看你以后吃什么！咱们人头都难保了！”

秦桧叹了口气道：“我知道，我知道，我不是在想吗？皇上现在正在兴头上，现在说什么，他也听不进去的。”

“那也得说啊！”

“兵法有云，其疾如风，其徐如林，若时机未到，则不动如山，时机一到，动如雷震！”

“那什么时候才到？”

秦桧看了王氏一眼，不吭声闷头吃起饭来，王氏知道着急也不是个办法，突然想起来道：“对了，秦熺今天来看你，你不在。”秦桧抬起头来，沉吟道：“熺儿，他怎么来了，他不是在淮西吗？”

王氏道：“他父母病死了，不来找你这个义父找谁啊？你给他安排一下吧，他现在可是一身好武艺！”秦桧点了点头，冥冥中他觉得熺儿来得正是时候。

赵构升过早朝，听到岳飞的捷报，龙心大悦，退朝后回到后宫，乘兴让吴氏弹一曲助兴，吴氏见赵构好多天没这么开心了，也不拂逆，端起琵琶就弹了起来，并唱道：

昨夜寒蛩不住鸣。惊回千里梦，已三更。起来独自绕阶行。人悄悄，帘外月胧明。白首为功名。旧山松竹老，阻归程。欲将心事付瑶琴。知音少，弦断有谁听？

赵构听得高兴，兴之所至，舞起剑来，曲罢舞毕，赵构亲吻着吴氏道："这个岳飞，写了这首《小重山》，他还嫌知音少，爱妃唱得好，不就是他的造化吗？改天朕要多赐他几个！哈哈哈！"说着就抱起吴氏往寝宫走，一场颠鸾倒凤，但正进入欲仙欲死境界时，赵构却突然肠胃难受，呕吐起来，吴氏赶忙起来服侍，道："皇上，您以后少喝点酒！"

赵构叹了口气道："唉，自从海上回来，朕沾点酒，或者骑会儿马，就觉腹内翻江倒海似的。"吴氏安慰道："幸好现在是太平盛世，皇上再无须漂泊海上颠沛流离，臣妾明日让太医配个方子，皇上只需注意调养，便无大碍。"

赵构慢慢躺下道："朕是个不幸的皇帝，继位以来，江山社稷风雨飘摇，朕又是一个幸运的皇帝，有岳飞、韩世忠、秦桧这些文武大臣的辅佐。这次轻取襄阳，可是立国八年来，头一次收复这么一大片失地！朕高兴啊，就忍不住多喝了几杯！"吴氏也替赵构高兴道："六郡回归，确实人心沸腾，后宫的嫔妃们听到了，都替皇上高兴，一个个开心得就像过年一样。"

赵构点了点头却犹豫道："不过，朕总觉得，这是最光彩的时候，也是最危险的时候。"

吴氏不解道："皇上这句话，臣妾可就不懂了。"

赵构忧虑道："我担心岳飞在大肆信赏之下，一个搅晕了头，便会毫不经意地指期北向，把夺六郡变成了夺燕云夺盛京！夺六郡对付的是伪齐与流寇，夺燕云与盛京对付的可是金国的铁浮屠啊！"

"皇上担心金人发兵？"

赵构点点头，神色仓皇道：“一旦伪齐和金人联手，那后果可就不堪设想了，这几年好不容易才换来这太平盛世，朕不想就此毁于一旦……”吴氏见赵构陷入沉思，便不再说话，一夜无语。但金兀术看着金熙宗无法驾驭粘罕，自己又不能坐视不管，只好再次亲自带兵南下，救援刘豫。这天一大早，赵构还未起床，姚公公便在寝宫外慌张奏报。

赵构连忙起来，发现赵鼎早已在殿外等候。赵鼎见他出来，忙上前叩行大礼道：“皇上，襄阳收复后，打算如何防守？”赵构甩了甩衣袖焦急道：“这也是朕一直头疼的问题。若少留将兵，恐复为伪齐所有，若多留将兵，又恐朝廷千里运粮，徒成自困，终莫能守。”

赵鼎依然跪着道：“皇上，那日朝堂之上，您可是答应给岳飞筹备粮饷的。”

赵构示意赵鼎起来说话，道：“所以朕给岳飞的御札写的是用心筹划全尽之策。”赵鼎一边起身一边吃惊道：“此事岂有全尽之策？朝廷若不能千里运粮，岳飞只能将大军撤走，而留少量兵力戍守。”

赵构不耐烦道：“朕要的就是岳飞回师。”

赵鼎心里一怔，不知宋高宗心里到底是怎么打算，忙启奏道：“皇上，六郡为伪齐与流寇所据，我进他退，我去他至，皇上把岳家军匆匆撤走，刘豫必然卷土重来，留下一些当地百姓，手无寸铁，徒然成了刀下的牺牲！愿皇上三思！”不等赵鼎说完，赵构便挥了挥手道：“朕这是顾全大局之策！”

赵鼎拱手道：“岳飞刚刚打下襄阳六郡，正是士气高涨之时，多少日子没有打过这么一个大胜仗了……”

赵构思考良久，问道：“若要再和金国开战，可如何是好？”

“如今宋金两国实力相当，再战恐怕还胜负难定。”

赵构苦笑了笑，道：“胜负难定？”

赵鼎见宋高宗谈金色变，心里不禁有些失望，但依然坚定道：“岳家军如今士气旺盛，对付金兵正是时候。或许，现在就是重整山河，扭转乾坤之时。”赵构看着他，摇了摇头，道：“倘若败了则如何？”

赵鼎道："大敌当前宜从容，两军相逢勇者胜，微臣相信岳飞是那个再造乾坤之人。"赵构仍然犹豫不决，道："行了行了，这事朕再作考虑。朕有些倦了，你退下吧。"赵鼎无奈告退，往外走的时候碰见秦桧正往里走，他心里咯噔一下，不知道这秦桧又回到皇帝面前吹什么阴风，但自己又能如之奈何呢。那秦桧见到赵构，开门见山道："皇上，微臣听闻伪齐向金人援兵，金人已经派兵驰援。"

赵构叹了口气，道："是啊！没想到金人这么爽快地答应了。赵爱卿建议让朕派岳飞迎战。"秦桧知道宋高宗已经被金人打怕了，故意顿了顿，道："应战，就是胜负难定，皇上您照样要担惊受怕。微臣有一计，可让皇上您高枕无忧。"

赵构听闻，眼前一亮，犹如抓住了一根救命稻草，道："哦？爱卿有何应对之法？"秦桧慢条斯理道："襄阳之役原本无关金人之事，金人插手，无非是想捞渔翁之利。"

赵构忙道："那爱卿的意思，我们是该战还是和？"

秦桧笑道："当战则战，当和则和，剿抚兼用，化敌为友。我们先派人与北金议和，当然，这么做势必会引起民怨，那些主战派亦会心有不甘。所以表面上仍需摆摆样子，和金人打上一仗，议和必须暗中进行，而且，得找可信之人前往。"

赵构点头道："此法可行。只不过，放眼朝廷，朕竟然不知何人值得信赖。"

"微臣有一人举荐。"

"何人？"

秦桧回身对门外："进来吧！"只见一名少年步入，眼红唇白，凛然有异相，那少年见到赵构，连忙跪下磕头道："草民参见皇上。"赵构看着秦桧道："他是？"

秦桧："他是微臣义子，名叫秦熺。议和一事，不如交给小儿去办，一定办得妥妥当当。"赵构看着秦熺，又一个青年才俊，于是微微点头恩准了秦桧的提议。秦桧与秦熺连忙磕头拜谢，从皇宫出来。两人一边走一

边说话，秦桧向秦熺交代道：“皇上如今是惊弓之鸟，谈金色变，只要你能够不辱使命，成功议和，你将功不可没。”

秦熺点头道：“孩儿知道，孩儿一定不负重托。”说着便辞别秦桧，向另一方向走去。

朝廷已经在准备议和，而岳飞还蒙在鼓里。这天岳飞坐在帐中与牛皋研究军情，准备进一步巩固战果，只见张宪略显慌张地走进来道：“得到最新情况，金兀术率军十万，已经逼近襄阳。”牛皋听过，骂道：“这金兀术的狗腿子还真长，来得够快的啊！”

岳飞拍了一下军事地图，沉着道：“好。我就不信他的铁浮屠真的能所向披靡！”牛皋起身叫道：“不是俺老牛愿跟铁浮屠会，只不过，这次明明是我们跟伪齐的战役，老子打儿子，他干爹瞎起什么哄啊？”张宪与岳飞见牛皋只逞口舌之快，不禁哄笑，笑过之后，张宪看着岳飞，担忧道：“我们那个计划，会不会太过冒险了？”

岳飞摇头道：“兵不在多，而在精，将不在勇，而在谋。即使金人有十万大军，我们也可以险中求胜。”此时一名士兵拿着一份书函进来，禀报道：“赵相国密函。”岳飞立马拿过密函，读了起来，读完便大叹了一口气，张宪见岳飞脸色难看，忙问道：“赵相国怎么说？”

岳飞沮丧道：“皇上得知金人兵援伪齐，日日担惊受怕，于是让人去金国议和。”牛皋听闻，立马吹胡子瞪眼睛，道：“议和？跟金人议哪门子和啊？这不是摆明了送银子去吗？”

岳飞叹了口气道：“自从皇上逃到海上回来之后，就如同惊弓之鸟，如履薄冰。”

张宪恍然大悟，道：“唉，我早该料到，皇上御札中写的‘用心筹划全尽之策’，表面上是千里运粮，后勤无法负担，实际上就是想让我们回师。我们现在该怎么办？”

岳飞想了想，眉头一皱，计上心来：“我们依计而行。”说着将张宪、牛皋叫到自己耳边，如此这般地说了一番，两人听了连连点头。随后牛皋、张宪背着行囊走出军营向襄阳寻常巷陌走去。很快他们就发现秦熺在一家饭馆独坐一桌，吃着便饭，他们俩互相看了一下，便走了进去故意坐到秦熺背后的桌子，点了菜开始聊起天来。原来这是岳飞出的一计，将计就计，让他们俩专门出来跑到秦熺前面吹吹风就成。那秦熺只当自己认识他们，而他们不会认识自己，便留意听着张宪、牛皋的话。张宪看了看周围，故作神秘道："牛哥，你这回可是衣锦还乡啦！"

牛皋笑道："嘿嘿，这次打六郡，真够爽快的！"

张宪叫道："连皇上都高兴坏了，说要给岳将军加官晋爵。我们也就跟着鸡犬升天咯。"牛皋高兴道："岳将军这回学聪明了，金人来了，咱就跑，打不起还躲不起嘛，见好就收才是上策啊！"那秦熺听在耳里，记在心里，很快吃罢饭就走了，张宪、牛皋见他离去的背影，不禁哈哈大笑。

秦熺带着自己听到的最新消息，踌躇满志地来到金营谈判。

金兀术看着眼前这个黄毛小子，有些不相信，问道："你是秦桧的儿子？"

秦熺不卑不亢道："正是。"

金兀术哈哈大笑道："这倒是稀奇了，议和乃是两国外交大事，怎么派一个毛头小子前来？"哈迷蚩与夏金乌跟着金兀术同笑，十分轻蔑，秦熺却淡淡一笑，道："自古英雄出少年，四皇子不也是少年时便名扬天下了吗？"

金兀术听完此话，心中不无高兴，道："不愧是秦桧的儿子，说起话来，让人觉得浑身舒畅。"

"多谢四皇子夸奖。"

"好吧，说说看，怎么个议和？"

"晚辈此番前来，是奉大宋皇上之命，只要四皇子与岳飞这一仗做做表面文章，然后退居黄河以北，皇上允诺，进贡白银二十万两。"

金兀术冷笑道："打仗是真刀真枪真功夫，岂容得作假？"

秦熺见金兀术嗤之以鼻地哼了一声，皮笑肉不笑道：“四皇子果然是真性情，晚生佩服！佩服！如果四皇子觉得打假仗辱了您的名声，晚辈倒有一个消息，可供四皇子参考。”

“什么消息？”

“晚辈在来的途中，听说岳家军已经退兵，岳飞准备回临安领赏。”

哈迷蚩笑道：“退兵休战？这可不像是岳飞的一贯作风啊！”夏金乌对秦熺冷笑道：“你可别信口开河，想诳我们，没这么简单！”

秦熺道：“是真是假，四皇子自可一探虚实。”哈迷蚩将信将疑道：“如果真是退兵，那我们便可不费吹灰之力，一举夺回襄阳诸地。”

秦熺笑道：“只要四皇子见好即收，不再南下，二十万两白银一文不少。”金兀术听过，心中一动，立即派探子去查。那探子一到岳飞军营，发现岳飞军营早已人去营空，便飞马回来禀报。金兀术听到这消息，再次哈哈大笑道：“看来岳飞也不过是个贪图功赏之辈。”转过头对夏金乌道，“传令下去，即刻整军出发！”

秦熺忙问道：“四皇子，那议和之事如何进行？”

金兀术道：“取了襄阳咱们再坐下来慢慢谈。”秦熺敢怒不敢言，勉强笑了笑。那金兀术不知岳飞利用秦熺耍了个将计就计，于是率领自己的大部队向襄阳进去，没想到中了岳家军的埋伏，损失惨重，大败而归。金兀术一路退回金国，觉得真是平生一大窝囊，不知不觉便迁怒于刘豫，而且对秦桧也记恨起来。

第五十章

走狗烹粘罕殒命

岳家军再次打了胜仗，全军士气更加高涨。这天岳飞正在营帐中和诸将商议乘胜追击北上讨伐的事情，右丞相赵鼎却突然来到军营探望他们，众人纷纷起立欢迎。赵鼎示意大家不必拘束，道："岳将军这次可是打了个漂亮仗啊！金国四皇子如此骁勇之人，都大败而归，岳将军用兵之神，赵某实在叹服，叹服啊！"

岳飞请赵鼎坐下道："勇不足恃，用兵在先定谋，谋，才是胜负之关键。"

赵鼎鼓掌叫好，道："说得好！说得好！"

杨再兴在旁边说道："这一仗多亏了岳将军的足智多谋，使了一招空城计，这才让金人全军覆没。"赵鼎点点头道："嗯，皇上听说岳将军这一仗大获全胜，很是满意。当然，诸位将军全力相佐，也是功不可没！"看着岳飞道，"不知这回的战功岳将军打算如何分配？我回去好向皇上交代。"

岳飞环视众人，笑道："功劳在于全军将士上下一心，尤其是张宪、牛皋、王贵、杨再兴四员大将，领军有方，杀得金军惨败而归。"岳云听过，脸上顿时尴尬，对于父帅再次压下自己的功劳，心有不满，一肚子委屈，张宪看了看岳云，又看了看岳飞，知道自己不好说什么，用手轻轻地拍了拍岳云安慰了一下他。

赵鼎举起杯道："好，我回去呈报给皇上，论功行赏。为表敬意，来，我敬各位一杯！"

众人举杯干了一杯，王贵吩咐士兵拿来一只烤羊，向赵鼎道："赵大人，岳大哥不知道赵大人要来，所以临时命将士们为赵大人准备了烤全羊。”说着就要先给赵鼎上一只羊腿。赵鼎方才在进营的时候，发现岳家军的士兵虽然打了胜仗，吃的也不过是清粥小菜，于是连忙推辞道：“哎，众位将士在前线连年征战，为国为民，这叫老夫如何能够独自享用，我们一起来吃吧。”

牛皋起身嚷道：“好，相国我来替你分吧！”大家一时其乐融融，吃吃喝喝，好不快意。

岳云屡次被忽视，生了一肚子闷气，无心跟众人宴饮，独自一人来到平日里练武的场地，对着草人发起火来，一边叫喊着“凭什么？凭什么！”一边抡着双锤乱打，可怜那草人，被打得支离破碎，连木桩都深深插入泥土中，突然他一个大怒将一锤脱手而出，那锤飞出去，直接击中一棵碗口粗的松树，那棵松树拦腰折断，他看着倒下去的树大喝一声问道：“凭什么！凭什么压下我的战功不报？我哪点不如人？”

突然一个声音，大声回答：“就凭你是我儿子！”

岳云一愣，回过身看到是岳飞，便问道：“爹，你为什么要这么做！”岳飞整了整岳云散乱的头发，和颜悦色地问道：“爹问你，你为何从军？”岳云鼻子哼了一下，道：“当然为了把金人赶出我们的家园，为了百姓有饭吃过上好日子。”

岳飞看着他的眼睛，道：“你现在还是这么想的？”

“当然！”

“好，既然你是为了天下大义，那么今日为何又贪图起那些浮华名利？”

岳云虽然气已经消了一些，但还是不服道：“我……我要的不是名，也不是利，只是我心有不甘！我和其他将领一样出生入死，为什么你待我如此不公平？”

岳飞指着地上支离破碎的草人，还有拦腰折断的松树，笑着道：“公平？那你告诉我什么叫公平？它们没招你没惹你，你把它打断了公平吗？你吃的比一般老百姓好，穿的也比一般的老百姓好公平吗？金人抢走了我们的土地，侵占了我们的家园公平吗？我告诉你在这个世界上没有绝对的

公平，只有相对的平衡。所谓公，即是大公无私的公，就是做一件事情都不能从一己私利出发。所谓平就是要有平常心对待一切事情，包括你所谓的功劳。你一出生就已经注定了不平常，因为你是我岳飞的儿子，所以你得到的机会比别人多得多，也正是因为你是我岳飞的儿子，别人看待你会比一般人苛刻得多，所以你要付出更多，你要做得更好。记住，在这个世上没有战不胜的敌人，只有战不胜的自己。”岳云听过，这才明白父帅对自己的良苦用心，顿时为自己任性骄蛮而不好意思起来，向岳飞道：“爹，从此之后我再也不要什么功劳了，我只要一心打退金人，力保我们大宋边疆平安。”

“这才是我岳飞的好儿子。”岳飞欣慰地点了点头。

而自从岳飞岳云他们走上前线，抵抗金军保卫家园之后，岳母无时无刻不思念自己的儿子和孙子，再加上年老体弱，终于卧病不起。李孝娥和小慧无微不至地照顾着她，这天她喝过药，叹了一口气道：“唉，我这病看来是好不了咯。”

李孝娥忙打断道：“娘，您不要说这种不吉利的话，您身子骨硬着呢，这点小病压不倒。”岳母边咳边道：“我自己的病自己还不清楚嘛……”

李孝娥娇嗔道：“您看您，又胡思乱想。”

岳母欣慰地看着她道：“我知道你孝顺，可是有时候该面对的总要面对。想想我这一辈子，有岳飞，有你，还有这一群孩子，已经很知足了……”李孝娥听过，不禁眼眶就红了，道：“要不，我写信给岳飞，让他赶回来？”

岳母连忙阻止道：“千万不要啊，他在前方作战，我可不想让他分心，为我牵挂。国事要紧啊！”

“可是……”

岳母摆摆手道：“顺其自然，不要强求，不然我死也不会安心的。”李孝娥只好顺从地含泪点了点头。

金兀术自从中了岳飞埋伏吃了败仗回到金国之后，一直抑郁不平。这天他上完朝回到帐中，一脸愤怒，翎妃见状连忙端着一杯热茶想让他平复下来，没想到金兀术一把将茶杯摔到地上，翎妃一怔，弯身去捡碎片，不小心将手割破，那金兀术依然冷眼旁观，不为所动，翎妃伤心道："谁惹你这么不开心？回来拿翎儿撒气。"

"哼，还有谁？"

"是我哥哥？"

金兀术一听她提到粘罕便咬牙切齿道："我这次中了岳飞的埋伏，正好给他落下话柄，在皇上面前一番奚落。皇上还下令让我暂时休养！"翎妃走上前，安慰道："自从粘罕被明升暗降，他的部下听命于你，就始终对你耿耿于怀。可是不管怎么说，你们俩毕竟都是我最亲的人，我不希望你们起冲突，不希望你们任何一个受到伤害。"

金兀术听见翎妃说得可怜，眼神稍转柔和，看了一眼翎妃道："我知道，难为你了。"翎妃喃喃道："既然嫁给了你，我心里当然是向着你的。只不过，皇上一向倾心汉化，力主和议，眼下你若是跟粘罕冲突起来，我担心对你们二人都会有所不利，反倒让他人渔翁得利。"

金兀术叹了口气，抓过翎妃的手看着道："你的手没事吧？"

翎妃娇嗔道："你还知道心疼我吗？"

金兀术脸红着道："那当然，对不起，我心情不好，不应该跟你撒气。"翎妃看着他，笑了一下，原谅了他，道："其实，皇上现在最头疼的是刘豫的事该怎么解决，你若是替他解决这一心头大患，皇上一定会对你另眼相看的。"

金兀术点点头道："那依你之见，我该如何解决呢？"

翎妃娇笑道："你还真当我是军师啦！"

金兀术看着她可爱的模样，将她揽在怀里道："你这么冰雪聪明，一定有你的主意。"翎妃将脸靠在金兀术胸前道："其实这个刘豫是先皇以汉治汉的一颗棋子，但不是当今皇上的。现在刘豫再三讨兵求援，皇上也是不堪其扰。出兵吧，弄不好功败垂成，不出兵吧，又恐遭人口舌，见死不救。"金兀术没想到平日里什么都不管的翎妃竟然懂得如此多，不觉诧

异，深深思考起来。

就在这时夏金乌押着一名宋国士兵走了进来，禀报说抓了一个奸细，要给刘豫送信，金兀术将其身上密信拿过来一看，不觉纵情大笑，道：“这宋国皇帝老儿要联合刘豫来杀我，事成之后给他高官厚禄，还赦免他叛逆之罪？！哈哈哈！好，这封信来得正是时候！”一边大笑一边把密信拿给夏金乌，道，“把这奸细和这封密信一起呈送给皇上。”

夏金乌一阵纳闷，不知金兀术打的又是哪门算盘。金兀术见他发呆，再一次敦促他赶紧送去，翎妃见夏金乌走了出去，才向金兀术道：“宋国皇帝怎么会让刘豫来杀你？这封密诏会不会是假的？”

金兀术大笑道：“它就是假的。”翎妃听过，真是弄糊涂了，既然假的，那丈夫怎么还叫送去金熙宗面前，金兀术将她抱在怀里，戳了一下她的脑袋道：“你这脑袋，刚才还挺聪明的嘛，现在怎么就一团糨糊。宋国皇帝可不傻，他太清楚了，刘豫根本不可能投宋！这世上还有什么官比得上称孤道寡、三宫六院的皇上呢？只不过，这封信来得正好，宋人想除刘豫，我想除刘豫，咱们的皇上更想除刘豫……这不正好是一举三得，你说，这个时候我们是不是应该揣着明白装糊涂？”

翎妃听过，恍然大悟，莞尔一笑，道：“宇文虚中教你下棋，你还真是大有进步啊。”金兀术听过得意大笑。正如金兀术所分析，这正是岳飞所使的一个反间计。

果然，如金兀术分析，金熙宗一看到“密诏”，知道其中有诈，但是这的确是一个除掉刘豫的借口，佯装震怒，立即下令夏金乌除掉刘豫。可怜这刘豫，虽然短暂地当了几天皇帝，可是临死也不知道自己到底是怎么死的，为什么会死。

金熙宗除了刘豫这块心病之后，心情大畅，正好也是秋高气爽走兽肥壮之时，是个打猎的好季节。于是这天他邀请金兀术、粘罕一起打猎，但是打了半天，却没打到一个猎物，不免有些沮丧。就在这时一只野鹿从他眼前一闪而过，嗖的一声就消失在荒草之中，金熙宗立马追了上去，就在他张弓搭箭要射之时，突然有人叫一声“闪开”，一箭而出，不偏不倚射中了野鹿。

金熙宗大怒，便要发作，抬头一看，原来此人正是粘罕，只好强忍了下去。只见那粘罕捡起地上的野鹿，高高举起，对着他狂妄地大笑，其手下韩常等数名随从纷纷为其叫好。金熙宗面红耳赤，但很快又恢复了他的风度，微微一笑，道："大将军果然好箭法！明日我们再来比过，你也千万不要让我！"

粘罕大笑，并不理他，一磕马镫，率领部下转身离去。金熙宗满脸怒意，但等粘罕带着其手下走远了才怒道："他这分明是在向我挑衅！"金兀术忙上前安慰道："皇上，如今太宗刚刚驾崩，江南战乱不断，国内又有一些别有用心的小人在虎视眈眈，此时此刻，我们要做的就是稳定人心！"

金熙宗叹了口气道："可是，你今天也看到了，他当着所有人的面，竟然抢射我的猎物，他何时将我这个皇上放在眼里！"金兀术看了看周围，冷笑道："如今兵权尚有部分在粘罕的把控之中，我们现在不能与他正面交锋。"

金熙宗一拳砸到身边的树上，道："我越忍，他越嚣张，他早晚要杀了我！"

金兀术见金熙宗脸上发狠，便问道："那皇上有什么打算？"

金熙宗摇了摇头，道："明日，再邀他打猎，给他一个机会，也给我们一个机会。"

金兀术听过，并不作声，护送金熙宗回到他自己营帐之后，又赶回自己营帐，看到翎妃正围着火堆在用一张兽皮做新帽子，便悄悄从背后抱住了翎妃，道："我的翎儿在做什么呢？"翎妃举起手中的帽子撒娇道："好不好看？"

金兀术抓过帽子便往自己头上戴，翎妃却一下子又将帽子拿了回去，道："不是给你的！"金兀术纳闷，开着玩笑，道："不是我的？那是谁的？你给哪个野汉子做帽子，还当着我的面！"

翎妃佯装生气道："什么野汉子，我是给哥哥做帽子呢！"

金兀术听到此话，脸色一沉，笑容顿减，坐在火堆前烤火，拿起羊奶酒大口喝了起来。翎妃并没有明白金兀术为何不悦，只当是他心里生了醋意，正准备解释一番，却见金兀术从帐内悬挂的兽皮袋中取出一把匕首佩在腰上，便担忧道：“这么晚了，明天还要打猎，你还要去哪儿啊？”

金兀术笑了笑，亲了一下她的脸颊，道：“是，皇上还有事找我。你先睡吧，我去去就回。”说着他已大踏步出门，原来翎妃方才那一通话，让他下了决心，决定帮金熙宗一把。

粘罕自从白天让金熙宗出了一次糗，好不得意，更没想到金熙宗邀请自己第二天接着打猎，于是他想机会来了，干脆一不做二不休，将金熙宗给办了，自己来当大金皇帝。于是连夜让人在猎场布置，那韩常布置好之后，向他汇报道：“明日一切都布置好了。不过，太子殿下，四皇子回来了，是否要和四皇子商量一下？”

粘罕摇了摇头，道：“不！我信不过他。”说着又冷哼了一声，道，“他在岳飞身上又吃了苦头，损兵折将，如果以后他还想报这个仇，我要他还得来求我。”韩常点了点头又回到猎场去安排了。那粘罕看着韩常离去，心中好不得意，立马走入后帐看着郑娘娘，得意道：“明日，你要用这双手，给我换上新衣服，按你们宋人的话，叫什么来着？”

郑娘娘笑道：“龙袍！”

粘罕哈哈一笑道：“好，龙袍就龙袍！你给我穿上了龙袍，你就是我的皇后，你开不开心啊？”

郑娘娘道：“今晚我就陪大太子睡最后一晚，明日我就陪皇上睡了！”说着服侍粘罕脱衣服，两人颠鸾倒凤一夜欢畅，不在话下。第二天，一大早金熙宗便叫金兀术、粘罕陪同自己打猎，很快金熙宗便打到了一只兔子，众人纷纷拍手叫好，但唯有粘罕冷笑了一声，嗤之以鼻。金熙宗看在眼里，心想看来这粘罕是死性不改了，自己不得不下狠手了，于是向金兀术使了个眼色，金兀术立马意会。

突然一只麋鹿在前面出现，粘罕一看到便追了上去，金熙宗和金兀术也追了上去。突然两支箭同时射出，都射中了麋鹿，众人抬头一看，这两支箭正是粘罕和金熙宗射出的，于是粘罕大大咧咧地便要上前去拿猎物，但金熙宗也一改往昔风度，上前争夺。粘罕哈哈大笑，吹了一声口哨，等着自己的人马出现，但从树林里走出来的，却是夏金乌等人押着自己的手下，韩常更是被五花大绑。

粘罕心中悲哀，自己终究不善算计，如今大势已去，便拍马向金熙宗冲去，金兀术立马上前喝道："粘罕，你想干什么？"

粘罕叫道："我要拿回我自己的东西！"说着一怒拔刀向金熙宗砍去，金兀术连忙一刀挥开粘罕的刀，此时，粘罕发现士兵们围了上来，便虚晃一刀，拍马而逃，金兀术追了上去。两人跑到一条小溪边，相互对峙，粘罕道："兀术！一山难容二虎，今天只能留一个。"

金兀术冷冷道："废话少说！"说着提刀便杀了上去。两人不愧是金国的两大勇士，刀光剑影，打得难舍难分。渐渐地粘罕体力不支，他一边招架一边道："兀术，你为什么老是跟我作对？"金兀术一边挥动手中武器一边道："你犯上作乱我也没有办法。哥，你见谅。"

粘罕怒道："那个小子给你灌了什么迷药让你为他卖命。兀术，这个天下是你跟我一手一脚打出来的。"

金兀术冷冷道："可是先皇传位于他。"

"先皇，先皇，你又用先皇来压我。我就是不服凭什么是他，就是选的是你我也会认了。"

"汉人说马上只能打天下，不能马上坐天下，咱们坐天下不行，我认了。"

粘罕不服道："咱们就应该打天下他就应该坐天下。啊？这是什么道理！"

"这是天命。"

"什么狗屁天命，我就是不服，你们谁要杀我就来吧！"

金兀术已经将粘罕制伏了，道："老大，你随我回去我会求皇上饶你不死。"粘罕哼了一声，笑道："我堂堂大金勇士只会战死沙场，怎么会

像一条狗一样摇尾乞怜。”说着刀一架，割断了自己的脖子。

金熙宗除掉了粘罕之后，还怕粘罕的孩子长大后会报仇，要斩草除根，翎妃拼命请求金兀术一定保住哥哥的遗孀和遗孤，金兀术知道如果自己再不保住郑娘娘及粘罕孩子的话，那翎妃这一辈子也不会原谅自己了。于是也向金熙宗求情，金熙宗再三权衡，也只好答应。翎妃连夜将郑妃及粘罕的孩子送走，郑娘娘涕泪涟涟，感激道：“谢谢你替我们求情，保住我们娘俩的命。”

翎妃也泪眼婆娑道：“你不用谢我，”摸摸那小孩的头，“我们是一家人。我备了车，车上有一些衣物和干粮，你们走了就不要回来了。”说着便让马夫赶马，让他们走得越远越好。翎妃久久地站在帐外，看着马车载着郑娘娘母子三人，渐行渐远，眼泪不知什么时候已经被风吹干了。

第五十一章

龙颜怒秦桧罢相

赵鼎很快将岳家军的功劳报给了宋高宗，高宗龙心大悦，便召岳家众将领进京面圣领赏。

这天一大早，赵构升朝，当着文武百官的面，宣旨道："升任岳飞为湖北京西路宣抚使，官阶太尉，赐良田三百亩，白银三百两。其余诸将协助有功，官升一阶，另各赐良田一百亩，白银一百两。"岳飞同王贵等一干将领跪下接过旨意，一边起身一边谢道："谢皇上隆恩。臣等定当鞍前马后，誓死效忠。"

赵构开怀大笑道："得一良将才，胜百连城璧啊！"

秦桧立马拱手向赵构恭贺道："君明则将贤，将贤则兵胜，皇上如此厚待福将，亦是江山社稷之幸，黎民百姓之福。"赵构瞥了一眼秦桧，知其善于见风使舵，微微一笑，向岳飞道："岳飞，这一仗，你也辛苦了，接下去你可以荣归故里，好好歇息一阵子了。"

岳飞却拱手道："自靖康之难以来，臣一心只想报仇国耻，收复中原。臣等将士唯有一个信念，不复中原，不归故里！"秦桧听闻，连忙劝阻道："岳帅胸怀远大，抱负不小，只是如今是难得的太平盛世，宋金罢战，两相无事，你何必再挑战端，扰得天下不安宁呢？"

岳飞争辩道："金人亡我之心一日不死，天下便一日没有太平！金人没有放下刀枪，我等怎能放下，否则，等待黎民百姓的，只有屠戮！"

秦桧冷笑道："宋金交战多年，国库早就虚耗一空，岳帅你可算过，收复中原，需要多少兵力、多少军饷？这些军饷又会给百姓平添多少赋税？岳帅，这些苦难又要算到谁的头上呢？"岳飞不甘示弱，道："眼下受点苦难，以后才能国泰民安，所谓一劳永逸，就是这个道理。”

秦桧见无法说服岳飞，便向赵构启奏道：“北伐之事还请皇上定夺。”

赵构看着双方各执一词，心想双方都有道理，便询问其他文武百官。那张俊看了秦桧一眼，上前一步进言，道：“微臣是一员武将，征战疆场、为国捐躯本是理所应当，只是秦大人所言不无道理，如今应该见好就收。”

赵鼎知道这张俊和秦桧是一丘之貉，连忙反对道：“臣认为不然！岳帅连番征战，战功赫赫，加之朝中还有韩帅、张帅等诸路大军，风头正劲，正是乘胜追击、收复中原的大好时机。岳帅与金人屡次交锋，既然提出北伐之意，必然是心中有底，秦大人身处朝堂之上，如何知道打得还是打不得，除非……”说着便有意停顿，那赵构果然连忙追问，赵鼎这才缓缓说道：“除非如今日街市上百姓所言，秦大人是别有用心？”

秦桧听闻，勃然大怒，冲赵鼎叫道：“赵大人！捕风捉影之言赵大人却信之凿凿，大宋有你这样的丞相，可真是朝廷之福啊！”赵构也早对街市传言略有耳闻，现在见秦桧如此气急败坏，怒喝道：“够了！”就这短短二字，却让秦桧吓得脊背发凉。好不容易散朝，他也不知道自己怎么回家的，王氏见他回来，也没注意他脸上神色。

秦桧喃喃道：“皇上怕是对我起了疑心。”王氏听他说完，吓得脸色大变，失声叫道：“啊？这……这可怎么办？”

这时一位老仆人走了进来，报告道：“老爷、夫人，有位自称郑娘娘的人求见。”秦桧与王氏听过，心里大吃一惊，互望一眼，这郑娘娘不是被粘罕娶了吗，怎么突然会从五国城逃回来？于是王氏连忙亲自跑出去将郑娘娘迎进客房。郑娘娘一坐下便将金兀术协助完颜亶当上金国皇帝并剪除粘罕的事情讲了一遍，王氏听过，叹息一声，道：“唉，姐姐，没想到你这些年经历了这么多变故。”

郑娘娘涕泪涟涟道：“本以为跟了粘罕，从此可以有个依靠，没想到到头来，还是无家可归。”

秦桧问道：“那现在金国是谁掌权？”

“现在大金皇帝对四皇子言听计从。”

“那二太子斡离不呢？”

“现在金国想与大宋和议，二太子也是皇上面前的红人。对了，我这次来，他托我带一封密信给大人。”说着郑娘娘从衣袖中取出一封密信，递给秦桧。秦桧接过，连忙细看，看完一边收信一边向郑娘娘问道：“你此番回来，有何打算？”

郑娘娘忙请求道：“还望秦大人在皇上面前美言几句，让我能回宫中养老。”

秦桧一听此话，看了看郑娘娘，脸上出现一道杀意，迅即又恢复正常，笑道：“郑娘娘，你昔日对在下有引荐之恩，在下能帮的忙一定会竭尽全力。请郑娘娘放心，秦某在城西有一所宅子，那里比较清静，娘娘在那暂住几日，等皇上那儿有了消息，在下一定马上通知。”说着吩咐下人为郑娘娘引路，带了出去，秦桧看着郑娘娘的背影，连忙唤出秦熺，在其耳边交代了一番，那秦熺一边点着头一边阴狠地笑了笑。

而此时，张宪和岳云受命在街上办事，刚好经过秦桧府，抬头看见秦熺正护着一位女人及小孩上了一辆马车。那张宪一看，就觉得事有蹊跷，让岳云注意看，岳云却道：“看样子，他们是秦大人养的小妾吧？”张宪摇了摇头，道：“你看，那马夫一看就是金人！还有那匹马，不像我们这儿的，更像金国的战马，还有马车，风尘仆仆，轮子磨成那样了，一看就是长途跋涉而来。”

张宪越看越觉得事有蹊跷，于是吩咐岳云悄悄跟上去，查探个究竟，岳云领命而去。

他跟踪秦熺这一行人，看到秦熺将郑娘娘引到一处树林里，郑娘娘觉得不对劲，还没反应过来时，可怜他们孤儿寡母就被秦熺给杀了。

那金人马夫见状，连忙逃命，秦熺急忙追上，将一把飞刀掷向金人，说时迟那时快，岳云拿长枪一挡，将飞刀打落，救了金人，拉其上马，快马奔驰，消失在夜色中。秦熺眼见追不上了，恼怒不已，但是回去报告时，还是说将一切解决得干干净净。

秦桧听过，方才放心，卸下了一块心头大患，于是和王氏好不高兴，两人高枕无忧。到了半夜，突然御林军前来敲门，两人顿时吓了一跳，大惊失色。

御林军将秦桧押到皇宫，赵构的御书房内，只见赵构正襟危坐，一见到秦桧便喝问道："你可知朕深夜召你所为何事？"

秦桧强装镇静道："臣不敢妄加揣测。"赵构拿起一盏灯，走到秦桧面前，照着他的脸，细细打量道："秦大人，今日你家中发生如此大事，你还能如此镇定自若，朕真不知是该敬你还是惧你？"

秦桧道："皇上天威难测，岂会惧臣？只要识臣、用臣，便是臣之大幸。臣家中发生再大的事，只要有皇上做主，臣便无惊无惧。"赵构冷冷一笑，举着灯烛走回御座，背对秦桧，冷喝一声："你卖国求荣，人证物证俱在，你还想糊弄朕，你当朕是傻子吗？！"

秦桧听过一惊，额头上渗出豆大的汗珠，急忙跪下道："皇上，臣正想向你汇报此事！"说着掏出一封奏章，跪行道："皇上，今日确有金人来臣家中，要诱降微臣，为金国做事，臣决然不从，并且杀了此人。臣已将此事写于奏折之上，正打算明日早朝向皇上汇报。"姚公公接过奏折，躬身展开放在赵构面前，赵构也斜着扫了一眼。

一直站在一旁不说话的岳飞怕赵构被其蛊惑，连忙奏道："皇上，秦大人私通金人，为怕败露，故杀人灭口，望皇上明察！"

秦桧连呼冤枉，道："皇上，微臣忠心耿耿，从不敢有二志，还望皇上明鉴。"秦桧声泪俱下，道："皇上，臣自五国城逃回这些年来，从归德到建康，从临安到海上，无论时局有多艰险，臣一直追随皇上左右，从未对皇上有半点不忠之心，也从未对大宋有丝毫不义之举。皇上英明，这一切您应该都看在眼里。皇上回銮临安以来，臣欣逢盛世，蒙皇上龙恩，臣得以为皇上效犬马之劳，大宋这些年来国泰民安，臣若是私通金人，又何必呕心沥血，辅佐皇上？"

一席话说得赵构回想当年与秦桧共患难的情形，心情起伏不定，只听秦桧愈加动情道："若说有罪，臣最大的罪过就是从五国城逃回之时，未

带回二圣和太后。这是微臣终生憾事。臣一直坚持和议，不是惧金，也不是通金，而是希望通过和议，有朝一日，能将太后銮驾平平安安地迎回大宋！微臣之心，日月可鉴！皇上若还不信，就杀了我……”

岳飞见赵构心中似有动摇，忙道：“皇上，这些年来，金寇南侵，黎民百姓饱受其苦，臣力主北伐，就是要迎二圣回大宋故土，救万民于水火之中。然而每次与金人交锋，败时未见秦大人有何作为，每到胜时，秦大人便极力议和，秦大人是忠是奸，到底是何居心？！请皇上明鉴！”赵构听过，沉默了一会儿，向秦桧冷冷道：“秦桧，朕不杀你，也不能用你。朕不想再看到你。”

秦桧连忙磕头拜谢皇上不杀之恩，岳飞还想据理力争，但赵构已然转身离去，只好愤恨地向秦桧看去，发现秦桧也正狠狠地瞪着自己。

秦桧罢相不久之后，老皇上宋徽宗的死信便传到了临安。赵构悲愤交加，激起北伐之志，急招岳飞入朝议事。因淮西军军纪散漫，刘光世数次怠战，宋高宗答应将淮西军五万人马拨交岳飞帐下。

岳飞听到宋高宗欲将宜兴淮西军交给自己，北伐有望，意气风发，趁尚未北伐的间歇，回到桃溪源看望岳母、李孝娥她们，这才知道岳母已生病多时，心里愧疚不安。但岳母一见到她的儿子和孙子，精神头立马好了很多，连病也轻了，一家人其乐融融。只有岳云一人，心中好不苦恼，发现娟儿老躲着他，这天好不容易见到她，她又甩着脸要走，他一把拉住娟儿的衣袖，叫道：“娟儿——你还在生我的气，气我那天的爽约？”

娟儿生气地叫他放手，但岳云舍不得放手，道歉道：“对不起，那日我不是有意失约的，我被我爹逼着练武，实在走不开。”

娟儿冷笑一声，道：“你现在是岳将军了，你不需要跟我说这个，娟儿承受不起。”岳云气得急赤白脸，道：“娟儿，你跟我还说这个？你还在生我的气吗？别那么小心眼嘛！”

娟儿再次冷哼一声，道：“是，我是小心眼，我只是一介草民，只配有小心眼，哪敢和你岳将军比？我求求你了，别来消遣我了！”岳云又急又觉委屈，道："娟儿，你这说的是哪里话。你知道吗，我在襄阳的时候，一直想的是你。在打郢州的时候，我爬上城头，周围密密麻麻都是伪齐士兵，我杀到一点力气都没有，突然有种害怕的感觉。我怕的不是死，而是再也见不到你了。"

说着拿出自己那天买的簪子，递给娟儿，娟儿接过一看，正是自己当日心仪的那个。娟儿佯装还在生气道："谁让你买这么贵的东西？！我在乎的不是这个簪子，而是……"岳云正想听她还要说什么，娟儿趁他不注意，将其推进河里，咯咯大笑。正好被路过的李孝娥看在眼里，岳云担心母亲将此事告诉爹爹，自己免不了又要挨一顿训。

果然，这天傍晚，岳飞将他叫到书房，见岳飞虎着脸，岳云立马跪下，怯生生道："孩儿如果有什么做错了，请父亲责罚。"李孝娥扑哧一下笑出了声，道："傻孩子，男大当婚女大当嫁，有什么错不错的。你是真的喜欢娟儿吗？"

岳云羞红了脸，点点头。岳飞这才笑逐颜开，道："你也到弱冠之年，也该成家了。你有没有准备好要照顾人家一辈子？人家娟儿可是个好姑娘，既然你们是真的情投意合，我和你娘就给你做个主，去跟张员外提亲，让你们尽早成亲，也好为奶奶冲个喜，你看好不好？"

岳云听过，连忙磕头道："那太好了，谢谢娘，谢谢爹。"就这样，大家开始操办起岳云的喜事来。

梁兴听到消息，也专门赶回家乡向岳飞岳云道贺。岳飞一见到梁兴，分外高兴，问道："多谢多谢，咱们自襄阳一别，数月未见，近来忙什么呢？"梁兴激动道："从襄阳离开，我便进入河东，自刘豫被废黜以来，伪廷臣僚离心离德，民间'迎还二圣，恢复中原'的呼声日益高涨。梁某在河东遇到过不下十数位汉子，他们都是大帅给米粮，令之归田的原伪齐兵士，他们回到家乡，积极联络，把大宋朝廷及大帅的恩德告之四方，相互约定，何日岳家军前去收复中原，他们何日就揭竿而起，响应官军！"

王贵、牛皋一听，互相看看，喜形于色，纷纷说道："太好了！太好了！"

岳飞也慷慨激昂道："今年可谓宋金战争转折之年。金、伪齐先后在川陕、襄汉和两淮连遭失败，而我宋军越战越强，可以说，我们现在已经能够跟他们较量较量了，甚至可以说，大宋已具备向北进攻的能力。只要朝廷能有锐志大举之意，收复中原，迎还二宫，可谓水到渠成！"

但梁兴却担忧道："大哥，不是梁某灭自己威风，据我所知，大宋能战之力，唯有咱们岳家军，而我军不过三万人马，以弱战强，胜负之数，难以定论啊！你早前不是说，非有十万之众不能恢复中原吗？"

杨再兴一听便笑了，高兴道："梁小哥久居北地，此间情形，你有所不知呀！皇上已经下令，准备将刘光世淮西军五万多人，三千多马匹全部交岳家军'密切收掌'！"梁兴自己先干了一杯，叫道："真的？太好了。恢复中原有望了！恢复中原有望了！"

岳飞向众人看了一眼，道："兄弟们，我们这十万兵马，再加上梁小哥的忠义社，我们一定能把金人一举赶出中原。"众人听过，举起杯子，相互碰了一下，齐声叫道："对，收复中原。"

岳云和娟儿结婚的准日子定了下来，岳飞事无巨细都要亲自操办，这天他正在写请柬的时候，眼疾突然又犯了。请来的医官劝他多静养方可恢复。可他心里只想着北伐大战，这眼睛治不好可要耽误国家大事了，医官也无奈，只留下一个药方，说是至少可以控制病情，便告辞了。一家人都在替他焦急，他只好贴上药膏将眼睛缠起来静养，可是他虽然不能看见，每天还要岳云将公文念给他，他来处理，并且吩咐杨再兴秣马厉兵，为北伐做好准备。

第五十二章

疑忠心三试岳飞

秦桧被罢相以后，无处可去，只能回到了破旧的老宅里，每天读书写字，长吁短叹。王氏看着他虽然心焦但也不多打扰他，想要将自己原来存起来的银票以及珠宝取出来好过日子。秦桧连忙阻止，说若是这样就会将自己完全暴露出来，那就不但没有翻身的机会，弄不好会直接惹来杀身之祸，王氏听过，也只好安于清贫。这天王氏坐在床边笨拙地缝着被面，突然看见一只老鼠，吓得尖叫，秦桧瞥了一眼，脱下一只鞋来边打老鼠边道：“老鼠啊老鼠，该来的人不来你却来这里捣乱。”

话音未落，只听门外一阵鼓掌之声，只见张俊走进来道：“不会说的是我吧！”秦桧笑道：“三月不知肉味，这老鼠来得正好啊。”

“秦相国，以苦为乐，真是让下官佩服啊。”

“秦某一介草民，张大人取笑了。张大人突然造访，秦某有失远迎，还请见谅。娘子，上茶。”秦桧看了王氏一眼，王氏立马意会，上过茶便回避了。那张俊喝了一口茶，顿觉难以下咽，不禁皱了皱眉头。秦桧笑了笑，淡然喝下，道：“乡下地方，没什么好茶，怠慢了。”

张俊忙道：“说什么怠慢啊，是我们这些老朋友做得不好，让秦大人在这边受苦了。”秦桧苦笑道：“难得有这么清静的时候，让我有时间好好想想这些年走过的路，这未尝不是一件好事。”

张俊放下茶杯道：“秦大人，现在不是往回看的时候，要向前看啊！”秦桧知道他有话要说，否则他不会无缘无故跑到这乡村僻壤来看自己，于是故意不作声。那张俊见他不说话，着急道：“秦相国，最近朝中有件大事，你可知晓？”秦桧摇了摇头，依然漠不关心的样子。张俊提高声音，道：“五万淮西军要更名换姓了，从此不姓刘，姓岳！”

秦桧听过，心中一惊，但又强装镇静，道：“秦某已不是朝中之人，管它姓刘姓岳，都与我无关。”

张俊焦急道：“怎么能不关你的事啊？这么大的事，你不能坐视不理啊！”

“我已被罢官，如今就是想管，也无能为力了。”

“怎么会无能为力？我们都认为，皇上如今是迫于民意，让您休养一时，等风波平息了，您还是我们的相国。”

秦桧听闻张俊如此说，笑道：“张大人抬爱了，秦某愧不敢当啊！”

张俊来回踱着步子，道：“秦相国，您别跟我打马虎眼了。五万大军啊，要是都给了岳飞，这还得了？您一定有办法的！岳飞手握十万大军，提兵北上，到时候你我在朝中就真没有容身之处了！”秦桧终于被说动了，点着头，沉吟片刻，道：“解铃还须系铃人，要想扭转局面……”叫张俊趴到自己嘴边，对他面授机宜，那张俊听过佩服地点了点头。

张俊辞别秦桧后，回到京城直奔皇宫而来。那赵构连日来心情大好，正在御书房里练习书法，听闻张俊有要事参见，这才不耐烦地宣见。张俊一见到宋高宗，便开门见山道：“臣听闻皇上要把淮西军调拨给岳帅，臣担忧万分，特请皇上再三思后行。”

赵构仍然运笔临摹，心不在焉道：“朕不过给岳飞五万人而已，如何关系到社稷安危了？”

张俊道：“臣听说，岳家军收复六郡之后，刘光世的裨将郦琼才姗姗来迟；之前伪齐进犯淮西，刘光世亦是避而不战。刘部一向军纪不整，刘大帅本人也沉湎酒色，其养威避事之行，决难以为用。皇上解除其兵权，借以示警于诸将，可谓一举多得。只是，臣妄作小人之度，岳飞以此来弹劾刘大帅，导致淮西军合入岳家军，是否有排斥异己，妄自壮大之嫌？”

赵构笑道：“爱卿有所不知，岳飞并没有弹劾刘光世，岳飞还替刘光世说好话呢，求朕把首功给刘光世。说什么‘虽然刘大帅的兵马来得晚了

一点，但我的部下知道有了后援，无后顾之忧，所以才取得了胜利’。朕要解除刘光世兵权，不是一时冲动，淮西军本极其骁锐，耗费了大量的钱、米，却不能杀敌建功，实在太可惜了。兵家之事，势合则雄，雪国家之耻，拯海内之穷，除岳飞还有谁堪当此任！”

张俊听闻，突然扑通一声跪下，磕头作揖道：“皇上所见英明，只是作为臣子，臣有责任提醒皇上，让岳飞事权过高，人马过于雄壮，一旦此人功盖天下，威震人主，便悔之莫及了。”

赵构见他如此危言耸听，便问道：“爱卿何出此言啊？”

张俊：“臣听说，岳飞所到之地，当地百姓都夹道欢迎……”便将秦桧教他的那一套话鹦鹉学舌般地说将出来，“离去之时，百姓流泪相送依依不舍！臣与岳帅相交多年，自然相信他的为人，只是臣不能因二人之私交而对国事疏忽大意。举荐岳飞，臣绝不避亲；而上谏进言，臣亦不畏仇。然而，所谓防人之心不可无，若是合兵成患，这支大军不能为皇上所用……届时岳家军尾大不掉，以岳飞之能，岂是苗傅、刘正彦之流所可比呀！”

听到苗傅、刘正彦的名字，赵构吓得一哆嗦，脸色立即阴暗下来，道：“以岳飞为人，你说他会起不臣之心吗？”

张俊道：“岳飞功盖天下却不居功自傲，人品自是朝野皆知。然而，他不经商，不置田产，不营造豪华的宅邸，连平时饮食都不超过两个荤菜，每到论功行赏的时候，总以没有功劳辞谢。臣忍不住为陛下揣测：他岳飞在战场这样拼死拼活的到底为了什么？”赵构一听，深觉张俊分析得有道理，但依然自欺道：“收复中原，迎回二帝……”

张俊笑了一声，道：“话是这么说的，但人心隔肚皮啊，皇上您不能不留一个心眼做一个打算！昔日周世宗对太祖皇帝亦是信宠有加，然而他驾崩不到半年，太祖皇帝可就黄袍加身了啊！”赵构一听到“黄袍加身”四个字，感觉事态严重，急忙扶起张俊，畏惧道：“言之有理，言之有理……可是，朕已给岳飞下旨了，君无戏言，岂可朝令夕改？何况，疑人不用，用人不疑，朕不能因此怀疑大将啊！”

张俊趁机道：“那皇上何不趁机试探一下岳飞？”原来这正是秦桧教

他的离间宋高宗和岳飞的妙法，赵构一听，忙问："如何试探？"

张俊缓缓道："人生在世，求的无非是财、色、权，皇上不如以此三探岳飞，看他到底贪图什么？"赵构听过点了点头。

岳云大喜的日子很快就到了，只见桃溪园内张灯结彩，鞭炮声声，锣鼓齐鸣，一派喜气洋洋，乡里乡亲都纷纷前来恭贺。岳飞、李孝娥、张大年，正坐高堂，接受过两位新人的跪拜之后，张大年向岳云笑道："云儿，以后你要好好待娟儿啊，你要是敢欺负她，我可饶不了你！"岳云连忙点头，岳母也向他交代道："云儿，从今往后，你就是个大人了，有了家室，要担起更大的责任，不能再任性胡闹了。"

岳云恭敬答道："我知道。"

岳母笑道："你知道什么？"

岳云慷慨激昂，像念口号一般，道："收复中原，迎回二帝！"

"傻孩子！你现在最大的责任是赶紧让奶奶抱个曾孙，让我们老岳家四代同堂！"岳云一听奶奶的话，脸迅速地发起烧来，众人哈哈大笑。杨再兴也被大家所感染，举起杯子提议道："小云子都成亲了，来，我们几个老光棍的，也应该一起喝一杯！"

张宪、牛皋、王贵立马举杯相迎，杨再兴看着牛皋，叫道："你凑什么热闹啊？！"

牛皋叹了口气，道："唉，家家都有一本难念的经啊！"

王贵笑道："去去去，你还装可怜，小心我告诉桂娘，回去让你跪板子！"

牛皋装可怜道："兄弟行行好，我还想留着条小命北伐呢！"大家听过牛皋的话，一阵哄笑，那小慧用眼角余光看着杨再兴也抿嘴笑笑，杨再兴也时不时偷偷看她一眼，很快杨再兴便喝多了，跑到外面去吐。正吐得难受的时候，见有人递过来一方锦帕，他接过来擦了一下嘴，抬头一看，正是小慧，心里有说不出的欢喜，只管愣愣地看着小慧，连句感谢的话都说不出来。

就在大家都陷入狂欢时，一众御林军来到桃溪园，一位公公当众宣旨，让岳飞父子进宫见驾。大家一时不知道宋高宗何以突然要召见岳飞岳

云，只好连夜启程，往京城赶去。那赵构却并不在皇宫大内接见他们，而是在西湖边一处豪宅里接见他们。只见这处豪宅，江南园林，亭台楼阁，小桥流水，美轮美奂，不远处，隐约传来琵琶乐声，丝丝入耳。

岳云看在眼里，不禁目瞪口呆，啧啧称奇，赞叹道："哇，这儿好漂亮，跟皇宫似的，爹，咱们要是能住上这种地方，这辈子就值了！"

岳飞看着他，笑骂道："没出息！"

他们一见到赵构连忙跪拜行大礼，赵构急忙示意他们平身，笑道："爱卿免礼，朕之所以选在这个地方见你，就是不想跟你拘这些虚礼，来来，快起来。"

岳飞岳云一边站起来一边谢道："谢皇上。"

赵构看到眼前这个少年，眉宇间有英气，便问道："你就是岳云吧？"

岳云受宠若惊，拱手长揖道："岳云见过皇上。"

赵构道："朕早就听说过你，打襄阳六郡的时候，你是第一个冲上城楼的，果然是虎父无犬子啊！"看着岳飞赞赏道，"岳飞，你有个好儿子！"岳飞连忙作揖道："皇上过誉了。"

赵构道："岳云立下此等大功，你还压着他的功劳不报，你怎么能这样呢？"说着拍了拍岳云肩膀，道，"这对岳云太不公平了。"

岳飞拱手道："那次战斗，士卒冒着炮石箭雨，斩将破阵立下功劳，臣上报其事迹，才蒙擢升一级的恩宠，但因为岳云是臣之犬子，蒙皇上厚爱，曾将他连升三级，这会让将士们觉得很不公平，所以臣才隐匿不报。"

赵构勉强笑了一下，道："岳飞，你逃避宠荣到了如此地步，廉洁虽然是廉洁，却算不得公道。"

岳飞慷慨陈词道："臣为皇上统领大军，必须对自己公平，才会对别人公平。皇上领导各位大臣，该赏赐的时候从未吝啬，但作为父亲教导儿子，臣怎么能着眼眼前呢？"岳飞说得越光明磊落，赵构反而越担心，向岳飞不耐烦道："唉，岳飞，你别跟朕说这些。朕不会让你受委屈的。你看看这个房子，怎么样？"说着满怀期望地看着岳飞。

岳云少不更事，心直口快道："我从来没见过这么好的房子。"但岳飞却眉头一蹙，瞪了岳云一眼，赵构感觉岳飞不是在瞪岳云，而是在瞪自己，掩饰着笑了笑，道："既然岳云喜欢，那朕就把这个宅子赐给你们父子，以后天下太平了，你们住在这儿，朕想找你们聊聊天，也方便些。"

岳飞推辞道："皇上，万万不可！如此豪宅，臣承受不起。"

"以你立下的功劳来说，就是把整个西湖都给你也不为过啊！"

岳飞道："国家正在多难之时，臣不敢营建安乐窝。"

赵构失望道："你说你，堂堂宣抚使，不经商、不置田产、不纳姬妾，活着还有什么意思啊？"岳飞有些莫名其妙，为什么自己不要皇上的封赏反而惹起皇上的不高兴，正纳闷，赵构对他道："淮西军一事已拖了不少时日，自从刘光世去职以来，王德、郦琼暂管淮西，召你来，朕想让你与朕一同前去巡视。"岳飞听过，心中高兴，连忙称是。

赵构看在眼里，更加坐实张俊的分析，脸上却笑了笑，对岳飞父子说他专门准备了一场盛宴，一则为他们父子洗尘，二则也为岳云庆贺新喜。他请众人坐下之后，那姚公公便吩咐扬州知州万俟卨传菜，这万俟卨不但是扬州知州，而且还是江南第一美食家，他一边吩咐下人上菜，一边向高宗谄媚道："皇上，咱们扬州有三美，美食、美酒、美人。先请皇上尝尝这第一美。"

万俟卨一摆手，只见一碟碟精致的扬州美食送上桌来，三丁包子、千层油糕、鸡丝卷子、蟹黄蒸饺、翡翠烧卖、笋肉锅贴、桂花糖藕、三色油饺、四喜汤圆、生肉藕夹、赤豆元宵、拆烩鲢鱼头、扒烧整猪头、蟹粉狮子头、三套鸭、大煮干丝……无不色香味俱全，大家吃过后，无不啧啧称赞。赵构点点头笑着问万俟卨道："既然第一美尝过了，那第二美呢？"

万俟卨一挥手，四名壮男扎着红腰带端来一大缸陈年佳酿，万俟卨恭敬道："皇上，这是扬州第二美，洋河曲酒。所谓闻香下马，知味停车，酒味冲天，飞鸟闻香化凤，味占江南第一家。请皇上品尝。马上开封上酒。"众人喝过纷纷叫好，只有岳飞没有喝酒，他看到赵构也喝了一杯酒，心中纳闷，皇上金口玉言，当年答应自己一同戒酒，直等到驱除金寇，光复中原，才一起开怀畅饮，今天是怎么回事，想到这儿，他便激动地向赵构旧事重提："承蒙皇上看重，臣他日一定直捣金人老巢，与皇上痛饮黄龙府！"

赵构笑了笑，不置可否。张俊见状，向万俟卨挤挤眼睛，大声道：“万俟大人，第三美、第三美呢？”

万俟卨击掌，一队歌女、舞女容貌姣好，捧着琵琶，娉娉婷婷走了进来。万俟卨向赵构笑道：“皇上，除了这三美之外，下官还特地给皇上准备了另外一美，下官特地选了一名扬州绝色美女献给皇上，请皇上赏脸。”赵构看了看岳飞，道：“这样啊，岳飞他常年征战，朕就把这个江南绝色美女赏给他做小妾。”

岳飞连忙推辞道：“皇上万万不可，臣已有家室。”

赵构沉下脸道：“哎，岳飞今天别扫了朕的兴。”岳飞见龙颜不悦，无奈道：“臣恳请皇上容臣见过这个女子之后，纳与不纳再作定夺。”赵构这才转怒为笑，吩咐众人散了，命令一名宦官引领岳飞向那美人房中走去。岳飞走进去，看到一美人，手如葱玉，弹着古筝，身着轻纱，酥胸半露，确实是个不可方物的美女。

宦官恭敬道：“这位姑娘是江南第一美人，是皇上特为将军挑选的，赐给将军做妾，还请将军笑纳。”说着便退了下去，那赵构却并不曾离开，而是与张俊来到另一个房间相互对坐，密切关注着那美人房间，希望一切能按照自己所愿发生。但那美人弹奏一曲之后，起身来到岳飞面前要为其宽衣解带，岳飞却推辞道：“不必了，我们说说话即可。岳某坐到这里，不过是因为一纸皇命。再说岳某出身贫寒，四处征战，上有高堂，下有子女，你嫁给岳某，吃粗粮，住茅房，就不怕委屈了姑娘你吗？”

那美人淡然笑道：“将军，你不用说了，你是我最敬仰的英雄，你为了我们大宋江山出生入死，征战沙场，救黎民于水火之中，能追随将军左右，是贱妾的荣幸。”岳飞拱手道：“承蒙小姐厚爱，就算我娶你，我也不会倾心于你。”

美人不禁失望，道：“为何？将军认为我配不上你？”

“不是，小姐绝色佳人，世所罕见，不过我对我妻子曾有一个承诺，即使我再富再贵，也不会对她有不二之心的。”

美人听过，无奈一笑，却见岳飞已经起身而去，不禁落寞而敬仰地看着他的背影。

第五十三章

岳云救驾陷危难

赵构见到岳飞从美人房间走了出来，却并没见其色欲交欢之状，心里已经失望到极点，那张俊趁机道：“陛下，当一个男人一不求财，二不好色，那他到底要什么？”赵构脱口而出，道：“那只有第三样了，权！”说着自己也不禁打了冷战，武将弄权，前车之鉴，这可马虎不得。

第二天他便带着岳飞来到淮西军营，看着淮西军军容不整、操练不严，他不禁感到恼怒和失望，一阵寒风吹来，他咳嗽了几声。姚公公急忙递上手绢，他接过擦了擦嘴巴，瞄了一眼岳飞，开始他的第三次试探，叹了一口气，道：“唉，自从海上归来，朕的身体便多灾多病，遍寻名医，也无良方。看到你们父子能并肩作战，朕好生羡慕。”

岳飞坦然道：“皇上日夜为社稷操劳，龙体欠安，我们做臣子的该多为皇上分忧才是。”赵构见自己并没有把岳飞引到“正题”，便直接说道：“金国近来有何动静？”

岳飞毫无顾忌道：“自从金兀术杀死粘罕以来，金国便消停了许多，但臣窃以为金人正厉兵秣马，准备下一次南下。”

赵构追问道：“那伪齐近来如何？”

张俊在一旁插嘴道：“皇上，臣得到密报，金人废黜刘豫之后，意图改立先皇太子为傀儡皇帝，图谋制造两宋南北对立之局面。”

赵构道：“朕也听闻此事了，可这有什么办法呢？”

张俊看了看高宗头顶，道：“金人贯行‘以汉治汉’，不过这次，他们这步棋走得狠了点，”转头对岳飞道，“岳帅，你对伪齐颇有了解，你看当如何？”岳飞不知这话里有陷阱，望向远方，思索片刻，道：“金人一贯主张以汉治汉，张邦昌、刘豫，莫不如此。然而这次有所不同，先皇太子是赵氏正统，一旦他在汴京登基，中原民心士气便心向新帝，到时，我们再想北伐，便难如登天了。皇上，为民心士气考虑，皇上需当机立断，册立太子，以破金人阴谋。”

张俊听闻，立马怒恼叫道：“大胆，作为武将岂可干涉内政！皇上尚无子嗣，立何太子？”

岳飞并不理会张俊的呵斥，慷慨激昂道：“文官武将皆为宋国臣僚，忧心国事，怎分内外？若此时立了太子，便可攻破金人之阴谋，此为攘外。放眼历朝历代，立太子往往能避免群臣拥立新主、平定民心。皇上此时立太子，便能向世人展现一个心怀宽广的君王，此为安内。故而，立太子，是攘外安内，平定天下之举。”赵构越听越皱紧了眉头，等岳飞说完，一字一顿地说道：“卿言虽忠，然你握重兵于外，朕的家事非卿所当顾！”

岳飞一听，面如死灰，不知高宗何以如此震怒。只听高宗接着说道：“朕曾拟定让爱卿掌管淮西军军权。然而，淮西内部再三陈情，说淮西这支部队只服王德，希望朝廷任命他担任总管。朕很为难。”

岳飞听过，备觉诧异，道：“据臣所知，王德和郦琼素来不相上下，互不服气。若是王德为总管，必然会导致二虎相争！”

赵构问道：“王德不行，那张俊怎么样？”

岳飞看了看张俊，坦然答道：“皇上既然问了，臣只好据实回答。张宣抚性子有些暴躁，谋略欠缺，恐怕郦琼会不服。”赵构听了，审视着岳飞道：“那杨沂中应该高出这二人了？”

岳飞摇头道：“沂中虽勇，和王德差不多，怎么驾驭得了这支部队？一旦处置不当，变乱可能在弹指间就会发生。”

赵构道：“临安如今依靠这批人马驻守淮西作为屏蔽，如果抽拨了淮西军即能平定中原，朕当然舍得。但朕担心……如因调动了淮西军，不但不能收复中原，却先把淮西丢了，那么，势必连建康和临安也难保周全，爱卿可念及这一点？”岳飞立即拱手道：“臣有对策。近来颇有传闻，说

庐州、寿州之间微有边警，经进一步调查才知道，乃是金贼乘隙渡淮，淮西军竟未能察觉，可见军中将领不明之甚！我知道淮西军的将校中，有擅自拉了士兵逃往淮北的，而淮西方面一直隐讳不报。皇上，淮西军如此混乱，朝廷却茫然不知，岂不要败坏国事？若不将此军严加操练，如何能够拱卫东南周全？”

赵构冷眼看着岳飞，不快道：“照爱卿的意思，淮西军非你莫属啊！”

“臣不是图谋这支部队，有了这五万人马，臣率本部兵马即可出兵北伐，不出三年，中原可复！”

“朕知道了！朕与金寇不共戴天，收复之事，朕何尝有一日敢忘于心？”岳飞听赵构如此说道，心中不禁一怔，只见那赵构早已拂袖而去。

岳飞远远看着赵构和张俊的背影，一脸苦涩，知道自己的一切抱负将成为泡影。岳飞一连几天都陷入沮丧而不能自拔。这天他来到街上进入一家酒馆，也放弃了自己原先的酒戒，借酒浇愁。

酒过三巡，岳飞很快醉了，看着外面的天色，想着皇上的态度反复无常，回想自己跟着刘韐、宗泽两位老将抗金的情形，一时情绪万千，看着酒家在一张桌子上放有笔墨，便提笔在墙上肆意挥毫起来，写道：

> 怒发冲冠，凭栏处，潇潇雨歇。抬望眼，仰天长啸，壮怀激烈。三十功名尘与土，八千里路云和月。莫等闲，白了少年头，空悲切！靖康耻，犹未雪；臣子恨，何时灭？驾长车，踏破贺兰山缺！壮志饥餐胡虏肉，笑谈渴饮匈奴血。待从头，收拾旧山河，朝天阙！

突然有一人拍掌叫道：“好词！好字！”岳飞转头看去，此人不是别人，正是张俊，只听他道：“听说岳帅出来，我便一路找来了。皇上让我交与你。”说着拿出一个御札递给岳飞。岳飞接过来看，只见高宗在上面写道：淮西合军，颇有曲折，淮西之兵，须得朝廷指挥，若万千宠爱集卿一身，不顾下情，恐军心思变，而酿大祸。其中委屈，卿宜悉之；朕对卿之倚重，卿宜悉之。

岳飞喃喃道："皇上为何突然改变主意？"

张俊装作糊涂道："我怎么知道啊？现在王德担任总管，郦琼担任副总管，已成定局。"

岳飞叫道："我找皇上去！"

张俊劝道："兄弟，皇上已经起驾回宫了，让你回驻地候命，我还要处理交兵事宜。"说着意味深长地看着岳飞，道，"天威难测啊！"见岳飞不悦，又拍了拍他肩膀，道："兄弟，好自为之啊。"说着便离开了。岳飞看着张俊离去的背影，又抓起一坛酒猛往嘴里灌下。

很快，赵构便下旨让王德掌管淮西军。张俊遵旨来到淮西军营，摊开兵权转交书，由王德画押，宣布道："即日起，王德任淮西军总指挥，郦琼为副指挥。"

郦琼看着王德得意扬扬的样子，大为恼火，道："凭什么让他执掌兵权？"

张俊道："这是皇上的意思。"

王德看着郦琼不可一世道："郦将军，今天起，你可要好好辅佐我，我们同心协力，一起治理好淮西军。"

郦琼脱口骂道："放屁！"

王德大笑，道："郦将军，你对这样的安排要是不服气，大可向皇上去请愿。可是，你敢吗？"郦琼怒视王德，突然拔刀相向，王德的部下也拔出刀来与之对峙，僵持了一会儿，郦琼冷哼一声，突然把刀收回，率领部下走出营帐，愤恨道："此处不留爷，自有留爷处！"

部下问道："将军，现在咱们怎么办？"

"与其在王德手下受气，不如另谋高就。"

"您的意思是？"

"咱们投金去！"

部下担忧道："投金？如何取信于金人？"

郦琼笑了一声，狠狠道："咱们不能空着手去，得备份大礼。皇上离

开扬州还不远，现在动手还来得及。”说着与部下交换了一下眼神。这天傍晚，张俊正和王德在营中庆贺，一群黑衣人突然闯入，不由分说举起刀向王德砍去，张俊见大事不妙，急忙逃出营帐，骑马而逃。同时郦琼自己也带着一队淮西军士兵在山林中疾驰，抄近路截击赵构。那赵构正在御辇中昏昏睡着，突然听到外面有厮杀声，举目一看，四处弥漫杀气，心中便明白了几分。

他连忙下车拔出随身宝剑保持戒备，可是那些御林军根本不是郦琼他们的对手，很快便被杀了个精光，最后只剩下赵构亲自杀敌抵御。赵构一边豁出命顽抗一边叫道："骊琼！朕待你不薄，你为何反我？！"

郦琼冷冷道："我本不想反你，谁让你以王德为正，以我为副，我不服！既然在这里受窝囊气，不如去北边吃香喝辣！"说着挥了挥手，示意黑衣人杀向赵构，并叫道，"皇上，你跑不了了，束手就缚吧！本将军让你去五国城跟你亲人相聚！"

赵构见自己穷途末路，悲笑道："去五国城？那生不如死！你还是杀了朕吧！"

郦琼道："好，那拿你人头去投金也不赖！"说着向赵构杀了过去。此时一匹马疾驰而来，马上挥舞双锤，将其挡开。郦琼仔细一看，此人不是别人，正是岳云。还没等郦琼反应过来，岳云已经将赵构拉到马上，虚张声势道："皇上，别怕，我爹的大军就要来了！"郦琼一听，不知是真是假，正在犹疑，被岳云一锤击中，跌倒在地，岳云连忙带着赵构逃了出去。

岳云带着赵构一路疾驰，终于甩脱追兵，一身血污地回到了临安皇宫。吴氏见状，连忙服侍他更衣。此时御林军首领走进来向他禀报："皇上！郦琼带着五万人马和十万百姓投了金人，御林军赶到时，只找到了姚公公，张大人仍不见踪影，生死不知。"赵构听闻，将早在门口等着的一干文武大臣骂了个狗血喷头，此时却见张俊一身血痕地从外面进来，说要面圣。

文武百官看着张俊竟然不知死活，还敢回来面圣，都等待着一场好戏。可是那张俊却似乎不慌不忙走了进去，开始还能听到赵构在向他骂道："你还有脸回来？！让你办这么点小事，你都搞砸了，你说你该不该死？！"后来却不见动静了，到最后岳云和其他文武百官看到张俊满面春风地走了出来。所有人不禁感到一阵意外，猜测不透，大家正在议论纷纷时，那姚公公尖厉声道："宣岳云觐见！"

岳云忙收拾起心绪，恭敬而入，见到高宗磕头道："臣岳云叩见皇上！"

赵构亲自扶起他道："爱卿救驾有功，免礼免礼！"说着拿出一把宝剑赐予岳云，道："大宋多几个你们这样的父子，朕就高枕无忧了！这把宝剑，跟着朕从归德一路走到这里，今天，朕将它送给你，你以后要用它平奸除佞！"

岳云接过宝剑，道："谢皇上。"

赵构奇怪道："昨日要不是你及时救驾，后果不堪设想，你是如何知道郦琼谋逆的？"岳云恭敬答道："微臣不知。"

"那你怎么会出现在那里？"

"我爹让我送奏折给皇上，正好遇到贼人图谋不轨。"

岳云说着取出一道奏折，递给赵构。赵构接过一看，只见上面岳飞遒劲的字体写道：臣眼疾又发，若朝廷无北伐之志，臣乞交上兵权，还乡就医。赵构看完，生气道："你回去告诉你父亲，朕不准他的请求，让他速速回营！"岳云领命退下。虽然事情已经过去了好多天，但赵构依然心事重重。吴氏见状，便安慰道："皇上，事情已经过去了，您就不要再想了，虽然有些损失，所幸有惊无险，皇上龙体安康，已是大幸。"

赵构叹了一口气，道："唉，朕不是为此事烦恼，今天张俊的话说得很对，太祖立国以来，崇文抑武是有道理的。一百个文臣贪污纳贿，都比不上一个武将作乱危害更大啊！"

吴氏看了一眼赵构，道："皇上是不信外边的大将军们？"

赵构看了看墙上的万里江山图，道："江山稳固，还得靠他们，朕不得不信，可朕若是全信，江山同样会危在旦夕。"

吴氏问道："那皇上有何打算？"

赵构沉吟道：“朕也没想好，日前，金人传来消息，要与我进行和议。现在看来，与其让这些武将们打打杀杀，尾大不掉，不如和气生财，与金人平分天下。你说这样可好？”吴氏听过一笑，道：“这种国家大事，臣妾怎么知道，臣妾进宫前，只是一个卖豆腐的。”

赵构看着她娇羞，笑道：“豆腐好啊，等我老了，牙齿咬不动了，就天天和你吃豆腐。”

吴氏脸红道：“皇上取笑臣妾了。”

赵构将她搂在自己怀里道：“所谓执子之手，与子偕老。能这样，不很好吗？不过，咱们能不能活到那个时候就不好说了。”

吴氏动情道：“皇上！”

赵构看着吴氏的面庞，亲吻了一下，狠狠道：“朕的江山来之不易，朕不想像父皇那样沦为异乡孤魂，朕要安安稳稳的，和你守住这江山，过太平日子。朕发誓，朕宁可错杀忠臣，也不要让淮西兵变这种事情再次发生！”

第五十四章

岳母逝忠孝难全

自从金兀术帮金熙宗杀了粘罕之后，翎儿便一直不肯原谅金兀术，她离开了金兀术，独自一人住在翎河旁边。这天，她又想起哥哥和金兀术两个人，心里愁苦不堪，从营帐走出来，信步来到了畜养营。牛羊成群地叫着，这时她看到一只小狗孤零零汪汪地叫着，似乎和小孩一样正在牙牙学语，便蹲下来，一只刚出生不久的小狗试图从围栏里挤出去，很是可怜。

翎儿心生怜悯，抚摸着小狗自言自语道："你好可怜啊，也只有孤零零一个人。"这时一个声音在背后道："可能它的娘知道没有足够的奶水，所以丢下它，但它知道活下去才是最重要的。"翎儿一听声音，就知道是宇文虚中，他可能是受金兀术所托，来请求自己原谅的。翎妃听过他的话，叹息了一声，摸着小狗，并不说话。

宇文虚中见她不吭声，直接说道："娘娘应该明白宇文虚中的话。"

"你也是来替兀术做说客的？"

"宇文虚中不敢，我只是想和娘娘说，连一只刚出生的小狗都明白生存的法则——弱肉强食，娘娘没有道理不懂。"

翎妃冷冷道："我不用你和我讲道理。"

宇文虚中苦笑一声，想起了幼时的伤心往事，哽咽道："我没有资格和娘娘讲道理，只是宇文虚中想起儿时，有一年家乡发大水，我们兄弟三人被大水冲散，娘身单力薄，只能救一个孩子，她选择了我，而娘却只能看着我的两个哥哥被大水淹没。"

翎妃安慰他道："没有选择的选择。"

宇文虚中点点头，悲伤道："是，我娘对我特别好，因为她只剩我一个，就像现在四皇子也是你的唯一，你要珍惜。”翎妃早就被宇文虚中的童年往事所感动，同时想到现在金兀术也很难过，便道：“我明白，我知道兀术和哥哥之中，总会有这么一天，我只是需要一点时间。”

“娘娘深明大义。四皇子心里也一定不愿这么做，他也是没有选择的选择。”

“你一定很想念你的家人？”

宇文虚中看着天边，心里翻江倒海，各种滋味都有，叹了口气，道：“当然，日日思念，可是，我们都没有办法，与其自暴自弃，不如先照顾好自己，或许有一天，我会等到和家人见面的。”翎妃看着宇文虚中，想想他的命运，心中无限感慨，又想想自己，不由得苦笑一声，造化弄人，任你是天王老子还是平民百姓，都逃不出命运的手掌心。

翎妃被宇文虚中说动，终于决定回金兀术的营帐。她刚走到营帐前，就看到金兀术戴着他缝给哥哥的帽子，一恍惚仿佛看到了粘罕，失声叫道：“哥哥……”

金兀术听见她的声音，喜出望外，叫道：“翎儿。”

翎妃立马清醒过来，又黯然伤心起来。金兀术忙上前抱住她，恳求道：“翎儿，原谅我吧。你可以恨我，但不要离开我。”翎妃也抱着金兀术哭着说道：“我知道这次不是哥哥死就是你死……”

金兀术见翎儿原谅了自己，忍不住流下泪来，翎儿替他擦着眼泪道：“男人不能流眼泪的。尤其是你兀术。”金兀术紧紧搂着她点了点头。

那宇文虚中看到金兀术和翎妃二人和好如初，直替他们高兴，但一想到自己和家人天各一方，不由黯然神伤。

这天宇文虚中正在帐中看书，突然听到夏金乌叫他出去。他心中疑惑，自己平日和这夏金乌并无往来，于是带着好奇走出营帐，竟然看到自己的老母亲和十岁的儿子小宝站在外面，祖孙一老一小，瑟瑟发抖，脸上分明充满了害怕。

小宝一见到爹，便扑到他怀里。老母亲眼中含泪，双唇瑟瑟颤动，千言万语却一句话也说不出来，看着宇文虚中，半天才说道：“可找到

你了。”

宇文虚中问道：“你们是如何找到这儿的？”说着将母亲和儿子请进自己的营帐里。此时听到金兀术在背后道：“是我派人接他们来的。没想到，你还有这么一个可爱的孩子啊！”摸摸小宝的头，道，“是不是，小宝？”那小宝怯怯地点了点头。金兀术高兴道：“你们先好好聚聚，回头我再找你！”

原来翎妃和金兀术和好之后，翎妃想起宇文虚中对自己提到的伤心往事，便告诉了金兀术，金兀术听在心里，便派夏金乌找到他的母亲和儿子，给接到这金营里来。宇文虚中知道母亲和儿子受了不少苦，可能一路上连饭也没有好好吃过，连忙吩咐手下准备了一桌子好酒好菜。

果然，那小宝看到满桌好吃好喝的，便狼吞虎咽地吃起来，一边吃一边问道：“爹，我们什么时候回去啊？”宇文虚中看着他，心中无比疼爱，道：“等不打仗了，我们就回去。”

小宝又天真问道：“那什么时候打完仗啊？”

宇文虚中叹了一口气道：“总会有这么一天的。”

宇文虚中的母亲看着他，担忧道：“你真的投了金人？”

宇文虚中看了看小宝，担心其能听懂，向母亲道：“娘，怎么这么说呢？娘，金人险恶，我没想到会连累你们，但你相信儿子，我绝没有做对不起家乡百姓的事！”母亲含泪点头。宇文虚中看着母亲，安慰道：“你们忍一下，我一定会想办法送你们回去。”

“你不能和我们一起走吗？”

“我还有更重要的事要做。”

“还有什么事情比你娘我和你的亲生骨肉小宝还要重要？”

宇文虚中起身向母亲下跪道：“两国交战，自古只有马上打天下的，从没有在马上治天下的。金人在我们的土地上烧杀抢掠，但他们没有办法治理我们的国土，因为他们落后，不懂管理和制度，所以他们要学习我们宋人的文化，只要他们学习了我们的文化，他们就成了我们的学生，天下的统一是迟早的，但最终绝不是靠金戈铁马、涂炭生灵！”

宇文虚中的母亲连忙扶起他，道："我的儿，为娘明白，为娘明白。"看着母亲年纪这么大，还跟着自己受委屈，宇文虚中不禁流出了眼泪。

岳飞见高宗并没有将淮西军拨给自己，自己负气提出辞官高宗同样也不答应，无奈只好回到自己军营，那牛皋张宪他们早已听说这些变故。岳飞自知骑虎难下，说北伐，岳家军明显兵力不够，若不北伐，自己与那些投降主和派有何不同，更何况自己向父老乡亲立过宏愿。

这天，他将王贵等人召来道："诸位兄弟，你们说该如何是好？"牛皋还没听他说完，便嚷道："什么收复中原，迎回二圣，以前皇上可能还想，经过淮西这一闹，他肯定断了这个念头！"

杨再兴建议道："大哥，那你再上一折，咱岳家军单军北伐，我就不信拿不回中原！"王贵担忧道："岳家军单兵收复中原，还是有难度的吧？"

张宪道："现在最重要的是皇上是怎么想的，怕就怕皇上从此成了惊弓之鸟，再也不提北伐之事了。"

王贵觉得张宪说得有道理，向岳飞劝道："大哥，你若是不顺着他这个心思，怕会失去皇上的恩宠，被朝中那些小人所利用。"岳飞看着王贵，恼怒道："个人荣辱，何须放在心上？你们不必顾虑这些，一切有我，眼下最棘手的，是如何让皇上再下北伐之心。"

王贵再次说道："皇上没处罚张俊，反而升了他的官，就说明问题了——皇上不想北伐！"

张宪摇了摇头道："皇上不是不想，而是害怕武将在北伐过程中势力壮大！"牛皋听过，气得叫道："壮大有什么可怕的，壮大了可以保护国家保护老百姓，再说了，他害怕咱们干什么啊？俺老牛有啥值得怕的，他要是怕俺对他不忠，俺可以把俺最值钱的东西押他那儿嘛！"

杨再兴打趣牛皋道："你有什么值钱的东西？你最值钱的就一个桂娘！"大家一听，被逗笑了。说者无心听者有意，岳飞一拍手掌道："押

得！这也是一个办法。自古以来，大将出征在外，家眷都是扣留国内的，只有这样，皇上才能信任咱们。我再给皇上写一封奏折。”说着就要人准备笔墨纸砚，自己写一道奏折。此时岳云从外面进来，禀报道：“父帅，刚才探子来报，有一队金国使者入境，正向临安而去。”

众人听闻，互相惊讶地看着，牛皋气得一跺脚：“他娃儿的，皇上他原来是想和谈了呀！”

金兀术帮助金熙宗铲除了粘罕之后，便一心一意准备起再次南下攻打大宋。连那金熙宗也受到他的影响，决定对宋边谈判边战争。决定以战为主，以和为辅，争取早日完成大业。而他也深知，和谈的不二人选便是斡离不，于是派他前来临安与宋和议。

这天，在皇宫偏殿，赵鼎接见斡离不和哈迷蚩二人进行商谈。斡离不开口道：“大金皇上圣恩，愿将河南、陕西之地无偿归还。还有你们老皇上的棺椁，一并奉还。”

哈迷蚩补充道：“当然，宋廷每年需纳贡白银二十五万两，绢丝二十五万匹。”

赵鼎一听，愤然道：“这哪是议和，分明是抢夺！大宋久战方息，民生凋敝，百业困顿，今非昔比。所纳之数，那可是宋人的脑袋和性命啊！”

哈迷蚩冷冷道：“这我们可管不了，我们是奉大金皇帝之令，来诏谕江南的。”赵鼎愤怒，咬牙不说话。哈迷蚩见状，心中好不得意，道：“还有，宋必须废除年号，对金称臣。”

赵鼎断然道：“这不可能！”

哈迷蚩进一步道：“还有，你们皇上必须下跪接旨。”

赵鼎拍案而起，道：“这更不可能！这样的议和，丧权辱国，恕我等无法接受！”如此这般，和议失败。第二天早上文武大臣来到皇宫大殿等候赵构上朝，他们早已听说赵鼎谈判失败，于是纷纷议论。一位大臣道：“这次可是他们主动议和啊，听说他们居然还割地给咱们，条件很不错啊。”

另一个大臣附和道：“可不是嘛，无非就是纳些岁币嘛，想想当年，每年要给辽和西夏五十五万两岁币，现在区区二十五万两，算得了什么？”

前一个大臣点头道：“是啊，二十五万两换个天下太平，这笔买卖，划算！”

第三个大臣笑道：“就是金人提出要皇上下跪接旨，这个……恐怕不好办啊。”大家正在议论纷纷，姚公公走了进来，向大家道皇上今日龙体欠安，今日不上早朝，于是这些官员各自散朝回家。

那赵构虽然遣散了众臣，没有上朝，但是清楚文武百官对自己的看法，心里忧愁不堪，自怨自艾道：“靖康之乱十一年来，这可是金人第一次主动提出议和。这十一年来，每天晚上朕都会做同一个梦，梦到先帝、韦后在五国城受辱。他们在朕的耳边说，我的儿啊，我冷，我想回去……”吴氏接口道：“所以，皇上您打算跟金人议和了？”

赵构沉吟道：“昨晚朕想了一晚上，金人愿将河南、陕西之地交还，还要送还先帝梓宫，如此优渥的条件，朕怎能不心动？只是……”

吴氏看着赵构问道：“那皇上顾虑什么？”

赵构叹了一口气，道：“金人提出让朕跪接圣旨。朕不是不愿跪，若是下跪磕头可以划淮河而分治，可以把太后接回南宫，朕日日去磕头！”吴氏理解道：“虽然皇上有分治之诚，思母之切，可是皇上贵为一国之尊，实在不宜于大庭广众之下，跪拜北金来使，皇上这一跪，可就跪掉了江南民心！跪掉了中原气节啊！”

赵构点头道：“是啊，朕顾虑的正是此事。”

此时姚公公从外面进来，向赵构禀报道：“皇上，还有些大臣候在大殿之上不肯离去，说是今天必须见到皇上。”

赵构不耐烦道：“朕说了不见！”

姚公公拱手作揖道：“皇上息怒，这满朝的大臣得知议和的消息，都像热锅上的蚂蚁，他们都想知道，皇上到底接不接受议和。”

赵构冷哼一声道："一个个看起来忧国忧民，真到了关键时候，全都没了主意，真不知道养这些废物到底干吗？！"

姚公公趁机道："恕老奴多嘴，老奴觉得皇上倒是可以问计于一人。"

赵构忙问："谁？"

姚公公缓缓道："秦大人。"

赵构一听，心中震惊，看来这秦桧神通广大，连姚公公都为其说话，但转念一想，似乎和议一事，也只有这秦桧可堪担当，于是命姚公公请秦桧复出。姚公公遵旨来到秦桧老宅请其出山，但秦桧早就听说斡离不来到京城议和，知道自己复出的机会到了，但是又不能轻易复出。于是姚公公来请他的时候，他便装病拒不相见，姚公公无功而返，好不沮丧。

过了几天，没见什么动静，秦桧照例安然度日。王氏却有些坐不住了，说他弄不好就会弄巧成拙。秦桧只是笑笑，并不担心。

这天，秦桧正在看书，王氏也在一旁做着针线，一只老鼠跑了进来，他们二人追上去就踩，没想到这老鼠狡猾，轻易跑了。这时听见有人敲门，王氏去门缝查看，见是张俊，才打开门。只见这张俊捧着一只精致的笼子，笼子里有一只雪白的波斯猫，边往里走边道："秦相国！我特地请人从波斯带了一只猫回来，以后你们就不用怕老鼠了。"

秦桧淡然一笑。王氏接过张俊手中的笼子，打开笼子，捧起猫轻轻爱抚起来，道："好漂亮的猫啊！张大人，坐啊，我去给你们做些酒菜来。"她知道张俊找自己官人有话要说，便抱着波斯猫回避了，张俊见王氏已经离开，便向秦桧道："秦相国，下官奉皇命请您入宫面圣。我就说嘛，皇上早晚会再次起用你的。秦相国，你收拾收拾，咱们即刻出发？"

秦桧却不为所动。张俊见状，连忙劝道："现在皇上都开口了，正是最用得着你的时候，你莫要错过良机啊！"

秦桧故意问道："你可知道皇上找我是要干什么？"

张俊笑道："皇上现在要议和，不重用大人，重用谁啊？"

秦桧冷哼一声，道："皇上是遇到了难题，这才想到我，他若是轻而易举就见到我，有了解决之策，难免日后还会弃秦某如敝屣。"

张俊道：“皇上几次三番召你入宫，你都借故不出，你这是要掉脑袋的！”秦桧一脸平静，请张俊坐下来边吃边聊。张俊继续劝道：“再一再二未必有再三，秦大人，你就不怕皇上龙颜大怒，从此彻底把你打入冷宫？”说着夹了一块肉塞进嘴里，秦桧冷冷一笑，道：“一个人若是腹中饥饿，怎会弃掉嘴边的食物？哪怕它是老鼠肉，吃着也会甘之如饴。张大人，老鼠肉的味道如何？”

张俊听过，顿觉恶心，把肉都吐了出来，秦桧见状，哈哈大笑，道：“看来张大人还是不够饿啊！

张俊知道自己请不动秦桧，无奈只好向赵构复命。赵构听过，勃然大怒道：“秦桧！一个罪臣！朕想用就用，不想用就不用，现在倒好，变成朕求着他了，他真拿自己当诸葛亮了，他什么意思？跟朕摆谱？！”

张俊忙跪下道：“皇上息怒，微臣办事不力，请皇上恕罪！”

赵构摆摆手道：“其他人有什么主意？”姚公公递上一摞奏折，他连看都不看，便将奏折打翻在地，叫道：“满纸废话，说了还不如不说！”气得来回踱步，心中却一筹莫展。

那岳母虽然久病不好，却也熬过了一年。这天又到了她的寿辰，岳飞请众人来到桃溪园给岳母过了一次寿，连在庐山隐居的张用也前来贺寿。但是岳飞见母亲并不高兴，便问她怎么了，岳母看了他一眼，叹口气道：“唉，看到张用，想起汤阴老家了。没想到这次南来，竟是永别。”

岳飞连忙打断道：“娘，您一定能回去的。”

岳母摇了摇头道：“你别安慰我了，人老了，身子怎么样，自个儿清楚。昨天晚上我做了一个梦，梦到我们一起看皮影戏。”

岳飞回忆起往事，动情道：“对啊，我记得小时候，娘你最爱看了。”

岳母沉浸在往事中，道：“每个月的初一、十五，村口就有人来演皮影戏，我跟你搬个小凳子，就坐台下看，看得如痴如醉，等到人全都走光了，还不舍得走呢。唉，一转眼都快二十年了。如果有一天娘走了……等娘走了，你要把我葬在高山之阴……”

岳飞黯然道："娘，你别说这种不吉利的话……"

岳母挤出一丝笑容道："活着回不去，死后也让我能日日望着家乡。张用说的庐山就很好。将来有一天你能回去的话，记得把我的灵柩和你爹的合葬一处。唉，这些年老家没人，你爹坟头该长满杂草了……"说着，岳母潸然泪下，岳飞为母亲拭泪，但他自己也流下泪来。他为母亲请的戏台上，皮影戏人正在讲着杨家将的故事。不知不觉中，岳母枕着岳飞的肩慢慢闭上了眼睛，在热闹喧腾的氛围中渐渐没了气息，安静得就像睡着了。

岳飞知道母亲已经安静地走了，顿时泪如泉涌，强抑制自己的悲痛，没有号啕出声来。

第五十五章

议和谈奸相复出

宋高宗连日来派了好几人来请秦桧复出，这秦桧却躲避不出，自己徒然生气，满朝文武竟然没有一个能拿得出化解金人刁难的主意。他好不懊恼，难道他堂堂大宋皇帝，竟然要受制于一个罪臣，所以连日来寝食难安。这天，姚公公在一旁伺候他和吴氏用膳，他又没胃口，将碗筷扔在一边发脾气。吴氏见状，试探问道："还在为议和的事烦忧？"

赵构叹了口气，并不说话。

吴氏看着他道："皇上为此事食不知味，夜不能寐，这样下去可不是办法啊。不如这样吧，臣妾陪皇上出宫走走，怎么样？"姚公公也在一旁劝道："是啊，娘娘说得对，皇上整日忧心忡忡，老奴担心皇上积郁成疾。出去散散心，放松放松，没准什么烦心事就都豁然开朗了。"赵构想了想，便同意了，自己窝在皇宫里都快闷出病来了。

说着，赵构等人换上老百姓的衣裳，从皇宫走出来微服私访，便衣御林军混在人群中，密切保护。只见繁华的街市，车水马龙，一派热闹景象。赵构触景生情，向吴氏道："朕第一次看见你，就是在一个像这样的地方。"吴氏看了看周围的人，叹道："十年了，时间过得好快啊。"

赵构看着她动情道："当年康履、王渊背着朕胡作非为，让你受委屈了。不过所幸，他们两人终究恶有恶报。"

吴氏笑了笑，道："过去的事就不要再提了，臣妾都忘了。"

赵构试探道："你不会还恨朕吧？"

吴氏摇了摇头，道："恨过，可是后来觉得，恨一个人太累了。"赵构握着吴氏的手，苦笑。突然之间，大雨倾盆，路人惊慌失措，奔跑了起来。

赵构等人也慌忙钻进一家茶馆避起雨来，店小二为他们沏上一壶茶，拿来几碟点心，他们慢慢喝着看雨。

突然窗外传来一阵喧闹声，赵构好奇抬头向外望去，只见一群难民衣衫褴褛，走了过来，不断向路人乞怜，道："可怜可怜，赏点银子吧！"赵构默默看了一会儿，道："他们都是什么人？"

姚公公道："听口音，应该是从北方逃过来的。连年征战，那儿的百姓大多都到南方来谋生了。"

吴氏同情道："唉，真可怜，有家归不得，有田种不得。"

赵构惭愧道："当年的汴京，八荒争凑，万国咸通，繁华至极。如今，朕唯一的心愿，就是保全江南之地，让临安再现汴京盛景，让百姓可以安居乐业。"吴氏安慰他道："只要这次能够议和，天下太平了，臣妾相信，皇上一定可以的。"

赵构叹了口气道："这次议和，关乎江山社稷，可是朝中那么多大臣，朕居然无人可以问计。唯有那个秦桧，脑子聪明点，却屡次三番托病不见。唉，让朕如何是好……"

吴氏道："十多年前，臣妾从父亲手中接过豆腐摊子，生意惨淡。一天有家酒楼要我们供应豆腐，我们都很高兴，这可是笔大买卖。偏偏这个时候，黄豆贩子说要涨价，没办法，答应了酒楼了，我们只好暂时答应高价买下豆子。虽然这笔买卖我们赔了本，可是这个缓兵之计，让那家酒楼非常相信我们，之后就让我们常年供应他们豆腐，我们的生意，也慢慢有了起色。"赵构思索着吴氏的话，突然开朗，笑道："你这个豆腐经，还有点道理啊。"对姚公公说道，"秦桧现居何处？"

姚公公答道："城南，距此不远。"

雨停之后，赵构吩咐姚公公在前面带路，一行人向城南而去，来到秦桧破宅门外，只见院内枯柴堆得横七竖八，凋敝不堪。姚公公向里面喊道："秦大人！秦大人！皇上来了，还不出来见驾。"那秦桧掐准这皇上也该来了，于是在床上躺了一天，一动不动，听到姚公公的声音他更假装

睡了过去。

王氏出来见到赵构，慌忙下跪磕头道："不知皇上驾临，有失远迎，请皇上恕罪！我家官人他……"赵构忙请她平身道："听说他病了，朕来看看他。不知道他怎么样了？"

秦桧这时才装作惊醒，一看到赵构，就要挣扎着从床上下来，给赵构请安。赵构连忙按住他，道："免礼。"环视里屋，方才坐下。王氏慌忙扶秦桧起床，秦桧故作病态，咳嗽不已。王氏赶紧给他递药，他勉强喝下，道："臣惭愧，让皇上挂念了。"

赵构摇了摇头道："没想到你堂堂相国，居然沦落到这个地步，这也怪朕啊，让你受苦了。今日，朕给你带了点草药，保证药到病除。你是朝廷的栋梁之才，你得赶紧好起来。"

秦桧勉强躬身咳嗽道："谢皇上。"

赵构看着，心中虽恼，但不得不强颜欢笑，道："现在宋金又开和议，这次来朕想听听你是怎么看的？"秦桧忙道："臣窃以为，和则共赢，战则双败。"

"此话怎讲？"

"真宗的时候，大宋跟辽国立下'澶渊之盟'，将当时两个县一年的总收入赐予辽，换来天下太平。而如今，花点银两，就能收回河南、陕西之地，皇上如此勤政爱民，不用十年工夫就能挣回这点银绢。"

赵构叹了口气道："这些道理朕都懂，然而金人刁难，不但要向他们称臣纳贡，还让朕下跪接旨，真是岂有此理！"

秦桧故意道："微臣听说金人态度强硬，毫无回旋余地，如不照做，恐和议难成。"赵构愠怒，道；"可如此一来，大宋颜面何存？！必须想一个两全其美的办法。"

秦桧躬身道："皇上所见极是。"装作咳嗽，思索片刻，道："皇上可以热孝在身为由，不问朝政，既然不问朝政，便无需接待金使，不接待金使，又何须下跪呢？"

赵构眼前一亮，道："好！朕今天果然没有白来。"停顿一下，道，

“不过……金人会答应吗？”秦桧见时机已到，连忙跪下道：“臣愿前去与金人交涉此事！”赵构看着秦桧半晌，明知他机关算尽，又气又恼，淡淡道：“爱卿住在这里委屈了，明儿还是搬回相国府吧。”说完便从秦桧老宅大步而出。秦桧看着赵构离去的背影，嘴角露出一丝得意的笑容。

第二天，秦桧就带着王氏和秦熺重新回到了右丞相府。秦桧贪婪地嗅着里面的味道，看着里面的陈设，最后舒服地坐到太师椅上，摸着黄花梨的椅背，闭目享受这一切。王氏抱着波斯猫，看着失而复得的一切，心中万分激动。那些文武官员听到秦桧官复原职，无不前来争相道贺，秦桧冷眼看着他们，感慨万千。

这天，赵构将秦桧宣到御书房，和他商议和议之事。原来这赵构已经按照秦桧指点做了让步，但金人还不答应，心中好不焦急。秦桧听过，说道：“蛮夷之邦，无礼仪可言，与他们说守孝之事，无异于对牛弹琴。”赵构气恼道：“那可如何是好？朕若跪拜金人，朝中那些主战派大臣还不得杀了朕！”

此时御书房外传来争吵声，只见赵鼎怒气冲冲地赶来，姚公公一路阻拦，但阻拦不住，赵鼎叫道：“我要见皇上，此事万分紧急，不可拖延！”

姚公公忙道：“皇上现在不方便见你，赵大人，你……”赵鼎不管不顾，冲进御书房，看到秦桧和赵构正在密谈，好不诧异，一下子愣住。赵构见状，怒喝道：“赵卿，你这是干什么？火急火燎的，大宋重臣，怎可如此有失体面！”

赵鼎看了秦桧一眼，冷哼 声，道：“皇上，社稷若无体面，我们做臣子的，何来体面之说？皇上，这秦桧乃金人奸细，不能用啊！”秦桧尴尬地笑了笑，并不言语。赵构看了一眼秦桧，对赵鼎道：“秦大人是能做事的人，而你们只会跟朕说什么大宋的颜面，朕不用他用谁啊！”赵鼎还要劝说，赵构一摆手道：“此事无需再议了，爱卿你先回吧，朕与秦相国还有要事商谈。”

赵鼎悲愤道：“皇上，金人虎狼之心，不可和议啊！”

赵构沉下脸来，摆摆手不耐烦地请他走，赵鼎扑通一声跪下，秦桧见状也连忙跪下道：“皇上，和议之事，赵相国且如此反对，臣万万不敢再继续下去。”

赵构冷哼一声，道：“这是朕的江山，还是他赵相国的江山啊，秦爱卿请起！”秦桧却并不起身，道：“赵相国态度如此，朝中大臣更不必说了。金人之所以不接受臣的提议，便是因为……”说着看了看赵鼎，欲言又止。赵鼎恼羞道：“明人不说暗话，秦大人有什么话可以直说！”

秦桧方才道：“金人之所以坚持皇上跪接诏书，便是因为赵相国在与金人和谈之时，态度蛮横，惹恼了金人。”

赵鼎怒喝道：“一派胡言！君子和而不同，金人狼子野心，我岂可与之虚与委蛇？”秦桧笑了笑，哼道：“那赵大人有没有想过皇上？和议已是箭在弦上不得不发，大人身为相国，国之重臣，岂可不知克敛脾气，以国事为重？”

赵鼎慷慨道：“赵某便是以国事为重，所以才驳斥金人之无理要求！赵某若答应了金人，那才是误国误民误天下！只要我为相一天，我便不答应和议！”赵构听赵鼎坚决反对和议，脸色更加阴沉，道：“赵爱卿！你是说，朕也误国误民误天下了吗？”

赵鼎自知失言，赶紧低下头谢罪道：“臣不敢。”

秦桧却装作宽宏大量，替赵鼎说道：“皇上，臣以为这也不是赵大人的本意，不过今日之局面，赵大人也难辞其咎，臣建议，若是赵大人能向金人赔礼认错，弄不好，金人肯网开一面，不在跪接诏书这里故作刁难。”赵构沉吟片刻，看着赵鼎道：“这……赵爱卿，你怎么看哪？”

赵鼎看了一眼秦桧，强按心头恼怒，道：“皇上，金人没安好心，这是羞辱微臣啊！羞辱微臣，便是羞辱皇上，臣万万不敢！”赵构一听，暴怒，道：“你身为相国，连这点担当都没有吗？”沉默片刻，长叹一口气，对赵鼎黯然说道：“你从归德便跟着朕，这么些年了，朕知道你是为朕着想，为江山社稷着想，不过，你岁数大了，现在的情势，跟前些年不一样了，你不必劳心国事，回家去颐养天年吧！”

赵鼎摇了摇头，看到高宗态度坚决，便卸下头顶的乌纱帽，跪拜辞谢。赵构看着他离去，失魂落魄道："秦爱卿，他宁可辞官，也不愿向金人低头，这可如何是好？"秦桧想了一下，道："只要金人不坚持皇上亲自接诏书，臣愿向金人低头，代皇上接受诏书。"

赵构忙道："那金人会答应吗？"

"臣愿一试。"

赵构假惺惺道："爱卿为国事操心，还遭众人非议，朕深为感动！"

秦桧故作义正词严道："臣欲济国事，死且不避，安避怨谤？"

赵鼎辞相罢官之后，秦桧心中好不痛快，自己的绊脚石又少了一块。这天春风得意，他带着王氏来到郊外散步，只见斡离不带着两名随从骑马而来，向他叫道："秦大人！你好雅兴啊！多年不见，你现在位高权重，连你的门我都登不了喽！"

秦桧拱手道："哪里哪里，秦某能有今天，全靠二太子的提携。当年要不是二太子把我一家从五国城中救出，秦某现在没准就是异乡孤魂了。您的大恩大德，秦某永记在心。"斡离不哈哈大笑，道："好吧，那咱们在这就好好叙叙旧。"

两人说着，示意各自手下待在原地不动。他们二人边走边说，秦桧道："今天约二太子见面，就是想和你商议一下。如今宋金和议迟迟未成，难点不在于这些，而是称臣跪拜。皇上为此深感头疼，还请二太子通融一下。"

斡离不故作为难道："这些条款是皇上和老四拟定的，要让他们改变主意，难啊！"秦桧看着斡离不，笑道："二太子，你得帮帮我，皇上就是冲着我能解决这个问题，才让我重登相位的。如果我办不成此事，我就还是一介草民，想报答二太子的恩情，也无能为力了。"

"你有什么主意，就直说吧。"

"如果称臣不可避免，那跪拜一事，可否通融一下？"

斡离不一听，恼怒道："如果去掉这一款，大金何必与你们和议？白白送你们河南、陕西之地，这种赔本买卖，划不来，划不来！"秦桧

见其坚决不让，便试探道：“二太子，若是跪拜不可避免，可否由他人代为行礼？”

斡离不沉吟片刻，道：“这个……于礼不合吧。我若是贸然答应，回去皇上若是责怪下来，我可如何是好啊！”

秦桧知其故意为难，谄媚道：“只要秦某在朝中站稳脚跟，你我一南一北遥相呼应，二太子你还愁得不到大金皇帝的重用吗？咱们来日方长啊！”斡离不一听，立马释怀，指了指天和地，又指了指自己和秦桧，笑道：“当年我没看错你。那替跪之人，你可有什么人选？”

秦桧道：“正是区区在下。”

斡离不听过，不禁一怔，随即哈哈大笑，道：“秦桧啊秦桧，你真是机关算尽啊，你这出戏，你们的皇上看了感激你，百官看了敬畏你，真是一举多得啊！”

秦桧笑了笑，道：“但让岳飞看了，他就恨不得要杀了我了！”

斡离不冷喝一声，道：“听说，他不是正在跟皇上闹脾气吗？他现在动得了你？还是先管好他自己的脑袋吧！”说完二人相视一笑。秦桧感慨道：“说实话，对于岳飞，大家都以为我恨他，其实他们都说错了，要没有岳飞，大金也不会跟朝廷和议；没有和议，我也回不到这个位置，也就没有今日我和太子的相会了。所以，我不恨岳飞，相反，我该好好谢谢他！”斡离不听过，直赞叹秦桧高明。

秦桧跟金人议和的消息很快传到张宪耳里，张宪急匆匆来到岳飞营帐，向岳飞报告道：“大哥，皇上已经决定议和。再度起用秦桧，罢了赵鼎大人，如今秦桧已经官复相位，搬回了相国府。”岳飞因为连日来沉浸在丧失母亲的巨大悲痛里，无暇顾及朝廷之事，一听，大吃一惊道：“怎么会这样？没想到皇上这么快就改变了主意。”

张宪道：“从皇上对淮西军事件的反复就可以猜出几分。”

岳飞悲怆叫道：“奸臣误国，奸臣误国啊！”

张宪不解道：“唉，皇上明知道秦桧是什么人，他为什么还要重用他？”

岳飞摇了摇头，叹息道：“皇上困了，瞌睡时遇到秦桧这个枕头，不用他枕用谁枕？”说着沉默一会儿，突然吩咐张宪准备笔墨，他上奏皇上。张宪担忧道：“大哥，秦桧长袖善舞，与他做口舌之争，怕也是徒劳。”

岳飞叹口气道：“这时候，我不说话，便没人说话了，不能让奸臣蒙蔽了皇上的眼睛。”说着便挥毫书写起来：

和议之事，万不可行，向金人跪拜，有失国体。所谓君忧臣辱，君辱臣死，请皇上三思！现有淮河、长江两道天险，阻拦女真铁骑，若收回河南陕西两地，必要派兵驻扎。如此则中原平坦无险可守，江淮之险形同虚设。金人提出归还两地，实则包藏祸心，想把我军主力从江淮一线引诱至中原一带，以一举歼灭。北虏自靖康以来，以和疑我者十余年矣，不悟其奸，受祸至此。请皇上三思！今复无事请和，此必有肘腋之虞。金国不可信，和好不可恃，相臣谋国不臧，恐贻后世讥，皇上鉴之！我们大将做事不力，才让皇上受此委屈。望陛下明诏天下，令臣解罢兵务，退处林泉，以歌咏陛下圣德，为太平之散民，臣不胜幸甚。臣业障深沉，殃及家门，双亲谢世，不孝之至！倘若内无事亲之道，外岂有爱主之忠？望皇上允许臣墓侧结庐，守制三年，聊尽孝祀！

宋高宗很快收到了岳飞的上奏，不读则已，一读龙颜大怒，在起奏章上逐条批复道：

只要百姓能免于刀兵之苦，朕牺牲自己的体面来换取和议又有何妨？士大夫但为身谋！之前朕在明州时，朕即使百拜，亦无人问津！如今朕与金人和议将成，爱卿就不必多虑了！爱卿忠心可嘉，秦相国之事，乃一时误会，非如爱卿所想。爱卿不必操心此事。所请亦不允！天下事，犹未了，眼下用人之际，哪里还等得到三年？速速回营！

很快岳飞便收到了宋高宗的复批，他一看皇上的批复，心中沮丧绝望，一片茫然，不知大宋前景如何。

却说梁兴原来听到岳飞要接纳淮西军准备北伐，便回到河东准备鼓动忠义社兄弟们积极响应岳飞。不料，宋高宗临时变卦，不但不再北伐，还要议和，心中好不懊恼，于是仗剑去国，信马由缰。这天不知不觉来到庐山脚下，想起张用、素素隐居在此，便去拜访他们。张用自从因为反对决堤黄河而获罪以来，便带着乌诗玛亡命天涯，最终落脚在庐山隐居。

张用见他千里迢迢而来，好酒好菜招待他。梁兴几碗酒下肚，心情便敞开了，连呼痛快。

乌诗玛见大家高兴，又是招呼大家喝茶又是搬酒。张用看见她做粗重笨活，便说道："娘子，你让刘半仙他们弄，你坐着！"乌诗玛摆摆手，道："行了行了，你们在这商议要事，还是不要有他们几个兔崽子的好！"

张用一想也对，连忙请她坐下歇息。梁兴看着他们相敬如宾，羡慕道："弟妹上得厅堂下得灶房，贤弟真是好福气啊！"

乌诗玛脸红道："你们聊着，炉子上还煮着羊肉汤呢！"说着起来转身进了后边的灶房。张用得意道："这叫'只羡鸳鸯不羡仙'，梁小哥什么时候也找个好姑娘啊？"

说者无心，听者有意，张用的话一出，素素顿时有些尴尬，她知道梁兴对她的感情，但是无奈自己对他却并没有特殊的情愫。梁兴将一切看在眼里，自嘲道："我没那个福气，况且眼下国难当头，还是等等再说吧。"张用并不知道个中奥秘，举起杯子向梁兴敬酒，心中似有无限感慨道："也对，你是有出息的人，不像我躲在这深山老林的，除了开个酒肆，什么也不会。"

梁兴看了素素一眼，干掉杯中酒道："哪儿的话，素素算我半个妹子，她在你这儿，给你们夫妻添了许多麻烦。"素素知道梁兴话中有话，故意打岔道：“谁说添麻烦了，我也是有手有脚，天天干活的！”梁兴见她并不领情，脸上发烧，张用却没在意，笑道：“是是是！素素姑娘不嫌弃，给咱们帮了好多的忙啊！”

梁兴喝着酒，自己情场失意倒也罢了，可是一想，连自己的雄心大略也难以得到施展，便叹气道：“说到帮忙，如今有人能帮上岳大哥的忙就好了。天天请兵北伐，皇上竟然答应了金人的‘和议’……”张用他们虽然隐居在庐山，可是天下大事他们还略有耳闻，素素听到梁兴提到宋金之事，筷子一摔到桌上，气愤不平道：“这算什么‘和议’，又割地，又赔款，还要对他们恭恭敬敬地低头哈腰，这根本就是卖国！”

梁兴也附和道：“你说的是！我一想到这，就替岳大哥愤愤不平，他天天刀尖上走，油锅里滚，没想到最后皇上一句话‘议和’，就把大哥这些年的努力全部拱手送人了！我真想把那金贼一个个亲手宰了！”

张用听过，突然眼前一亮，道：“小哥前面说什么？”

“我说，我想把那金人亲手宰了！”

“小哥说的可是真心话！”

“如有一句假话，天打雷劈！”

“小哥，今天有你这句话，我张用也给你交个心，虽说躲在这里是清闲了，但我这心里头，老觉得对不住大哥，素素姑娘是知道我的，只要一听到大哥在外面又打了胜仗，我心里头就有些痒痒！今儿你既然这么说了，我就放大了胆子说句话！”梁兴见张用突然如此豪情万丈，自己的雄心也重新激发出来，请张用有话就说，张用这才说道：“我们与其在这怨天尤人，不如拿起刀剑，在‘议和’当日，把金贼来个一网打尽！”

张用还没说完，素素就脱口叫道：“好！我第一个赞成！”

梁兴却不说话，端起酒碗，喝了一口，心中不无酸涩，知道这素素尽管说得痛快，她哪里是为了什么国家大事，而只是为了她的岳飞大哥，为了自己的儿女情长，想到这里，他心里一时不是滋味。素素见状，并不明白梁兴的感受，却对梁兴激将道：“怎么，你后悔了？”

梁兴听过，笑了笑，脸色一正：“笑话！我梁兴虽赶不上岳大哥的豪

气盖世，但心中却也知道什么是‘保家卫国’，如今岳大哥守孝在庐山，却正是我忠义社为国效忠的最好时候！说干就干，咱们即日就动身。”说着自己先干了一大碗酒。

第五十六章

宋天子称臣纳贡

金国很快就接受了大宋提出的以秦桧代替宋高宗跪接诏书的和议条件。这天在临安驿站，就要举行大宋跪接诏书的仪式，从而使得和议正式生效。只见那金国二皇叔斡离不居中正位高坐，左右各站着金兀术的军师哈迷蚩与一员金将，威风凛凛地接受着秦桧的三拜九叩，斡离不下台阶把金帝诏书宣读一遍，然后递给秦桧，秦桧双手接过，磕头拜谢道："谢大金皇上。"

这天，许多民众来到驿站外的广场上观看，看到秦桧代表宋高宗三拜九叩跪接金国诏书，无不捶胸顿足泣不成声。跪接诏书仪式完成后，秦桧引导斡离不到玉辂前，把诏书供于玉辂厢座的木架上。突然，驿馆正面的屋顶上出现了几个黑衣人，一同射出飞镖，直向斡离不、秦桧射去，那秦桧、斡离不早有警觉，慌忙躲开，飞镖射中玉辇，金国骑士立刻纵马围成一个圆圈，将斡离不围在中间严密保护，那些黑衣人一跃而下直向斡离不杀来。这些黑衣人不是别人，正是素素和张用他们。已经乔装打扮混迹在护卫中的梁兴抽刀直向秦桧杀去，秦熺连忙保护秦桧，与梁兴战在一处。

无奈金国骑兵还有秦桧的守卫众多，再加上秦熺武艺高强，虽然张用、素素他们将金兵砍伤无数，却刺杀不了斡离不和秦桧，两人已经逃进驿站的屋子里，无法攻入。梁兴也为了救差点葬身秦熺刀下的素素，身负重伤。梁兴一看，今日大事难成，于是吹了个唿哨，吩咐大家撤退。素素他们一路逃跑，金兵和秦桧的卫兵紧追不舍，他们脱掉夜行衣，混进人群才逐渐摆脱金兵的追踪。

那斡离不和秦桧受到的惊吓不小，传令下去，全城搜捕，宁可枉杀也不可放过。整个临安街上一片混乱，牙差三五成群地到处抓人。素素扶着梁兴逃到一家作为忠义社根据地的废客栈，她替梁兴解开身上最外面的衣衫，发现里面的白色贴身衣物已经有血迹渗出，只见梁兴脸色惨白，几乎说不出话来，素素担忧道："伤口很深，你必须去看大夫。"

梁兴急忙阻拦他，道："不行，现在外面都是人。"素素还在犹豫，梁兴安慰她道："我撑得住。"此时屋外传来"咚咚咚"三声敲门声，虽然一听敲门声，就知道是自己人，素素还是小心谨慎地替梁兴盖上被子，遮住伤口，走到门口问是谁，听到是忠义社成员赵云的声音，才虚掩开一条门缝，看见赵云带着一个大夫来了。

素素立即打开门，请赵云和大夫走进来，又立马将门关上，回头一看，梁兴早已在床上晕了过去。大夫急忙上前诊看，道："他失血过多，估计一时半刻醒不过来，我马上开几服药，吃过之后就没大碍，只需要静心养伤。"说着提起笔来开过处方，素素想要掏诊金给大夫，大夫断然拒绝，道："岳家军和忠义社都是替老百姓保家抗金的，这药是老百姓送的！我让人抓了给这位义士送来，告辞！"

素素心中感动，连连道谢，再请赵云将大夫护送回去。赵云陪同大夫离开后，素素坐在床边，替梁兴盖了盖被子，对其又敬又怜，看着昏迷的梁兴嘴里竟然一直在嘟哝着自己的名字，她是既心痛又感动，再次感叹造化弄人啊。

那大夫请赵云把配好的药给梁兴送来，但梁兴依然昏迷不醒。素素不禁有些担心，这已经是梁兴第二次为自己挡刀了，感念起来，心中又愧又痛，忙去煎药。等药煎好后，发现躺在床上的梁兴醒了，挣扎着要起来，她连忙上前阻拦道："你别乱动。"梁兴痛得倒吸了一口气，自嘲道："好像还是有点痛，皮肉还是抵不过贼人的利箭。"

素素道："你的伤口刚止住血。"梁兴垫着被子坐在床上，看到素素放在桌上的药，露出欣慰的笑容，感谢道："给你添麻烦了。"素素叫他不用客气，等药差不多凉了，端过来给梁兴。梁兴一边喝药，一边看着素素，想起往事，笑道："还记得你小时候有一次风寒，你爹让你喝药，你

怎么都不肯！”

素素也回忆起来，笑道：“最后是你哄着我，自己喝一口，再逼着我喝一口，你说，如果两个人一起吃药，药的苦味就会被分成一人一半，喝起来就不会这么苦了。”

“你还记得？”

“当然记得啊！从那以后每次喝药我都要找个人陪我！”二人相笑，回想过去真是乐趣无限，梁兴动情道：“素素，其实你知道吗，我比你更怕吃药。”

素素不假思索问道：“那你为什么？”话音未落，自己已经明白了，她看见梁兴痴情地看着自己，不觉脸红，道：“小梁哥，你的心意我都明白，可是……”梁兴打断她道：“你还想着岳飞吗？”

素素沉默了一会儿，点头道：“我本以为离开那段时间，我可以忘了他，但没想到，忘记一个人那么难。”

“可是，你们没有结果的！”

“你不要再说了。”说着素素端着药碗走了出去，回避了开来。

这天晚上，夜深人静，月光洒在素素床前，因为梁兴白天说的话，素素更加想念岳飞，辗转反侧，恨不成眠。她干脆坐起来，拿出岳飞送她的短剑，爱惜地看着，睹物思人，不知道岳飞大哥他怎么样了。

秦桧虽然受到了惊吓，但总算是和议顺利。这天，风和日丽，秦桧来到御花园向高宗禀报和议事宜。赵构早就听说忠义社刺杀秦桧不成的事情，一边亲自给一匹骏马清洗，一边向秦桧安慰道：“秦爱卿，这次议和，让你受惊了，没事吧？”秦桧忙着磕头谢罪，道：“谢皇上关心，所幸有惊无险。”

赵构摆摆手，道：“好了好了，你这一拜，推金山，倒玉柱，国家总算安定了。”秦桧一边起身一边谄媚道：“这是皇上圣恩，也是百姓之福。”

赵构知道他在拍马屁，但心里觉得舒服，自得地看了看自己那匹骏马，向秦桧问道："秦爱卿，你平日里也养马吗？"

秦桧摇摇头，道："旧来曾经养得一匹好马，可惜死了。现今所养的几匹很不行，只能做拉车之用，奔驰百余里，就疲乏不堪了。"

一提起这个话题，赵构兴致颇高，向秦桧白话道："这是因为你不会识别马的好坏所致啊。大抵十分驯顺、易于乘骑的，必是驽马，故不耐久骑而易乏。就鞍之初不可制御的，那才是逸群之马。那种马必待奔驰百余里之后，其力气才能发挥得出来呀。"秦桧立马恭维道："皇上文武双全，这种道理，臣一介寒儒，是万万无法谙悉的。只是……"

他话还没说完，只见姚公公带着张俊进来觐见。张俊手里拿着一个卷轴、一封贺表，向赵构三拜九叩道："为臣拜见皇上。"赵构看到张俊灰头土脸的样子，知其可能又未能完成自己的指派，不耐烦道："起身吧，你派人召岳飞回军，进展如何了？"

张俊战战兢兢道："陛下，臣把圣意一字不差地转达给岳帅了，可是岳帅他……他不肯回军，坚持在庐山为母持完余服。"

赵构恼怒道："朕如此宠信他，他居功自傲竟然至此！"

张俊见赵构已经龙颜大怒，将手中的东西双手呈上，胆怯道："这是岳帅对于和议所上的贺表。"赵构摆了摆手，让其代为念诵，张俊便奉命读道：

> 臣遇明时，获观盛事。身为大将，无功受禄；口诵诏书，面有惭于军旅。尚作聪明而过虑，徒怀犹豫以致疑：谓无事而请和者谋，恐卑词而益币者进。臣愿定谋于全胜，期收地于两河。唾手燕云，终欲复仇而报国；誓心天地，当令金人称藩！臣无任瞻天望圣，激切屏营之至！谨奉表称贺以闻！

赵构听过，勃然大怒，冷哼一声道："士大夫但为身谋！先前在明州流离海上时，朕即使百拜也没人理会朕！如今，朕为百姓免于刀兵之苦，牺牲自己的体面来换取和议，倒换来这等讥讽！"张俊趁机挑唆道："陛下，臣认为这是岳飞故意取悦百姓、拉拢民心的举动。不仅居功自傲之极，更是骄横跋扈，大逆不道！岳飞处心积虑，一门心思地就想兼并别人的部队，此次辞职不归，真实的意图就是要挟陛下，可见当时力求合军就是图谋不轨！皇上请看这个……”说着打开卷轴，展示给赵构。赵构看了一眼，卷轴上正是岳飞的一幅画像。

张俊继续道：“陛下，这幅画是投诚之河东义士所献，他本是伪齐士兵，被岳少保俘虏后所放，那些被放走的乱匪，无一不画岳飞像挂在家中以示尊崇。岳少保抗旨不遵在前，滥用仁德在后，此等行径，贪功求大，邀取民誉啊！”

赵构冷哼一声，看向秦桧道：“秦桧，你以为如何？”

秦桧嘴角挤出一丝笑容，道：“臣不知其中是否有隐情，不好妄下评断。只是回到前面皇上论马之事，皇上说烈马才是逸群之马，臣有一疑虑，若此马过烈，不听使唤，反刍人主，那该当如何？”赵构听闻，脸色一沉，把卷轴合起，扔还给张俊。此时，他那匹骏马突然长嘶起来，赵构听见，一时心里很烦躁，操起鞭子，恶狠狠地向马屁抽去。秦桧将一切看在眼里，心中不无得意地冷笑起来……

自从秦桧官复原位，再加上赵鼎被宋高宗罢官之后，朝廷大小官员知道现在权势都在秦桧手里，所以每天都有不少官员前来送礼，不是奇珍异宝，就是黄金白银。王氏每天兴奋地点收着，赞叹道：“官人，你看你看，那些文武大臣一看你复相得势了，马上又来巴结你了。”秦桧却淡然处之，并无激动，这时贴身女婢慌忙进来，扑通跪地，叫道：“老爷，夫人，猫不见了！”

王氏当即一耳光扇去，凶悍道：“一只猫都看不住，你怎么做事的？”女婢吓得哭也不敢哭。秦桧叫来管家吩咐道：“你们现在就去找猫，张榜招贴，用尽所有办法，都必须给我找到！”王氏见秦桧小题大做，虽然这只猫是在他们失意潦倒时张俊送他们的，也不值得如此兴师动众，便劝道：“官人，你刚刚复相，还是谨慎为妙。”

秦桧高深莫测笑道：“你怎么一下子这么妇人之仁？这个时候，就应该故作声势，威慑众人，扫除那些反对我的人！”王氏恍然大悟，原来如此，不断点头，对官人如此善于钻营内心佩服不已。

街市上再次被弄得鸡犬不宁，老百姓只当又像前几天那样，在抓刺客或者逃犯，没想到只是在寻找一只猫，连连叹息，一人得道，鸡犬升天，一只破猫也变成了金枝玉叶，竟然发动全城的差牙满城寻找。有几个差牙寻找了一天，无果，叫苦连天，无奈偷个懒去茶馆歇个脚，秦桧找猫的事件早已沸沸扬扬，那店小二一边给他们上茶，一边瞄了一眼猫的画，戏谑道：“差爷，你们这是改行捉猫啦？”

一名差牙喝了一口茶，叹了口气道：“别提了，这是奉了秦相国的命，三天之内必须把相国夫人的爱猫找到。”店小二笑道：“秦相国啊，那他家的猫可不是一般的猫了，可能就是龙猫，那官爷你可要紧得很啊！”

差牙苦笑道：“可不是嘛！现在全城的差役都出动了，大家都在替秦大人找猫，秦大人放话了，要是找不到，不但县衙老爷的乌纱帽不保，我们这些做小的也没好日子过。”食客中，有一人一直在听他们的谈话，此人正是万俟卨，这万俟卨在扬州帮助宋高宗试探岳飞的时候，本指望皇上能给自己个机会，从而飞黄腾达，没想到那岳飞一不贪财二不好色，反而惹怒了皇上，自己也没有机会得以升迁，如今听说秦桧官复原职，权倾天下，他特意从扬州跑来，就是想寻找个机会，巴结巴结秦桧，从而飞黄腾达。

万俟卨将那差牙和店小二的话听在耳里，心想天不负我，自己的机会来了，秦桧家这只猫丢得好啊，丢给了自己一个天赐良机，他自己想着嘴角不禁露出一丝笑容。

秦桧命令全城衙役搜寻他家这只猫后，已经过去了好几天，却毫无消息。每天都有许多人甚至官吏抱着一只猫来到相国府上，让王氏辨认，秦桧知道其中很多人不过是借机前来巴结，虽然没找到猫，但看到这些人的嘴脸，他也觉得颇有乐趣。这天一名家仆进来向他禀报道：“老爷，扬州知州万俟卨找到了夫人的猫！”秦桧一听，心想又是一个拿猫冒充前来巴

结的主，不过这万俟卨在哪儿听过，但不像是京畿官员，于是问道：“万俟卨？他人呢？”

家仆道：“他不知找到的是不是夫人的猫，所以不敢贸然拜访，现在门外等候。”王氏吩咐道：“把猫带进来。”

那家仆走了出去，不一会儿，手捧一精致的笼子，里面有一只雪白的波斯猫。王氏一看，急切地拿过笼子，仔细一看，果然是自己的那只猫，便疼爱地抚摸起来，逗弄道：“小宝贝，可把你找到了！”秦桧看王氏那么怜爱这只猫，心里不禁觉得好笑，但是觉得这万俟卨竟然能在全城衙役搜寻无果的情况下找到这只猫，可见的确不是一个等闲之辈，于是吩咐家仆将其引见进来。

万俟卨在家仆的引见下，来到相府大厅，一看见秦桧，他便连忙拱手长揖道：“下官万俟卨见过秦大人。”

秦桧问道：“这猫是你找到的？”

万俟卨答道：“是啊，在下听说秦大人满城找猫，正巧让在下遇到了，这不，给秦大人送过来了。”

“你是哪里人士？”

“在下是扬州知州万俟卨，来临安述职。”

秦桧点点头，终于记了起来，便问道：“你知扬州多久啦？”

“已有三年。”

“嗯，三年时间不短了，你想没想过进京来呀？”

万俟卨见到机会来临，忙起身躬身道：“实不相瞒，下官日思夜想，可惜朝中无人，一片忠心无人知啊！”秦桧听过，笑了笑，道：“哦，你有什么忠心，可说来听听。”

万俟卨慷慨陈词道：“临安雨后，万象更新，本极为美妙，然而相爷为朝纲大政呕心沥血，却有一些个不识好歹、不知进退的东西，给相爷添堵，给相爷掣肘，您说，作为朝廷的忠臣，是不是该为朝廷搬走这些个绊脚石？”秦桧一听，果然是个机灵人，连自己肚里想什么做什么都能揣摩出来，于是笑着道：“那这些个绊脚石都是什么人呢？”

万俟卨斩钉截铁道：“为首的，便是那赵鼎！”

秦桧故作不解，试探道：“赵大人业已罢官，而且多年来忠心耿耿，兢兢业业，何来绊脚石之说啊？”万俟卨笑了一笑，道：“相爷，赵鼎多年为相，为主战派领袖，虽已下台，然而在朝野之中，颇有威望，若将来宋金关系有变，他第一个会对相爷不利呀！而对相爷不利就是对朝廷不利，就是对江山社稷不利，就是对皇上不利，所以下官一片忠心，还望相爷知晓。”

秦桧听过哈哈大笑，道：“你倒是一个会说话的人。赵大人对秦某如何，秦某倒不放在心上。不过，果然如你所言，他对江山社稷不利，对皇上不利，那就不应当了，你说是不是？”万俟卨连忙点头称是。秦桧故作为难道：“不过，皇上已经将他罢官在家，还要如何才好呢？”

万俟卨狠狠道：“对这种人，就应该落井下石，让他永无翻身之地！眼下，皇上正因和议带来的种种非议而头疼不已，此时不弹劾之，更待何时？”秦桧满意地看着万俟卨，笑道：“我怎么知道何时，你的一片忠心该向皇上说才是，跟我说，岂不名不正言不顺？”万俟卨立马会意，连忙道：“极是，极是，那下官就告辞了。”

秦桧点点头，看着万俟卨离去，心中不无得意。那王氏一直在旁边爱抚逗弄那只猫，突然在它的口中发现一颗夜明珠，惊奇地向秦桧叫道，秦桧一愣，凑过去一看，那颗夜明珠，少说也得十万两白银哪，连连点头道：“此人可用啊！”

第二天，秦桧去上朝，发现宫门外，许多百姓集结起来为赵鼎喊冤，道：“偏安江南，忍辱偷生，卖国求荣！赵大人冤哪！岳元帅冤哪！偏安江南，忍辱偷生，卖国求荣！赵大人冤哪！岳元帅冤哪！偏安江南，忍辱偷生，卖国求荣！赵大人冤哪！岳元帅冤哪！”不觉怒从胆边生，看来的确对赵鼎不斩草除根是不行的，慌忙进去向赵构启禀。

赵构听到百姓骂自己忍辱偷生，偏安江南，不觉勃然大怒，喝道：“这些贱民，竟如此大胆，不知是何人指使？！”秦桧扫了一眼万俟卨，万俟卨立马明白，走上前一步，向赵构进言道：“启禀皇上，臣以为他们

是受前相国赵鼎指使。”

赵构疑惑道：“赵鼎？他应该不会吧？”

万俟卨拱手道：“据臣所知，赵鼎自从归乡以后，不念皇上旧恩，反而聚拢朝臣于家中非议朝政，蛊惑人心，怂恿朝官反对和议，更有甚者，他将皇上的大义大勇之举，说成苟且偷安，这些百姓，竟敢来这里闹事，若没有人唆使鼓动，他们怎么敢啊？”赵构听过皱眉不语，不知是真是假。秦桧见赵构犹豫，故作威严向万俟卨质问道：“万俟卨大人，口说无凭，你可有什么真凭实据吗？”

万俟卨连忙掏出一封信双手呈上，姚公公接过，转递到赵构手里。赵构一边看一边听万俟卨道：“此乃赵鼎所填的一阕《点绛唇》，历来只有悲秋之词，赵大人偏偏写了个《春愁》，‘香冷金炉，梦回鸳帐馀香嫩。更无人问，一枕江南恨。’虽说是金炉香冷，其实是宋金和议让其心冷，他夜夜怀恨难眠，一枕江南恨，其用心何在？更有甚者，他竟然在如今太平盛世，说什么‘清明近，东风紧’，皇上，他这是在咒我大宋啊！”

其余文武百官早就看出来这万俟卨和秦桧在唱双簧，为了巴结秦桧，一起向赵构进谏道：“万俟大人所言，臣等皆知，请皇上明鉴！”赵构早已怒火中烧，无从判断，恼羞道：“岂有此理，朕念他辅政有功，想让他颐养天年，他却不知好歹，这可怪不得朕心狠了！”于是下旨要将赵鼎发配琼州。

那赵鼎闭门家中坐，祸从天降——也不知为什么，皇上突然降旨罚罪，要将自己发配到琼州。他只知道皇上听信谗言，却不知其还想将自己杀害。这天他告别家人，在两个衙役的押解下上路前往琼州，并不知道素素带领着赵云、孟邦杰等忠义社兄弟前来保护自己，更不知道树丛中秦熺带着几个黑衣人准备截杀。

素素看到赵鼎上路，对赵云、孟邦杰吩咐道：“待会儿我去前边探路，你们在暗处跟着赵大人。”孟邦杰、赵云领命，严阵以待。但赵鼎的女儿小满和儿子赵汾依然追了上去，舍不得辞去爹爹，甚至要求爹爹带着自己一起去发配琼州。赵鼎看着他们道：“傻孩子，你们懂什么，秦桧恨不得杀了我，只有我去琼州了，你们才会安全，否则，祸及一家啊！”

说着一家人抱头痛哭，赵鼎亦老泪纵横向小满交代道：“我走后，你们要自己照顾自己，小满，你弟弟就交给你了，你是大人了，你要学着坚强点，知道吗？”小满含泪点头，沉默不语。赵鼎叹了口气，正色道：“爹一辈子行得正，站得直，你们若遇到了什么困难，不要走歪门邪道，不要给赵家抹黑，忍一忍，挨一挨，总会过去的。”擦了擦小满和赵汾眼泪道，“别哭了，咱们总有一天会一家团聚的！爹走了，你们回去吧。”

说着自己忍痛上路。素素他们一路暗中保护，很快就日薄西山，但是一路上却没什么动静，已然不见了黑衣人的踪影，他们好生奇怪，素素纳闷道：“不对呀，他们不在这里动手，前边到了城镇，人多眼杂，就更不便下手了。”思索着，感觉不妙，突然叫道，“难道是？”

赵云也明白过来了，慌忙道：“他们的目标是赵大人的家人？”

素素直呼糟了，说道：“你们继续保护赵大人，我回去看看！”说着自己策马返身而去，可是已经晚了。那小满和赵汾哭着辞别爹爹后，跟随家里的仆人回家，经过一片树林，突然从树林里窜出几名黑衣人，举刀便向他们杀去。小满拉着弟弟就跑，突然赵汾一个趔趄摔倒在地，一个黑衣人上来一刀，可怜赵汾，只是几岁大的一个男孩，还未来得及成人就惨遭横祸。

小满眼睁睁看到弟弟死去，伤心欲绝，那个黑衣人又向她砍来，她一个激灵，钻进了灌木丛中，在里面钻来钻去，那黑衣人一时竟找不到她的踪迹，于是在树林中搜索。突然一个黑衣人发现她的踪迹，上前就要追杀，小满从灌木丛中钻出慌忙逃跑，那黑衣人一刀砍来，小满本能一躲，那刀尖直划过她的胸口，只听衣衫破裂，自己胸口一阵冰凉火辣。

那黑衣人紧追不舍，连连砍击，很快小满逃到了一处悬崖，眼看无处可逃，这时素素骑马赶来，那些黑衣人惊慌之际，已被素素斩杀数人，剩下几人与素素厮打起来。因为秦熺要亲自去截杀赵鼎，所以这些黑衣人只是他手下的小喽啰，他心想两个小孩，他们足以胜任，却没想到忠义社得到消息，前来保护，而这些黑衣人根本不是素素的对手，很快就被素素全部击杀。

那小满早已吓得浑身瘫软，愣愣地看着素素。素素过来扶起她，看到她胸口受伤，慌忙帮她检查了一下，好在伤口不深，素素在伤口撒了些止血粉，道："无碍，最多以后会有些伤疤。"那小满看了看她，又看了看弟弟的尸体，扑在素素怀里痛哭了起来。

第五十七章

守孝陵岳飞退隐

赵鼎在那两名衙役的解押下来到江边，乘船顺水而下。两名衙役和艄公站在船头，他直立于船尾，看着一点点远去的临安，心中无比眷念又无不担忧。眷念的是自己膝下的儿女，担忧的是天下苍生，唉，总为浮云能蔽日，长安不见使人愁。他正在思绪万千、心中愁结的时候，突然，岸边的树丛中跳出几个黑衣人，扔来钩锁，挂住小船，冲上船来，赵鼎一惊。

两名衙役还没反应过来就被砍杀了，那艄公一看，吓得急忙跳入河中逃命去了，黑衣人又向赵鼎扑来。在这紧要关头，孟邦杰和赵云率着几名忠义社成员赶到，冲上前与黑衣人厮杀在一起。可是这些黑衣人都是一等一的高手，其中一个更是勇猛无比，忠义社成员根本不是对手，很快都被对方所杀。孟邦杰见状，想要带赵鼎上岸逃跑，躲在树丛中的黑衣人看到便射来飞镖，孟邦杰连忙保护赵鼎，身中几镖，只能带赵鼎躲入船舱躲避暗器。过了一会儿，他再次带赵鼎冲出小船，刚一冲出，又一阵暗器如急风暴雨射来，孟邦杰又身受数镖，倒在船舱之中。

而舱外，忠义社的成员已被黑衣人悉数杀掉，只剩下赵云一人在船头苦斗几名黑衣人，渐渐不敌，赵鼎扶着受了重伤的孟邦杰，道：“看来今日在劫难逃了，好汉，你不必管我，独自脱困吧。去临安找我儿女，把这个交给他们。”说着从自己帽子上取下玳瑁，递给孟邦杰。孟邦杰接过，苦笑一声，自责道：“我辈无能，保护不了赵大人。”

赵鼎轻松笑笑，道：“别这么说，国有奸臣，纵有百地无可逃。你救得了我一时，怎可救我一世？去吧！”此时船头上，赵云已连连中刀，终于倒了下去，一个热血青年，就这样死于奸人之手。孟邦杰看到如此情形，从船舱里揭起一块木板，遮挡在身前，拉着赵鼎往外冲，几只暗器射来，被木板挡住。船上的几名黑衣人向孟邦杰杀来，孟邦杰奋力杀死两名黑衣人。此时，那个为首的黑衣人跃上船头，攻向孟邦杰，其武艺高强，孟邦杰根本不是对手，一刀砍向孟邦杰，就在这关键时刻，赵鼎扑过来，将孟邦杰扑入河中。只见那黑衣人将刀放在赵鼎脖子上，并没有砍下去，赵鼎看看黑衣人，又看看河中，不见孟邦杰的踪影，心中祈祷孟邦杰能安然脱险，他笑了笑，向那黑衣人问道："是秦桧派你来的？"

这黑衣人摘下蒙面，原来正是秦熺，这秦熺冷笑一声，赵鼎看着他悲凉笑道："秦桧啊秦桧，我赵鼎都已经沦落至此了，你还是不放过我！"

秦熺冷哼一声，道："跟秦大人作对，你早该想到这样的下场。秦大人让我问你临死前有什么话想跟他讲的，我可以代为转达。"

赵鼎慨然骂道："身骑箕尾归天上，气作山河壮本朝。你告诉秦桧，他猖狂不了几时！我就算做了鬼……"秦熺不等他说完愤然挥刀，一国良相双目圆睁，死不瞑目。

素素救了小满之后，见其脆弱不堪，不敢轻易离去，留在她身边照顾她，帮她将家人埋葬了，几次三番地劝小满离开这里，但小满又几次扑到埋葬家人的坟墓上，号啕大哭。素素看在眼中，眼泛泪光，心有不忍，这时孟邦杰浑身是伤，带着血飞马而至。素素看到，急忙向他走去，压低声音问道："发生什么事了？"

孟邦杰跳下马来，惭愧道："赵鼎大人，还有赵云……被秦桧的人杀了……"素素听过心头一惊，十分难过，赵云正值青年，不想却已经走了。孟邦杰从怀中掏出带血的玳瑁，递给素素。素素知道这是赵鼎留给他的儿女的，缓缓接过，看着小满抽泣的背影，悲伤不已，道："这件事暂时不要让赵姑娘知道，她刚失去一个弟弟，我怕她受不了这个打击。"

孟邦杰点了点头，但小满回头看见满身血污的孟邦杰，已经感到事情不祥，再仔细一看，便看到了素素手中带血的玳瑁，于是询问素素自己的爹爹怎么样了，但素素不忍回答，小满见状，又回过身来拉着孟邦杰的衣服，苦苦哀求道："告诉我！告诉我发生什么事了！求求你，告诉我！我

爹怎么了？！”素素安慰她道：“小满，你冷静点！”

但小满依然抓着孟邦杰的衣服摇着，道：“告诉我！求求你，告诉我！”孟邦杰咬着牙，不知该不该说，素素也心中不忍，转过头不去看小满，孟邦杰痛苦万分，实在忍不住说了出来，道：“你爹他……他死了……”素素转过头来瞪了一下孟邦杰，看着小满，叹了一口气。小满虽然已明白爹爹遭遇不测，但是真的听到这个消息，还是犹如晴天霹雳，喃喃道：“我爹他……死了？”

孟邦杰点了点头，小满极度悲痛，一时竟然没了反应。过了片刻，撕心裂肺地痛哭起来道：“爹……爹……女儿不孝啊。”素素连忙上前搂着小满安慰她，小满突然挣脱素素，叫道：“秦桧！我要找你报仇！我要杀了你！”

素素急忙拉住小满，道：“小满你冷静一点！”

小满挣扎道：“放开我！我要找他报仇！”

素素劝道：“你一个弱女子，根本不是他的对手，你拿什么报仇？”

小满瞪大眼睛，道：“难道我要看着爹和弟弟白白送命吗？”素素将小满搂在怀里，道：“你现在贸然冲过去，不也是白白送命吗？”

小满在素素怀里渐渐平静下来，抬头殷切地看着素素，素素道：“你先冷静一点，把伤养好，报仇的事，我们会帮你的。”小满默默地点着头流着眼泪，看着玳瑁，紧紧攥在手中，贴在胸口。

自从上书北伐的奏折被宋高宗驳回，岳飞就有点心灰意冷，既没明确违旨不遵，也没有返回军营，而是在庐山为母亲守孝，在岳母墓不远的地方找了一个宅子将李孝娥他们安顿下来。他白天在墓旁守孝，晚上回家休息。这天他守完孝回到家中，刚推开门，李孝娥便向他笑道：“官人，你看谁来了？”

岳飞往屋内一看，原来是韩世忠已经在家等候多时，不禁喜出望外，道：“韩帅，你怎么来了？”韩世忠爽朗一笑，道：“来看看岳兄弟啊！哈哈，好久不见了。”

二人拥抱过后重新落座，岳飞知道韩世忠贵为一军统帅，不会无事便来的，便问道：“韩帅远道而来，所为何事？”

韩世忠看着他道：“我是来请你下山的。”

岳飞明知故问，道：“下山做什么？”

“向皇上请罪！”

“哈哈哈！韩帅说笑了。”

韩世忠见岳飞并不给自己面子，便推心置腹道：“岳兄弟，我大老远地跑上庐山，就为了跟你说笑吗？你这次过分了，皇上很生气你知道吗？你这是大不敬啊！”岳飞连忙打断他道：“我知道，不过我以为，作为臣子，不能为了江山社稷和黎民百姓而诤言谏上，那才是大不敬！”

韩世忠指着他道：“你啊你啊，我怎么说你好，你是个天才的统帅，怎么在朝政上这么幼稚呢？你以为你赌气就能让皇上回心转意？”岳飞点点头，叹口气道：“当年我师傅教我，说我岳飞是山岳在前飞在后，不战胜自己，就飞不起来。我时刻将此话铭记在心，每当我控制不住自己脾气的时候，就说给自己听听，但是凡事都是知易行难，像宗帅，他不也借酒浇愁吗？他知道他年老力衰，时不我待，所以才急着一道道奏折上给皇上。”

韩世忠劝道：“但兄弟，老帅当时七十多岁了，你才三十六岁，你急什么？！”

“我急的是，怕我到时看不到了。”

“看不到什么？”

此时李孝娥端着药过来要给岳飞敷药，岳飞说韩帅好不容易来到，今天要好好陪韩帅，拒绝敷药，还要打破自己的酒戒，要陪韩世忠喝酒。李孝娥迟疑道：“你的眼睛，不能喝酒……”岳飞笑笑，摆了摆手，让她只管上酒，李孝娥担心地看了看岳飞，摇摇头，出去拿了一坛酒进来。韩世忠已经明白岳飞刚才的话意了，道：“你的眼睛看来是愈发严重了。”

岳飞道：“老毛病了，好不了，就这样吧。”说着倒酒，两人大碗喝起来，邀约着不醉不散。

岳飞喝了几大碗酒之后，感慨道：“这么多年了，只有酒这玩意是

越老越好！你看你头发都白了，我也是疾痛缠身，感觉这几年，自己一下子老了几十岁一样。”韩世忠也知道，岳飞曾经宣誓戒酒戒到直捣金人黄龙府那天，已经有多年不喝酒了，如今高宗志短，岳飞英雄无用武之地，今日难得喝一口酒，也难免满口牢骚，笑着劝道：“你呀，就是想得太多，该你管的，你就管，有些事情，咱们管不了的，就算你操碎了心也没用！”

岳飞摇了摇头指着韩世忠，道：“你老了，当年你可不这样！”

韩世忠叹了口气，附和道：“世事飘零，命运多舛，如今秦桧当权，皇上呢，这些年鼓起来的北伐之志，早已付之流水。大势如此，咱们做将领的强求又有何用？唉！不说这些了，咱们喝酒！”二人再次大碗喝起来，岳飞看着韩世忠，苦笑道：“若是当年在黄天荡，咱们抓住了兀术，可能一切都不一样了！”

韩世忠想起这件往事，不觉伤心，道：“是啊，是啊，不一样了，红玉也不会命丧沙场。兄弟啊，我悔啊！”岳飞劝道：“别想这些不开心的事情了，来喝酒！我跟你打一个赌吧，不出一年，金人必然南侵，但愿到那时候，你这身老骨头，还能上得了马，我这双半瞎的眼，还能看得清路！”

韩世忠碰着岳飞的酒碗道：“就是这身骨头都散架了，我爬也要爬上马，来，喝！”不知喝了多久，喝着喝着，二人醉了，睡倒在桌子上。明月东升，突然岳飞醒了过来，看了看依然沉睡的韩世忠，抱起一坛酒爬了起来，晃晃悠悠地来到马厩，醉里挑灯喂马，那白龙驹已经跟着他东征西伐转战十来年了，也已经年老体衰，不堪重负了。

岳飞一边喝酒，一边和他的白龙驹交谈，道：“兄弟，你我发愤河朔，起自相台，出生入死大大小小也有百来场仗了吧，你说，你记得最清楚的是哪一场仗？”白龙驹虽然听不懂他的话，但是知道主人落魄，并不开心，而它自己也行将就木到了弥留之际了，它衰弱地嘶鸣了一声，鼻息粗喘，渐渐躺下，双目渐渐合上。

岳飞喝着酒，问着它，又自言自语道：“蜈蚣山？汜水？是啊，那场仗打得酣畅，我也记得清楚，那次之后，粘罕便交出了帅旗！不过，老兄弟，和你说句掏心窝子的话，要我说，这些年来，没有一次我是打得真正痛快的，唉……”想起朝廷的畏首畏尾，岳飞不禁感慨，“这些个话，我一直憋在心里对谁也没说，不是那些兄弟不能说，他们都是同我岳飞出生入死过的，只是，说了又能怎样，让他们和我一样，徒增烦恼罢了。金贼长驱，如入无人之境，而我却只能躲在这青山绿水间，长吁短叹！也不知何时再能深入北虏……”岳飞说着说着酸楚之意涌上心头，多年来心中的话一口气都吐了出来，道，“师傅先我而去，还有宗帅，傅庆也在黄天荡没了性命，现在又是娘，这些年，身边的人一个个都离开了，走了也好，走了心里就踏实了……但岳飞之心，天地可鉴！收复失地，迎还二圣，此事一日不达，我就是死，也难以瞑目！”

见白龙驹并不理会自己，他自个苦笑起来，将酒全部灌在口中直至满脸，让酒顺着自己的眼泪，淋湿全身，渐渐地，白龙驹彻底闭上了双目，在主人的叹息声中悄然死去。此时李孝娥举着油灯找了过来，见岳飞坐在白龙驹旁边，抓着草料放到白龙驹的嘴边，喃喃道：“好白龙驹，吃了这些草料，跟我上阵杀敌，咱爷俩冲锋陷阵，什么时候落过人后是不是？”

李孝娥看到白龙驹已经死了，心中也是一阵难过，道：“官人！你在这儿干什么？我们回去吧。”说着就要拉岳飞起身，岳飞挣脱开醉道：“我要和大白在一起！”

“你和大白在一起干什么？！”

岳飞打着酒嗝道：“我们当兵的，衣不卸甲，马不离鞍，”醉眼乜斜了天上的明月，道，“你磕头赔款，这不是羞辱咱们吗？”

孝娥安慰道：“大白已经死了！官人，你想开点吧！”岳飞猛地转过头来，眼睛肿如核桃，眯成了一道缝，看着李孝娥，道：“你说什么？！”

李孝娥安慰道：“大白已经死了！”

岳飞看着白龙驹，摸了摸它的头，不相信道：“死了？大白怎么可能死？！它和我岳飞打了一百多场仗了，一次也没败过，谁能杀了它？金兀术吗？”李孝娥摇了摇头，他自个大笑道：“我就知道不是他，这些北

虏，见了岳字大旗，只敢绕道而行，怎么敢稍近一步……那又是谁呢？伪齐？流寇？是皇上了？不！不！一定是秦相爷，对了，就是他了！哈哈哈……大白啊大白，你跟了我那么久，赴汤蹈火，出生入死，没有让你死在沙场上，如今死在庐山，是不是嫌弃我无能啊，让你英雄无用武之地，让你窝囊受气啊……”

李孝娥连忙上前扶住他，劝道：“官人，畜生二三十年的命，寿尽而终，也是常情，你不要想多了。你也不能再喝了，你看你的眼肿成什么样儿了！素素姑娘给的药一早儿就喝完了，她也不知道什么时候能来，你眼病再犯了可如何是好啊！”

岳飞踉跄着摆了摆手，道：“我岳飞现在已经是个睁眼瞎了！已经看不见了，什么也看不见了！看不见这是哪儿？看不见该往哪儿走？！”说着又喝了一口，，跌跌撞撞，李孝娥一个弱女子哪能扶得住他，于是两人一起摔倒，靠在了一堆草料上，李孝娥挣扎要起来，岳飞却一动不动，幽幽道：“现在什么时辰了？”

李孝娥道：“近子时了吧？我也不知道，这里这么静，好像过了一会儿，也好像过了大半夜了。”岳飞静静地躺着道：“是啊，这儿这么静，没人来，也没人掌灯……不过在这里躺躺也挺好，不用看外人的脸色，不用理会山下冗务……”

李孝娥惊疑地看岳飞，用手在他眼前晃晃，发现岳飞竟然看不见了，拾起油灯提到他面前，道：“官人，灯在这儿，你看不见吗？你怎么会看不见？！”

岳飞什么都没看见，去摸摸灯，手却被烫了一下，岳飞喃喃道：“我看不见了，我看不见了……”突然趴在地上号啕大哭起来。李孝娥看到岳飞如此，死死抱住岳飞哭道：“官人，你不要这样！你不要这样！都是我做媳妇的不好！你难受就责罚我吧，别作践自个儿了。娘要是知道你这个样子，会心疼坏的！娘啊，你倒是睁眼看看啊……”

突然岳飞又依稀看到了孝娥模模糊糊满是泪的脸，道：“素娥？我这双眼……不会就此瞎了吧？”

李孝娥摇摇头道："不会有事的！我现在就去把素素姑娘找来，好不好？"

岳飞叹了口气道："不必麻烦素素姑娘了，我反正也没用了，与其睁着眼看着倒行逆施，不如闭上眼落得个清静。"

孝娥劝道："事情总有转圜的余地，官人，咱好好治眼，治好了干什么不行？"岳飞摇摇头，道："你说我还能干什么呢？当兵打仗是没机会了，即使有机会，我岳飞还能容于朝堂之上么？即使容于朝堂，我这眼睛，什么也不能干，种地也不能种，庄稼苗儿都看不到了，摸不到锄头，也看不见犁……我还能干什么？！老天爷不开眼啊，他何其残忍，不仅让我回不了家，也不让我往北边望望，再往后，是不是就要让我客死庐山，变成一个没处收没地要的孤魂野鬼……"

那岳霖和安娘见李孝娥出来找爹爹，半天却没回去，也找了过来，却看到爹爹和娘抱在一起大哭，也无来由跟着大哭。李孝娥把岳霖和安娘搂在怀里哭着对岳飞道："官人，你别说那些丧气的话，咱们再苦再难，总得把几个孩子养大啊……咱们回不了汤阴老家，也得让孩子们回不是……"

岳飞听过，看着岳霖和安娘，痴痴呆呆，一阵风吹来，他似乎清醒了一些，深呼吸一口，突然恢复正常，与方才判若两人，异常冷静，道："我酒后失态了，这眼睛我自个儿明白，过些日子就会好的，这些事别说出去让大伙跟着闹心了，回吧！"说着扶着岳霖和安娘的后背往回走，李孝娥看到他安静下来，心里才松了一口气。

韩世忠见自己劝不动岳飞，第二天一大早便离开了。岳飞为头一天晚上自己的失态一再表示歉意，李孝娥笑笑说一切都过去了，提议去坟头上看望一下娘。于是引带着蒙着眼睛的岳飞来到岳母面前烧香，磕头。此时山间鸟鸣山幽，

岳飞侧着耳朵，叹道："好安静啊！庐山远避人世，但人心却充满尘嚣。"

孝娥道："这不正是我们向往的田园生活吗？往者不可谏，何必为山

外之事扰了山内的清静呢？”岳飞扶着李孝娥的手臂，淡淡道：“树欲静而风不止啊！”

一连好几天，岳飞的眼睛仍不见好转，天气转凉，已是深秋，这天张宪前来看望他道：“和议之后，秦桧独揽大权，满朝文武，莫不畏之三分，为排除异己，制造冤案，残杀政敌。朝中不少主战派的忠良志士，包括赵鼎大人，都惨遭其迫害！”岳飞听过，摇了摇头，奸臣当道，残害忠良，这朝廷已经在风浪之中，可是自己……

过了几天，岳云也回来探望家人，向他禀报道：“朝廷留用了原来的官吏，派兵前去陕西、河南驻守，但城防虚弱，不堪一击，更是明令禁止过界招纳从北边来的豪杰，若有来投者，必须送还金朝。”岳飞发现自己竟然心如死灰，不为所动。

又过了几天，牛皋也跑到他面前嚷道：“你把军权交给了张宪，王贵很失望，他天天闹情绪，不服张宪指挥。大哥，他可是跟你从汤阴一起打出来的，资格最老，这样下去，要出事的……”岳飞苦笑一声，牛皋见他无动于衷，气愤地离去。

再过得几天，杨再兴风风火火地前来报告道：“金兀术在金国扬言‘能敢战者方可言和’，正厉兵秣马，暗自训练铁浮屠。”但是他不知岳飞怎么了，听过之后竟然跟个无事人似的。大家都说岳飞垮了，他还不信，可是眼前这岳飞还是当初枪挑小梁王、夜袭蜈蚣山、围堵金兀术的大哥吗？他不无失望地离开。不知不觉夏天过去，秋天来了，金兀术已经练就了铁浮屠，找借口撕毁和议，倾全国之兵力，再一次大举南下。

这天晚上，金兀术将自己的将领召进营帐商议军事，只见篝火熊熊，帐内正中放挂着一张羊皮地图，他站在地图前向他的将领指示道：“此次南征，皇上将乌棱思谋大将军调拨过来随大军配合作战，咱们第一步要做的是把上次和议割还给宋国的土地收回，夏金乌带兵攻陕西，乌棱思谋攻东路，本王亲率主力大军攻汴京。这些地方，宋人未派兵守卫，我们不用一月便可收复。”

那韩常听过，以为金兀术忘了自己，便问道：“四皇子，大家各当一面，那我干什么？”不等他说完夏金乌便嘲笑道：“你可以配合我打陕西！”

韩常听过，立马火冒三丈，想要同夏金乌一比高下，金兀术看了看韩常，安慰道：“韩将军可随本王一同打汴京。”韩常这才转怒为喜，此时，宇文虚中从外面冲入帐内叫道：“四皇子啊四皇子，盟墨未干，口血犹在，若要开战，必为天下人耻笑，四皇子，不能打呀！”

那杜充眼珠子一转，狐假虎威道：“宇文虚中，你闭嘴，这里哪容得了你说话！”宇文虚中指着杜充骂道：“杜充，和议已成，两国修好，你煽风点火，蛊惑军心，你是什么居心？”

金兀术拍了一下他臂膀，叫道：“宇文虚中，本王不打他，他便打我，本王对你不薄，你怎么还向着宋人说话？”宇文虚中忙拱手道：“我并没有向着任何人讲话，我只是担心四皇子你作出背信弃义之事，会令天下人耻笑。”

金兀术冷笑一声：“既然为本王考虑，此次南征，你随我左右，我倒要看看你有什么高见！”

宇文虚中还想再说什么，金兀术摆摆手示意他别再说了，他知道多说无益，无奈离开金兀术营帐，回到自己营帐，连夜让自己的老母收拾包袱。他的儿子小宝还在一旁蹦蹦跳跳，快乐地问道：“爹，我们这是要去哪里啊？”宇文虚中放下手中的行李，坐到小宝身边，道：“你不是住不惯吗，咱们一起回家！”

他的母亲担心道：“我们能回得去吗？”

宇文虚中看了看四周，确认无人，压低声音，道：“四皇子非要我随他南下，我请求带着你们一同前往，如果有机会，你们趁机离开。”

母亲问道：“那你呢？”

宇文虚中叹了口气道：“你不用管我，金人势大。”忧伤地看着小宝，道，“你们可以走，我又能走到哪里去呢？”

小宝口无遮拦地叫道：“爹，不要怕，我们有岳飞，岳飞会保护我们的。”宇文虚中并没听说过岳飞，向他问岳飞是谁，小宝高兴道：“我在

家里的时候，都在说他的故事，他很厉害的，金人都怕他！家乡人都这么唱，‘小鬼小鬼最怕谁，祈福袪邪靠钟馗，兀术兀术最怕谁，保家卫国数岳飞！’”宇文虚中的母亲连忙阻止小宝继续唱下去：“不要命啦！”

宇文虚中见状，知道岳飞是个抗金英雄，眼中露出神往之色。

第二天，金兀术就接受了金熙宗赐给他的帅印，向他的铁浮屠大军誓师道：“大金勇士，你们是苍鹰之子，铁血之师！此番南下，不胜不归！”他那些军将士兵高声呼应，杀声震天，誓师完毕，他一声令下，铁浮屠便冲出金营，大举南下。这些消息很快传到了宋廷，那些大臣闻之色变，各个都像无头苍蝇，不知所措，这天早上赵构还没上早朝的时候，他们又聚在一起议论纷纷，无不惊恐万分。

一个大臣叫道：“完了完了，金人居然这么快就又大举南下！”另一个大臣叹口气道：“是啊，原本还以为天下真的就此太平了。这下可好，怎么办？”

“什么怎么办？只有指望岳飞啦！”

第三个大臣幸灾乐祸道：“秦大人屈膝求和政策看来是破产了，他的日子难过了。”第二个大臣连忙劝阻道：“嘘，不要命了？”

第一个大臣叫道：“怕什么，和议才签了一年，现在多少弹劾奏折到了皇上那儿？秦大人能不能逃过这一劫还不好说呢！”说着只见秦桧从外面进了大殿，大家立即闭口不说话了。那秦桧早已将大家言论听在耳里，冷冷地看着这些人，心里恨得咬牙切齿。

第五十八章

扶危局岳飞出山

虽然秦桧听到其他文武大臣对自己的议论，想起靖康之耻中蔡京的遭遇，心里打了个激灵，虽然对这些同僚不无忌恨，但也敢怒不敢言。这时姚公公伺候着赵构从后殿走出来升朝，文武百官赶紧三拜九叩行过大礼。只见那赵构气色慌张地坐到金銮椅上，向殿下文武群臣扫了一眼，也不请他们平身，道：“宋金和议，不到一年，金人就撕毁协议，重燃战火。众位爱卿，你们怎么看？”

一位大臣跪行向前，道：“当日秦大人力主和议，如今金人毁约南侵，秦大人作何解释？”此言一出，众人窃窃私语，赵构这才让这些大臣平身起来。秦桧一边起身一边瞪了方才那位大臣一眼，冷哼一声。站在他身边的万俟卨见状，站了出来，进谏道：“臣以为，把金人南侵归咎于秦相国，有失公允。再者，即使另行起用他人，后来者未必贤于前人。请皇上三思，不要使小人乘隙而入。”原来上次自这万俟卨为秦桧找还了猫并送了一颗夜明珠之后，秦桧便想了个办法把他调到了京畿来做官，连升两级，真是平步青云显赫一时。

张俊闻言，立刻附和道：“皇上，眼下大难关头，不是追究责任之时，当务之急应当是商议如何应对金人铁骑！”秦桧的党羽纷纷站出来替他说话，秦桧见状暗自得意。赵构看了看这些官员，没想到秦桧的党羽已经如此众多，心中恼羞，皱眉不语，摇了摇头，再逡巡着看了一遍，发现一向诤议直言的韩世忠却没有说话，便向他开口问道：“韩爱卿，你怎么看啊？”

韩世忠乜斜了一眼秦桧，拱手道：“启禀皇上，臣素来知道秦大人深谋远虑，常人能看到一步两步，秦大人能看到五步六步之外。今日之局面想必他已早有打算，不妨听听秦大人的高见。”

但秦桧何等狡猾，岂能轻易让韩世忠将他一军，闻言不慌不忙地站出来道：“《尚书》有云，德无常师，主善为师。前日金人有割地讲和之议，故微臣赞陛下取河南故疆。今兀术败盟来战，和议已变，故微臣赞陛下定吊伐之计。微臣愿与韩帅、张帅同力招讨。”

韩世忠冷笑一声，道：“金人十万大军南犯，要与之相抗，非得三军同心同德合力作战不可。特别是岳家军，是大宋这些年来抗金之主力，要与金人相抗，没有岳家军可不行。岳家军之所以厉害，各个以一敌十，是因为岳家军有一个杰出的统帅——岳飞，然而，岳飞现在却罢官在庐山，眼下最重要的，要先将岳飞请下山，否则说什么都是一纸空谈。”

秦桧早就知道韩世忠方才向高宗质询自己，伏笔也正在此，于是冷哼一声道：“可是，皇上屡次三番下诏，岳飞拒不下山，这可如何是好？”

赵构听过，对秦桧严厉地说道：“秦爱卿，岳飞当日负气上山，便是因为不赞成和议之策，如今不下山，怕是也是对你心有芥蒂。请他下山之事就交给你了，将相和，则国家兴，爱卿还要动动心思才是。”秦桧虽然心里老大不情愿，但也只好遵旨领命。赵构冷冷地看了秦桧一眼，又想到岳飞也是不识抬举，思忖也许重赏之下，必有勇夫，可能再会出现另一个岳飞，于是当着文武百官的面，宣道：“传令下去，以节度使官衔，银五万两，绢五万匹，田一百顷，悬赏擒拿金兀术。”

众官听命，将其旨意传达下去。宋高宗又降旨让张俊、韩世忠二人通力合作，迎战金兀术，不提。

单说秦桧受命要请岳飞出山，心里就苦不堪言，整个大宋谁不知道他秦桧和岳飞是死对头，现在让自己去请岳飞，能请得出来吗？他愁眉不展，回到相府，还是想不出来一个对策，王氏并没注意到他一脸忧愁，直到发现一桌子山珍海味，他却并不怎么动手，于是劝他喝点汤，道：“平时那么累，总得补补啊。”

秦桧看着面前鲜美的海鲜汤苦笑道：“还补什么补，我已是要死的

人了。”

王氏听过大吃一惊，忙道：“官人，你怎么说这种不吉利的话！”

秦桧叹了口气，道：“今日早朝，皇上让我请岳飞下山。要是请不下来，我命休矣！”王氏这才知道事情的来龙去脉，也担心起来，道：“要是你去请，那岳飞肯定更不想下山了啊，这可怎么办？”

秦桧摇摇头道：“现在回想起来，皇上让我复相，怕是没安好心啊，明明是他想和议，却将我推到风口浪尖之上，让我做他的替罪羊。”

“这可怎么办？你得想想办法啊！”

“岳飞不下山，皇上必然迁怒于我，我难逃一死，可岳飞若是下了山，挥师北上，打胜了，我还是逃难一死。这横是死，竖也是死，伸头是一刀，缩头还是一刀！唉，看来，这回是我的劫数啊！”王氏听秦桧如此说，也着急上火起来，来回踱步，秦桧见她在自己面前来回晃悠，很不耐烦，王氏见他心中有火，却冲自己乱发，自己也想发火却又不好发作。此时，一个丫鬟端着一罐汤进来，被她一不小心撞到，汤罐落地，摔个粉碎，于是王氏迁怒于这个丫鬟身上，随手抓起一个鸡毛掸子就打丫鬟。

秦桧在一旁看着，更加烦躁，摇了摇头，索性走出门去散心，却看到秦熺从外边风风火火地走了过来，手里拎着一个纸包，于是叫住秦熺，喝问道：“手里拿的什么啊？”

秦熺不知道干爹何以这么大的脾气，于是躬身怯懦道：“娘让我找的几味药材，熬汤的。”秦桧摇了摇头，不耐烦道：“熺儿，干点正事，别成天围着你娘转！”

秦熺谢罪道：“爹，儿知错了，爹为何烦恼？”

秦桧叹口气道：“你知道吗，皇上交给为父一个重任，要请岳飞下山。”

秦熺不以为然道：“知道。那没什么难的，爹一句话的事儿！”

秦桧见他不知深浅，摇头道：“皇上几句话他都不听，何况我呀？再说了，他岳飞对我恨之入骨，巴不得看着我死！”秦熺从没见过干爹如此惊慌过，便担忧道：“爹，那怎么办？”

秦桧看了看院墙一角的天空，道：“唉，岳飞不下山，我是死；岳飞下山，我日子也不会好过！皇上这是想逼死我啊！”

“但不管怎么样，得先请他下山啊，否则眼前这关过不去。”

秦桧点点头道：“你有什么主意吗？”

秦熺转了转眼睛，突然一拍脑袋道：“对了，岳飞在岳家军有几个兄弟，感情很好，若是以他们的人头威胁，岳飞就会下山。”

秦桧笑道：“那岳家军还不得反了啊！”

秦熺机灵道：“那不要找那么多人，找出一个与岳飞关系最好的人不就行了吗？”秦桧点了点头，没想到秦熺还能想出这么一个绝妙的主意，顿时对这个干儿子刮目相看起来，问道：“谁跟岳飞关系最好？”

秦熺答道：“王贵。”

话分两头，素素和孟邦杰救下小满之后，又帮其安葬了家人。这小满一心要跟着素素学习武艺报仇。素素无奈，只好带着她回到忠义社的客栈里，但梁兴身上的刀伤还未好，于是大家一直躲在客栈里，正好也避过了风头，秦桧因为赵构让他请岳飞下山而对其他事情无暇顾及，疏忽了搜捕小满。待梁兴的伤势好转之后，他们便商量还是将小满带到庐山，和张用他们待在一起更为隐蔽和安全。

这天他们一行四人来到张用隐居庐山的酒肆外，突然见到张用酒肆的门外停了一队官兵，素素暗吃一惊，自己一行应该还没暴露，这些官兵肯定不是来抓小满的，难道是张用刺杀秦桧、斡离不的行踪被暴露了？于是躲到一边向里面仔细观察，竟然看到王贵和万俟卨坐在张用的酒肆里喝酒——原来秦桧经秦熺提醒之后，便从赵构那里请了一道圣旨，命令王贵前去请岳飞下山。素素和梁兴不知前因后果，见他跟万俟卨在一起，便暗自留心，只听那万俟卨道：“想不到名震天下的岳太尉，竟然避居在这种偏僻的地方。”

王贵自豪道：“俺大哥一向喜欢吃苦，虽说是自讨苦吃，可他却甘之如饴，这是咱们常人不能体会的境界啊。”

万俟卨却叫苦连天道：“他自讨苦吃，咱们却被扔进苦海！万一他老人家死活不下庐山，咱们回去之后，脑袋难保啊！”

王贵困惑问道：“你也？”万俟卨接口叫道：“唉，皇上也给我下了道圣旨啊，十日之内岳飞不下山，”带着哭腔道，“我也不用回去了。”他自己也没想到，自己为秦桧尽心尽力，到头来秦桧还想拉自己垫背。此时张用端着一盘羊肉过来向他叫道：“哎呀，万大人！让你久等了！”

万俟卨烦躁道：“万你个头，这个字读默！”

张用笑道：“哦，默大人！”

王贵在旁边劝道：“哎哟，张用你就别逗万俟大人了！”万俟卨一脸苦笑，张用看着他赔笑道：“万俟大人，开个玩笑，您别在意。我看你们愁眉苦脸的，有什么大不了的事啊！来来，尝尝我们家羊肉，这可是方圆百里第一家！你过了这个村，可就没下个店啦！”

王贵与万俟卨吃着羊肉，却味同嚼蜡。张用坐到王贵身边，伸手搭在他肩上，问道：“怎么样？怎么样？味道如何？今天可是兄弟我亲手做的！”

“我现在哪还吃得下啊！”

“怎么啦？王统制大鱼大肉吃多了，吃不惯我们这种野味了？”

“知道什么呀！皇上让我们去请大哥下山，不然的话……”王贵说着用手比画着抹脖子的动作，张用听过，故作认真道：“不然的话，皇上要去寻死？”万俟卨见张用越来越不像话，把筷子往桌上一拍，叫道：“都什么时候了，你还开这种玩笑？！不是皇上死，而是我们没活路！”

张用鬼鬼地笑了笑，指着王贵对万俟卨道：“这你就不知道了，万俟大人，你知道他是谁吗？”万俟卨不耐烦道：“他是谁？王贵，王将军啊！”

“错！他不仅是王贵，更是岳飞最好最好的兄弟，他们从小一起长大，然后一起练武，再然后一起从军，岳飞能有今天，王贵是立了大功的！他们可是同生死共患难的好兄弟。只要王贵一句话，岳飞肯定下山！他不给谁面子，也得给王贵面子啊！”王贵对张用一直心有芥蒂，听过张用的话，他一阵释然，略微一笑。

万俟卨喜出望外道："当真？"

张用意味深长地点点头，万俟卨连忙向王贵央求道："那可就全仰仗王将军啦！"王贵笑道："不敢！不敢！"转头向对张用道，"这么多年了，你还是这么油嘴滑舌，一会儿你跟我一同上山去见大哥，你帮我说道说道。"

张用爽快道："好啊，正好给他送点羊肉去。小霖最爱吃我家的羊肉了。"说着他们三人就带着那些官兵起身出发，往岳飞隐居的所在奔去。

梁兴看着他们远去，带着素素他们闪将出来，困惑道："那不是秦桧手下的红人万俟卨吗？他来干什么？"素素也不解道："他怎么跟王贵和张用在一起？"素素看到小满一听到秦桧二字，满目就充满仇恨，有些担心她，拉着她走进酒肆。

乌诗玛见万俟卨他们离去，刚想得一会儿清静，发现有人进来了，以为张用他们又返回来了，没想到一回头，却发现是梁兴他们，于是立马笑道："素素，梁小哥，你们怎么来了？"

梁兴抱拳施礼道："那万俟卨和王贵来干什么？"

乌诗玛端上茶水道："来请岳大哥下山的，听说皇上下了圣旨，要是岳大哥不下山，就砍了他们的头。"素素接口道："我们在临安也听说了，要是岳大哥不下山，砍的不是他俩的人头，而是秦桧的头。"

小满兴奋道："那希望岳元帅不要下山！"乌诗玛这才注意到小满，向素素问道她是何人，素素介绍道："赵鼎赵相国之女小满，他们一家被秦桧所害，她暂时在你们这住下，避一下风头。"

乌诗玛看着小满痛快道："好，没问题。我们这虽比不得相国府，却是山清水秀的世外桃源，赵姑娘你就安心在这住下吧。"小满连忙谢过。

王贵、万俟卨、张用他们带兵一路来到岳飞隐居的地方，就要往里走，却被岳飞亲兵拦在门口，王贵叫道："俺要见大哥，大哥！大哥……"那李孝娥听见，出来见是王贵和张用他们，笑着告诉他们岳飞刚

休息，回头再见吧。万俟卨看了看王贵，心中焦急，发现王贵说话模糊不清，并不顶用，抽出了亲兵的腰刀，王贵也被吓了一跳。

万俟卨冲着里面掷地有声地叫道："下官有一句话要跟岳元帅讲，讲完我就走！"李孝娥阻拦道："岳元帅真的睡下了，等明儿吧，明儿一早我必定把话带到！"

万俟卨急着喊道："明儿？明儿我们的头就被皇上砍了！与其明儿被砍头，不如索性死在眼前，图个痛快！王贵兄弟，咱们来生再见！"说着猛然举刀向自己颈部划去，那亲兵见状，一个箭步上前捉住万俟卨执刀的膀子，使他不能动弹。此时，房门一开，岳飞披着衣服站在卧室门口，双目肿如核桃，眼眯成一条缝。

王贵和万俟卨看了大惊，道："岳帅，您今次若坚持不肯下山，我们势将受刑而死，我们究竟为何负于岳帅，岳帅忍心把我们置之死地呢？将来难道不会生愧悔之心吗？"岳飞漠然道："皇上不会杀你们的。"

万俟卨劝道："岳帅，你这样坚执不听从朝廷的旨意，绝非好事。朝廷上岂不要大生疑虑：岳太尉到底要干什么？岳爷原只是河北的一个农夫，如今受到皇上这样的宠信，做了一军统帅，您是不是以为可以和朝廷抗衡了？"岳飞听过，淡淡一笑道："岳某之心，天地可鉴！"

万俟卨冷哼一声，言辞激烈道："天地可鉴，那皇上能不能见？秦大人能不能见？岳爷，反正下官回去是必死之人了，我也不怕出言冒犯：如果下官和王统制仍未能将你说服下山，回去必死无疑，连岳爷你日子也不会久了！您成天把收复中原挂在嘴边，您就忍心为了赌一口气，不顾生活在水深火热中的中原父老吗？！"岳飞并不为所动，道："岳某心意已决，你们请回吧。"

说完转身进屋，不理会他们。王贵急忙叫道："大哥！大哥！你就不顾兄弟的死活了吗？"李孝娥见他误会了自己的大哥，带他们走进岳飞的卧室，发现房间里所有的窗子都蒙上了黑布。王贵一怔，不明所以。李孝娥解释道："他的眼睛不能见光，怎么去临安，怎么打仗啊！"

王贵这才恍然大悟，道："没想到大哥的眼疾已经这么严重了……"

万俟卨失望道："那怎么办？"

李孝娥劝道："万俟大人，贵子，你们先请回吧，相信皇上知道岳飞这个情况，也不会为难你们的。"万俟卨与王贵对视一眼，很无奈，只好无功而返。

金兀术率领金国大军，很快就将河南等地打了下来，占据了开封。几个州沦陷的消息很快传到宋高宗的耳朵里，他一听到，连夜便将张俊、韩世忠还有秦桧召到自己的御书房里，骂道："不到一个月，金人就把上次还回来的土地又抢回去了，你们都在干什么？任由他们说给就给，说拿就拿？！这是逛庙会吗？！你们说，他们还有几天打到临安啊？一群没用的废物！"

说着狠狠地看了一眼秦桧，道："岳飞呢？下山没有？"

秦桧连忙叩头道："岳飞托辞眼疾，拒不下山。臣请了临安最好的三位御医，但岳太尉不肯配合治疗。"赵构气急败坏道："朕不管，你请不来他，就别来见朕！"秦桧看到宋高宗冷冰冰的眼神，不禁打了个寒战，心里恨极了岳飞。当天晚上他便做梦，自己并没有将岳飞请下山来，宋高宗毫不留情面，将自己斩首示众。他从梦中猛然惊醒，从床上坐起，自言自语狠狠道："岳飞，我不会输的！我不会输的！"

第二天，他便带着秦熺去寺庙拜访一个高人，传说此人治眼睛很有一套，于是他死马当着活马医，但好不容易来到寺庙，却被一个小沙弥阻拦在外。秦熺忙道："我们是来求医的，请信空大师给我爹看一下病。"小沙弥摇了摇头道："不巧了，信空师父今天已经看了七位了，现已入定禅修，请施主明日再来吧。"

秦熺急了道："小师父，我们从临安远道来的，你跟信空大师说一声，通融通融吧。"小沙弥不为所动，道："阿弥陀佛，施主请回吧。"

"你们怎么可以这样呢，口口声声说慈悲为怀，现在却见死不救！"

小沙弥见其无礼，口宣佛号，道："万物自有其法缘，强求不得。"说着，小沙弥要关门，秦熺突然发火道："你少跟我啰唆，我要见大师，

看看到底是大师不想见，还是你们不让见！”说着强行闯了进去，而秦桧却一直不说话，见秦熺闯进去了，自己也跟着走了进去。

秦桧和秦熺闯进大雄宝殿，只见信空大师脸朝佛像盘腿打坐，小沙弥跟进来垂手恭立在信空大师旁边，无奈地看着秦桧秦熺二人。秦熺等了半天，发现信空大师并不理睬自己，大声嚷道：“老和尚，我们远道而来，见你一面都不行，这是什么道理？”小沙弥一脸苦相，信空依然毫无反应，仍旧拨动着佛珠念经。秦熺想要上前动手，秦桧阻止道：“熺儿，不得无礼。大师不想见我们，自然有他的道理。”

信空大师听到秦桧的声音，拨动佛珠的手突然停下来了，秦桧见状，道：“大师，请见谅我等之鲁莽。我等从临安远道而来，想请大师下山去治一个人，此人关系江山社稷的安危，以及芸芸众生的疾苦，还请大师慈悲为怀才是。”

信空依然背对秦桧秦熺二人，闭着眼睛合掌道：“秦施主，你说的这个人可是岳飞？”秦桧听过，心中大吃一惊，道：“你怎么知道我姓秦？”

信空笑道：“老衲不仅知道你姓秦，还知道你叫秦桧，是当朝相国。想让老衲去治的人是岳飞岳元帅。你们俩一文一武，所谓文官提笔安天下，武将上马定乾坤，本是国之栋梁。然而你们却从朝廷没有南迁之际便开始不和，你想请岳飞下山，可谓千难万难，你说是与不是？”

秦桧瞪大了眼睛，结结巴巴问道：“你……你怎么知道，你是谁？”

信空缓缓站起，转过身来，秦桧一看，心中惊骇，原来眼前此人正是二十年前被粘罕追杀到跳崖自杀的刘韐将军。

第五十九章

将相和忠奸难辨

自从素素给岳飞施过几次针灸之后，岳飞的眼疾明显好转，但还需静养几天方可看东西，这天岳霖扶着他给岳母扫墓，扫完返回的路上，发现路边石头上，盘腿坐着一个和尚，他俩不曾多看一眼，就从旁边经过。这时却听那和尚声若洪钟，朗朗说道：“天苍苍，路茫茫，眼已伤，心未泯。”这和尚不是别人，正是信空大师，原来秦桧认出他是二十年前的刘韐将军之后，喜出望外，他知道二十年前，刘韐将军最信任的敢战士就是岳飞，如今虽然他已经成了信空大师，但对昔日的小兄弟，其感情依旧珍惜，于是再三请求信空大师帮自己请岳飞下山。尽管刘韐，不，信空大师对秦桧后来的所作所为早有耳闻，心中甚是厌恶，一则自己和岳飞这一段尘缘未了，再则涉及天下黎民苍生，他也就答应了秦桧，前来请岳飞下山。

岳飞听见这和尚所说，所指好像正是自己，“眼已伤，心未泯”不就说自己眼睛虽然受伤，但心有不甘，于是问道：“何人在此说话？”

岳霖看了看信空大师，向岳飞道：“爹，是个和尚。”

岳飞仔细分辨了一下方才听到的声音，道：“不对，声音怎么这么熟悉。”说着吩咐岳霖带着自己往那和尚走去，岳霖扶着爹爹，好奇地看了一眼信空。信空大师见岳飞走到眼前，口宣佛号朗声道：“十五年前，我未料到刘韐会变成信空，更不曾料到，你会走到今天这一步。阿弥陀佛，岳飞，好久不见啦。”岳飞一听，是刘韐将军，立马扯去蒙在眼睛上的布，眼睛红肿如桃，见光流泪，模模糊糊看到刘韐高大的轮廓，激动不已，一下子拜倒，道：“真是刘将军！敢战士岳飞参见刘将军。”

信空大师仍然闭着双眼缓缓起身，摸索着扶起岳飞。原来他的双眼也是盲的，岳飞紧紧抓住信空的手，激动道：“将军，您还活着？为什么不来找我？这十五年您在哪里，过得还好吗？”信空淡然一笑，道：“岳飞，我已看破红尘，遁入空门，见与不见，还要看一个缘字。但没想到，到了这一天，我们面对面，却看不到彼此。”

岳飞这才发现信空大师的双眼看不见东西，问道：“您的眼睛怎么了？您摔下山崖之后，发生什么事情了？”信空仰头看着远方，仿佛看到往事，道：“回首前尘旧事，就像一场梦啊……你我尘缘未了，终须见上这一面。”原来当年他跳下悬崖之后，被云天寺的智明大师给救了，大难不死，只是眼睛看不见了。信空大师继续说道：“眼睛看不见之后，我一开始痛不欲生，但每天听着庙里的暮鼓晨钟，僧人们的念经声，我渐渐平静下来。想这些年来在战场上厮杀，到头来仍是国破家亡。反而在佛门，找到了心底的宁静。后来我便断了俗念，吃斋念佛，皈依佛门，师父为我取号信空。”

如此这般，两人叙说了一下各自十几年的经历，不禁一阵唏嘘。两人在岳霖的带引下来到岳飞的家里。信空将随身带着的药膏拿出来，吩咐娟儿烤热给岳飞敷上。岳飞好奇问：“刘将军，你这医术从哪里学的？”信空一边帮岳飞敷药一边道：“我的眼睛失明之后，智明师父到处寻各种方子替我治疗，我的福缘没到，眼睛没治好。却没想到，久病成医，你我能有今日之缘分。”

岳飞听信空将事情的来龙去脉讲了个清楚，心里最不解的是他怎么会当秦桧的说客，信空摇了摇头道：“我不是为秦桧当说客，而是为天下人当说客。”

原来当初秦桧一再请他帮忙，请岳飞下山，他也坚决推辞。秦桧知道天下人对他有成见和仇恨，于是向信空劝道：“你不是为秦某当说客，而是为天下人当说客。现在岳飞赌气不下庐山，此举有三大患。第一患，皇上一气之下，便会杀了他。岳飞作为大宋数一数二的帅才，栋梁之才如此夭折岂不可惜？第二患，金人大举入侵，江山风雨飘摇，做臣子的不思报

效国家，反而避居山上，到了国破家亡之日，如何对得起列祖列宗？第三患，金人无道，荼毒生灵，天下百姓，民不聊生。若是金人南渡，靖康年以来的祸事便会再一次上演。大师，我不是担心个人的生死，而是希望你能发发慈悲心肠，救苍生于水火之中。”

信空听过，事关天下苍生性命，于是才答应道：“阿弥陀佛，老衲也没把握能把他请下山来。”

秦桧一笑，道：“大师若是能把岳飞的眼睛治好，就功德圆满了。”于是他才前来劝说岳飞，但此举绝不是为了秦桧。虽然岳飞依然不满，甚至有些不解，但是在老将军面前，他也只好遵从。于是每天早上，信空大师为他敷药换药，并且陪他打坐，练习吐纳，强身固本。

这天他们二人练习完，对着连绵的青山，岳飞终于将连日来的困惑说出来，道：“三十功名尘与土，八千里路云和月。一路以来，我从无到有，由小及大，一心想着重整山河，扭转乾坤，却没想到，到头来，只不过是皇上手中的一颗棋子。治水不自其源，水必复滥。伐木不自其本，木必丛生。皇上需要打时，便让我去打，然而我打胜了，他又要猜忌我。于是战局每每都变成和局。我之所以不下山，是因为在庐山的大半年里，我已经都想明白了。我下山的话，若打输了，是死，若打赢了，皇上便会重新和议，届时飞鸟尽，良弓藏，狡兔死，走狗烹，我还是难逃一个死字。既然如此，我还下山做什么呢？”

信空摇摇头道：“出家之前，我也想过这些，朝廷让我们去和议，却毫无和议的筹码，让我们白白送死。你背我上山时，我在想，我们执著于此，到底为了什么？肩上的担子越来越重，我们的步子越来越沉，这个担子还要不要挑下去？你呢，也到了这个节骨眼，你也面临这个抉择，你是放下，还是继续挑着？”

岳飞听过，重复道：“我是放下，还是挑着……放下，这不是我岳飞的性格，但是挑起来，如今君昏臣庸，自己到头来的努力却成了一场空。”信空听到岳飞喃喃自语，不再打扰，叫他自己去思考，请岳霖带着自己离开。这天傍晚，信空给岳飞换了一服新药，药熬好后，李孝娥亲自服侍岳飞将药喝下，岳飞喝过药之后禁不住叫道：“刘将军，我这辈子都没喝过这么苦的药。”

信空笑道：“苦就对咯。不苦，灭不了你心中的火啊！”

李孝娥关切问道：“师父，他的眼睛能治好吗？”

信空口宣佛号，道：“岳飞的病情不是发自眼部而是发自内心，心病减轻，眼疾自然见好。”

娟儿见他说得玄虚，直接问道：“那爹的心病能治好吗？”

信空淡淡道：“阿弥陀佛，这就看他的造化了。”

在信空大师的调理下，岳飞感到自己的眼睛越来越清爽了。这天，信空算了算时间，觉得差不多了，于是吩咐李孝娥将敷在岳飞眼睛上的药布拆下，让他睁开眼睛试试。起初，岳飞觉得自己的眼睛就像雷电一样，不断闪烁，却看不清东西，隐隐约约看到一只大鹏鸟在林中鸣叫飞翔，忽而消失，忽而出现，最后眼前清晰起来，却不是大鹏鸟，而是李孝娥、娟儿、岳霖还有信空的面孔。

信空闭着眼睛问道：“看到了吗？”

岳飞点了点头，道：“看到了。”李孝娥娟儿他们听到了，无不高兴得手舞足蹈，但是信空和岳飞两人却沉默了起来。过了一会儿，岳飞看着信空幽幽道：“将军，你说我该下山，还是不下山？”

信空口宣佛号道：“下也得下，不下也得下，这是你的命。你是岳飞，不是刘韐。这担子在你肩上，你放得下吗？”说着就向岳飞一家告辞，岳飞自知挽留不住，送了一程，直到信空大师的背影渐渐消失在云雾中，他依然在思考，下山还是不下山。

然而，他的妻子李孝娥比他还清楚他内心的想法。李孝娥心里很矛盾，岳飞眼睛好了她很高兴，但她也知道他眼睛好了，也就是再次离家走上征程的时候了，虽然岳飞自己似乎还没考虑清楚，但她一直很清楚结果，从信空大师叫她拆下岳飞眼上的药布试着睁眼的时候，她就知道。

果然，岳飞终于下定了决心：下山。这天一大早，他便向李孝娥他们告辞，王贵、岳云等部将一早就在山下迎接，岳飞随他们逐渐走远。

娟儿看着岳云远去的背影，心里有万般不舍，李孝娥见状安慰道：“人活着，总有各种各样的愿望，我原本也奢求很多，但现在，我只求他们爷俩能活着回来，跟我们一起看看这里的美景。在庐山两年了，都还没好好转一转呢！”

娟儿叹口气，道：“娘，人和人为什么要厮杀打仗，为什么不能好好活着呢？”

李孝娥其实也不甚解，忽然想起岳飞的话，于是学说道：“你爹跟我说过，‘止戈为武，才有田园。’所以，他们爷俩不能不去。有人能挑起这抗金的使命，是大宋百姓之幸！然而对咱们娘俩来说不幸的是，承担这个使命的是我们家的男人。”娟儿点了点头，沉思了起来。

岳飞虽然跟着王贵、张宪他们回到了军营，但依然心灰意冷。直到有一天，在行军的路上，他看到无数百姓衣衫褴褛，拖家带口，绵延而来。那些老百姓一见岳家军，便围拢起来，要求岳将军拯救他们于水深火热之中，岳飞那一颗死寂的心才复活起来，动情不已，深感责任重大，暗自鼓气，一定为了天下苍生，誓死打退金贼。

赵构听说岳飞眼睛已经恢复，并且回到了军营，龙颜大悦，便请岳飞带领岳家军将领进京面圣。这天早上，赵构早早升朝，文武官员分列左右，赵构高坐龙椅，看着岳家军将领，毫不掩饰自己的兴奋之情，笑道：“岳飞！张宪！王贵！你等一入金殿，朕的金殿便站不下这么多人了！”

岳飞拱手道：“回皇上，臣等进殿的仅有三头六臂六条腿儿。”

赵构爽朗笑道：“你们这三头六臂六条腿儿就如同朕的百万大军呐！”秦桧在一旁听到，立马恭维道“下次皇上召见岳元帅，恐怕要盖一座巨殿！一座能装得下百万大军的巨殿！”文武百官听过，一起大笑，只有岳飞不笑，向赵构跪拜道：“金寇南侵，臣婉不从召，特来请罪！”

赵构连忙请其平身，道：“过去的不谈了，不谈了，这会要问你的是……眼力可曾见好？”

“承蒙皇上圣恩，臣眼疾已见大好。”

赵构笑了笑：“这位大夫是秦相国所推荐，如不顶事，朕绝不轻饶！”突然刷地一下抽出龙几上的一把刀，向几角砍了下去，众大臣相顾失色。赵构脸色一正，把刀一横，刀上的反光直罩往岳飞的双眼，岳飞被刺得睁不开双眼，本能地用手遮眉檐，赵构笑了笑，问岳飞道：“你看得到朕刀上有什么不同之处吗？”

“金刀题字！”

“所题何字？”

岳飞眯眼向赵构手上的金刀望去，一字一顿道：“观——时——制——变——圣——哲——宏——规。”赵构又把金刀翻转过来叫岳飞辨认，岳飞看了看，一字一顿道：“善——胜——不——争——帝——王——妙——算。”

赵构叫了一声好，秦桧立马鼓掌道：“好哇！好哇！岳太尉既能一眼认出金刀上的‘观时制变圣哲宏规善胜不争帝王妙算’这十六个字，看来眼睛已无大恙，上了战场耳听四面眼观八方，尚有何难？此皇上之幸，朝廷之幸，大宋臣民之幸也！”文武大臣听过，交头接耳，纷纷附和。

赵构还刀入鞘，看着岳飞道：“这把宝刀是先祖传授的镇殿神器，朕今日交在你岳飞之手，盼你做到名副其实的观时制变善胜不争！”说着命姚公公捧了金刀送至岳飞面前，继续道：“此刀如朕亲至，可先斩后奏！”

岳飞跪拜接刀道：“谢皇上恩赐！”

赵构点点头道：“你放心，韩世忠的水师舰队，以及张俊麾下的部属会全力配合作战。”听到高宗金口玉言，其余文武百官，纷纷向岳飞表示恭贺。只有张宪、王贵二人很是困惑，王贵道：“这是怎么回事？刀上的字我都看不清楚，大哥怎么念得一字不差？”

张宪笑道：“这十六个字本是大哥写在折子里呈给皇上看的，皇上为了逼大哥出兵，就叫大哥当着众人的面念这十六个字，以证明大哥眼力超人，可以上马督阵了！”

王贵这才恍然大悟，道：“不用说，这又是秦桧出的诡计！”说着两人向秦桧望去，果然看到秦桧正在一脸自得地笑着冷眼旁观。很快，赵构

宣布散朝。文武百官纷纷四散，到了宫门口，秦桧带着万俟卨上前向岳飞拱手客套道："哎呀，岳太尉，你要是再晚下山一天两天的，秦某这脑袋可能早就被皇上扔进西湖里喂鱼啦！"

岳飞瞥了秦桧一眼，冷冷道："秦大人说笑了，你是皇上面前的红人，皇上怎么舍得杀你呢？倒是我岳飞，人头随时可能不保啊！"

秦桧笑道："唉，现在朝廷正是仰仗你的时候，怎么说这种丧气话？"

岳飞冷哼一声，道："我即将北上，秦大人认为我这一仗是该输还是该赢啊？"

秦桧也毫不掩饰，道："说句心里话，你要是败了，我还有的活。你要是大获全胜，我就前程堪忧啦！"岳飞哈哈大笑，道："秦大人跟我料想的一样。对你来说日子都好过。对我来说，若是败了，我是死，若是胜了，秦大人觉得我还能活吗？"秦桧眯眼看着岳飞，故意装傻，道："太尉这话我就听不懂啦！"

岳飞冷笑一声，道："秦大人，你不懂，还有谁懂？这全天下，最懂我岳某的，就数你秦大人了。"

秦桧得意笑道："不敢当，不敢当！岳太尉明知不可为而为之，秦某十分佩服！"

岳飞冷冷道："到底是可为，还是不可为，现在定论，为时尚早。"

秦桧冷笑道："那咱们走着瞧？"说着两人相视一笑，拱手而对，各走一边离去。

岳飞很快率领岳家军奔赴鄂州，发军前他将李孝娥、岳霖、安娘母女三人安排在临安城住下，却吩咐娟儿、小慧、桂娘他们去往岳家军后方，王贵他们不解，岳飞向他们解释道："大将带重兵在外，朝中难免有所顾忌，我让孝娥和孩子们留在家中，皇上会安心一些，咱们收复中原的后顾之忧也就少一些。"

这下王贵张宪他们才恍然大悟，心中无不感动，大哥为了让他们心无所羁，只留下自己家小在京城，却让他们的家属跟随大军以保安全，心里更加鼓舞，誓死追随岳飞抵抗金人。这天行军到半路上，突然下起大雨，看到前面有一座庙，众人纷纷走进去躲雨。这才发现这座庙是一座武侯祠，岳飞看着诸葛亮塑像，想起其在三国文韬武略，运筹帷幄，终将三分天下安定黎民，不觉泪如雨下，暗自思忖，若我岳飞今生不赶走金贼，誓不为人。

岳家军军将士兵看到岳飞重回军营，无不摩拳擦掌，士气高涨，誓要击退金贼。而所有军将之中，却有一人心烦意乱，好不懊恼。此人正是杨再兴，当他听到岳飞的良苦用心时，知道大哥之所以把小慧也安排着随军，主要还有为自己考虑的意思，可是自己虽然对小慧有意，却不知人家是否对自己有情。这一点点心事，硬生生将一条莽汉弄得六神无主，食不知味，夜不成寐。

可是，他只知道自己遭受折磨，却不知另外这个人也同样遭受如此折磨。这天晚上，明月皎皎，杨再兴实在睡不着，带着一脸的苦恼在军营里散步，不想小慧也默默地在军营里走着。两人碰在一起，颇有些尴尬，沉默了好一会儿，杨再兴无话找话道："这么晚还没睡？"

小慧语无伦次，道："睡不着，出来走走。你呢？"

杨再兴低声道："我也睡不着。"

两人又沉默起来，几次三番两人都要鼓起勇气说话，却发现对方也要说话，于是又把话吞了回去。沉默再次笼罩了他们，两人同时抬起头，一时尴尬，不知说什么才好。杨再兴终于鼓起勇气说道："早点睡。"他一听到自己说的话，恨不得抽自己一耳光，明明要说心里话的，怎么一出口变成了在道晚安。小慧听过，点点头，也祝他晚安。

于是两人微笑着各自离去。他回头时，她却不回头；她回头时，他却不回头。小慧心中十分失落，明明自己有很多话想同他说来着，最后却一句话也没说出来，也许再不说就没机会了。她正十分忧伤，突然听见杨再兴从背后追了上来，她回过头看去，那杨再兴上气不接下气，不是由于奔跑所致，而是由于紧张，只听他说道："小慧姑娘，明儿我就要出征了，此行生死难料，有一句话，我再不说，我怕没机会说了！"

小慧心里也是一阵紧张，忙道：“别说这些不吉利的话。”

杨再兴一鼓作气，道：“我是土匪出身，我一直怕你嫌弃，这次出征，要是侥幸建功立业，不知道我能不能……能不能娶你？”

小慧急忙道：“我没有嫌弃你，但是……”

“但是什么？你不愿意？”

“我愿意，我愿意，我知道你是个好人，即使你没有建功立业，我也愿意，我只怕……配不上你。”

两人就像在抢着说话，说完两个人一阵激动，原来对方早就将自己放在了心上。

而这夜，还有一对可人，正在互诉衷肠。这正是牛皋和他的桂娘。牛皋在自己营帐紧紧搂着桂娘，道：“人家总说你凶，其实只有我才懂你的温柔。我老牛一直庆幸，不知道自己前世积了什么福，这辈子能让我娶到你。”桂娘又娇又羞，看着牛皋，没想到这么一个粗人，竟然还会满嘴蜜语。但是牛皋突然叹了一口气，道：“可是我又担心……”

“担心什么？”

“我根本没那么好的福分。我出生入死这么多年，从鬼门关进进出出那么多回，我怕……”

桂娘听他说不吉利话，突然坐起来，猛打牛皋，道：“呸呸呸！你个死老牛，胡说什么呢？”牛皋边躲边叫道：“哎哟，你怎么又打我？刚还说你温柔呢！”

桂娘气恼道：“牛皋，你给我听着，你不会死的！你要是死了，我也不会放过你的！我做鬼也要跟着你！听到没有？！”

牛皋连忙点头道：“嗯，嗯，我不会死，我还要回来——跟你生儿子呢！”桂娘娇笑，又捏了牛皋一把，牛皋嗷嗷直叫，连忙求饶。

第二天，岳飞就率领自己的岳家军向前线开去，誓要将金人赶出中原，收复失地。

第六十章

葫芦口兀术铩羽

岳家军一鼓作气，连打了数仗，捷报频传。很快，跟金兀术主力军队决战的日子快要到了，他凝望着自己的部属，不知此战过后，能有多少人有命回来，哽咽着道：“兄弟们，既然你们铁了心跟我赴汤蹈火，那即日起，咱们就直抵中原，灭金虏而后快，以上报国恩，下答黎民！决不苟活于人间！”岳家军军将士兵纷纷呼应，气势如虹，军心振奋。

此时，一位公公在御林军的护送下来到宣旨，原来宋高宗听闻岳家军一连打了好几处胜仗，龙颜大悦，便发下一道圣旨嘉奖岳家军众将士。在鼓号齐鸣中，那公公宣旨道：“卿精忠报国、沉毅冠军，身先百战之锋，气盖万夫之敌，为一时智勇之将，非他人比，特加封为正一品少保兼河南北诸路招讨使！”岳家军无不欢呼，岳飞也掩饰不住自己的激动，踌躇满志。

岳飞跪拜领过圣旨，高宗还赐了他衣甲、马铠、弓箭各一副，金线战袍、金带、手刀、银缠枪、海皮鞍各一件，军旗一面。岳飞上前亲自打开军旗，只见一面七彩锦绣的大旗，上有“精忠岳飞”四大字，从此这面旗成为岳家军的帅旗，岳家军因此气势大振，挥舞武器，山呼海啸。

岳飞送走了送旨的公公，不敢稍有懈怠，连夜研究战略，决定将岳家军分为四路人马，张宪率队一万一千七百人进军颍昌，牛皋率队一万三千人进军顺昌，王贵率队一万四千三百人进军蔡州，杨再兴率队一万两千四百人进军陈州，拉开战线，同时作战。很快这四路人马传来捷报，岳飞志得意满，决定进一步展开自己心中的战略。

岳飞岳云跟杨再兴这一路人马打下了陈州，岳家军将士无不欢呼雀跃。岳飞知道骄兵必败，不敢松懈，夜以继日地在自己帐内看着沙盘，苦苦思索下一步的战略。这天他将杨再兴叫到营帐，指着沙盘担忧道：“唉，这几个地方虽然收复了，但阵线拉得太开，兵力太过分散，危险啊！”杨再兴也有同样担心，提请道：“大哥，你请皇上让张俊他们配合作战，张俊怎么还没来？”

岳飞摇了摇头，道：“指望不上他。开战之初，我说咱们有两个月的时间，就因为他那时别无选择，现在局势稍微好转，这些人就各怀心思各有算计了。”此时，岳云从外面进来，慌道：“爹，王贵叔发求救信，金人反扑，急需救援。”

岳飞想了想，问道：“大营还有多少人马？”

“五千。”

岳飞思索了一会儿，沉吟道：“除了五百背嵬军，其他军队都派出去！”杨再兴连忙劝道：“大哥，这样太危险了！咱们现在孤军独进，最好缩短战线，集中兵力御敌。你把人都派出去了，金人又这么近，万一他们打来，如何是好？”

岳飞摇摇头，笑道：“我们所剩时日不多了，我不怕金人打来，就怕他们不打来！”杨再兴知道岳飞一向用兵出其不意，依然担心道：“那万一打来怎么办？”

岳飞摆了摆手，道：“照我说的去做！”

杨再兴虽然不知岳飞葫芦里卖的什么药，但军令如山，领命而去。

金兀术以为自己有十万铁浮屠，稳操胜券，留在汴京大本营运筹帷幄，却不知前方战况究竟如何。这天夏金乌从外面跑进营帐，慌慌张张禀报道：“四皇子！前线来报，岳飞北上以来，锐不可当，蔡州、颍昌府、淮宁府、郑州、河南府，我军已连连失利！”

金兀术大吃一惊，从帅座上跳起来道：“一月不到，岳飞同时打这么多地方？”夏金乌拱手道：“岳飞手下大将张宪、王贵、牛皋等人分兵出击。”

金兀术低下头，沉吟片刻，道："岳飞多少人马？"

"五万！"

"五万人马，他将战线拉这么长……"金兀术听过，有些不大相信自己的耳朵，问道，"岳飞人在何处？"

"还不清楚！"

"速去查来报我！"

夏金乌领命下去，马上去探听岳飞位置。

金兀术觉得只要找到岳飞的位置，那么自己这一次一定可以一战定乾坤，于是对斡离不的和平扩张战略有点不以为然，而汉人军师宇文虚中主张怀柔政策，于是他偏偏请宇文虚中跟随自己，要他亲眼看见自己使用武力，如何一口一口吃掉大宋。因此他不但要在武略上展现自己，还要在文韬上以示才华，想让这宇文虚中输得心服口服。这不，这天他又拉着宇文虚中和自己下象棋，很快便将了宇文虚中一军，宇文虚中赞叹道："四皇子的棋艺真是一日千里。"

金兀术骄傲道："知道为什么吗？"

宇文虚中："请四皇子赐教！"

金兀术得意道："你只知防守，不知进攻，孤毫无后顾之忧，只要抓住一个漏洞，便可置你于死地。"宇文虚中听过，笑了笑，将"炮"棋子挡在自己的"帅"棋前，金兀术仔细一看，大吃一惊，原来以为自己已经将宇文虚中将死，不想他轻轻一下，就将他的棋局救活了，宇文虚中这才缓缓道："如果攻得不顺，我反而击之，便会致命！"

金兀术正要谋思对策，此时夏金乌从外面走进来禀报道："报！已查出岳飞帅营所在！"

金兀术看着棋盘，道："说！"

夏金乌高兴道："岳飞人在郾城，身边只有五百人马！"金兀术一听，十分兴奋，不想这岳飞离自己这么近，而且只有区区五百人，一推棋盘，雀跃而起，道："千真万确？"

"确信无疑！"

金兀术将棋子一扔，叫道："太好了！走，咱们回营！这次孤要亲自出马，一网打尽！"说着就要出营，宇文虚中一听，觉得蹊跷，连忙劝阻道："四皇子，不要再打了，战局如棋局，你万一吃不下对方，对方发动反击，你就危险了！"

金兀术看了看棋盘，大笑，道："孤倒想看看他如何反击的！"那夏金乌瞪了宇文虚中一眼，跟着金兀术走了出去，只剩下宇文虚中一个在金兀术营帐中忧心忡忡。

金兀术、夏金乌、韩常、乌棱思谋等率领海潮一般的铁浮屠骑士穿山越野直扑郾城而来。

岳飞来到城墙上巡视，看看天边，似乎在等待着什么。只见城下涌来无数百姓，几名郾城官员走上城墙对岳飞禀报道："岳帅，百姓都说是因为岳帅在此才引来金军大军压境，百姓要岳帅尽快离开。我看岳帅还是速速离去吧！"

岳飞听到此，急忙走下城楼问个究竟。那些百姓看到岳飞，纷纷向他拥过来，一个老百姓叫道："岳元帅，快离开吧。"

另一个老百姓也请求道："岳元帅，若是你们不离开此地，我们全城百姓性命难保啊。"第三个百姓急切道："金人数万人，岳家军才几百人在此城，那可是鸡蛋碰石头，快撤吧！留得青山在不愁没柴烧。"

那些百姓一起叫道："是啊，大帅，你走吧！"

岳飞听过，既恼又羞，大声道："乡亲们，若是我们撤了，你们就以为能活命吗？只怕金人也不会饶了你们，建炎二年十一月，檀州被围，粘罕大军攻城后屠城泄愤，全城百姓无一幸免。"那些百姓议论纷纷，第一个百姓叫道："岳将军，我们反正也是死，你们快撤吧。"

一个老头也劝道："金人快打过来了，你们还是走吧。"

一些民众纷纷跪下，向他请求，岳飞知道自己误会了他们，他们原来是担心岳家军的安危，心中感动，茫然失措道："大家起来，大家起来……各位乡亲听岳飞几句话，我们当兵打仗拿的虽然是朝廷俸禄，但是吃的喝的哪样不是来自咱们百姓，今日百姓有难我们弃城而逃，我岳飞何以对得起天地，何以对得起百姓，何以对得起自己的良心。今天我岳飞在此发誓，城在人在，城破人亡。”

这些老百姓听过他的话，无不感动。

此时，前方传来消息，金兀术带着他的铁浮屠越来越近了。岳飞急忙集合五百背嵬军，宣誓道：“今天这一战是生死一战，有幸与兄弟们出生入死这么多年，来干了这杯，愿来生再做兄弟。”五百背嵬军都割破自己的手腕，滴血酒碗，山呼海啸一口干掉，视死如归。那些逃难的老百姓看到这一幕，都停了下来，窃窃私语，看着岳家军。

岳飞见状，将杨再兴、岳云，还有背嵬军的队长赵宝叫到自己面前，小声地说着什么。老百姓都疑惑地猜疑着，岳飞笑了笑，突然大声叫道：“都听明白了吗？”

杨再兴叫道：“大哥，你放心，我会用自己的命去保护全城老百姓。”

岳云也叫道：“爹，你放心不会给你丢脸的。”

岳飞笑了笑，大声道：“好，你们记住只要能拖住金人三个时辰，等主力大军到来就是胜利。”那五百背嵬军听过，一头雾水，岳云直接不解，问道：“爹，何来主力大军？”

岳飞见其愚蠢，差点将自己计谋毁于一旦，涣散军心，一脚将岳云踢倒在地，拔出剑便要处置，杨再兴忙上前阻拦，岳飞气恼地用剑指着岳云，喝道：“我自有安排，身为将领听令便是，他日再问定斩不饶。”五百背嵬军和老百姓见岳飞执法如山，面面相觑。岳云马上明白，爹爹原来是在用计，起身拱手道：“父帅，孩儿知错了。”

岳飞一声令下：“整装出发！”

背嵬军整齐划一，立即行动起来。岳云也跟着要走，岳飞看到地上的匕首，知道是其掉下来的，捡起来道：“云儿！刀都掉了怎么打仗。”岳云红着脸接过匕首，路过的杨再兴看到这一幕笑了笑，心里十分感动。岳云知道这一去，可能九死一生，动情道：“爹，你保重！”岳飞替岳云抹了一下眼角的泪花，不忍看他，转过身去，挥手让他走。

『朕是个不幸的皇帝，继位以来，江山社稷风雨飘摇；朕又是一个幸运的皇帝，有岳飞、韩世忠、秦桧这些文武大臣的辅佐。』

有三艘小船并列而行，中间那艘，船舱里正坐着小满与秦桧二人，一抹阳光照在船舱内，真叫人惬意温馨。

Y

『对于朝廷，我岳飞问心无愧，可是对你们，我有太多太多的愧疚。我想过了，我的前半生许给了国，后半生，我要全部许给你们。』

THE PATRIOT YUE FEI

怒发冲冠，凭栏处，潇潇雨歇。
抬望眼，仰天长啸，壮怀激烈。
三十功名尘与土，八千里路云和月。
莫等闲，白了少年头，空悲切！

靖康耻，犹未雪；
臣子恨，何时灭？
驾长车，踏破贺兰山缺！
壮志饥餐胡虏肉，笑谈渴饮匈奴血。
待从头，收拾旧山河，朝天阙！

Y
THE PATRIOT YUE FEI
号令风霆迅，天声动北陬。
长驱渡河洛，直捣向燕幽。
马蹀阏氏血，旗枭可汗头。
归来报明主，恢复旧神州。

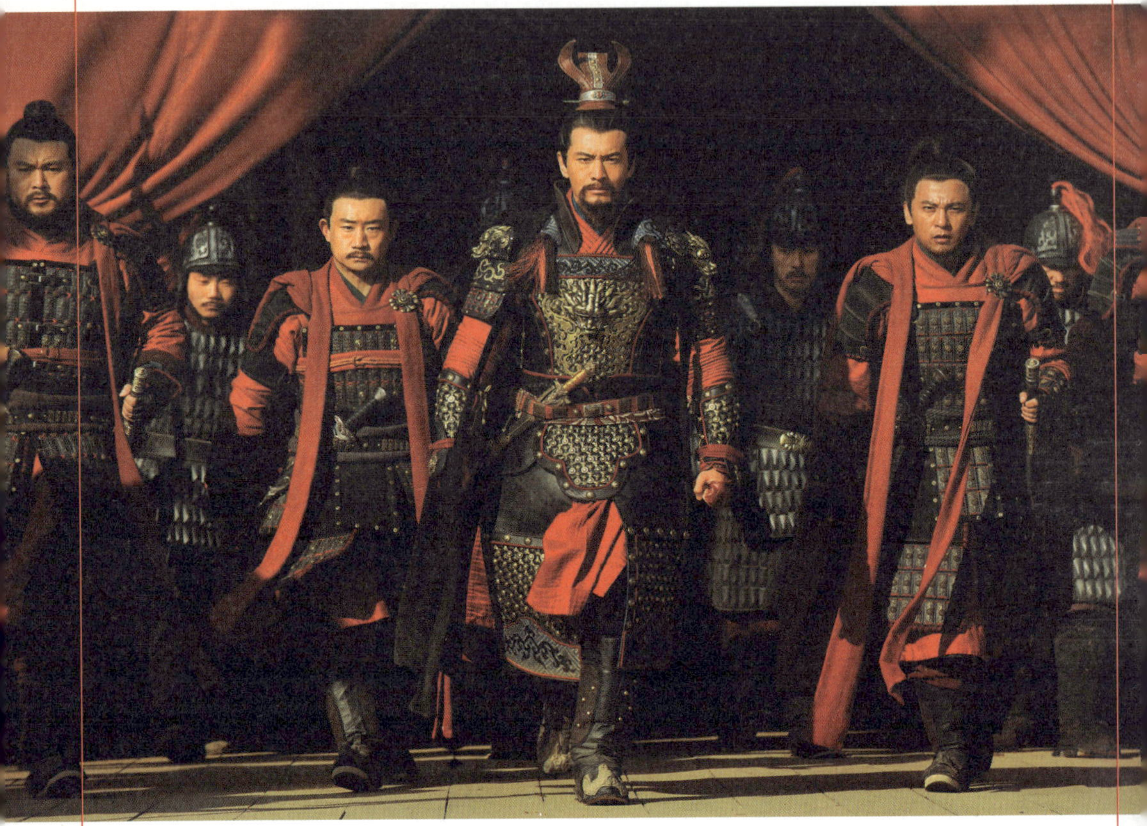

『十三年了！十三年来的屈辱沦丧，十三年来的破碎山河……我们还等什么？直捣黄龙，与诸君痛饮！』

城门口只剩下岳飞和那些老百姓，岳飞来到了他们面前，叫道：“各位父老乡亲，我岳飞带兵打仗很简单，只要将士们肯拿好手中的刀，握好手中的枪，跟着我，我就有信心取得胜利！你们愿意跟着我吗？”这些老百姓早就被方才他动员五百背嵬军、斥责自己的儿子这一系列举动所打动，内心震撼，无不受到激励，都下定决心要保卫自己的家园。

一个老人叫道：“岳元帅，我跟着你跟他们拼了！”说着伸出自己的手握住岳飞的拳头，军民鱼水，其他百姓也纷纷响应起号召，叫道：“我们跟着你跟金人拼了！”岳飞看着他们，眼眶又湿了，天下兴亡，匹夫有责，大宋有如此百姓，天不亡我，金人又何足道哉。

金兀术率领他的铁浮屠已经杀到了郾城不远处的葫芦口，如果通过了葫芦口，那就会直接攻打郾城。所以岳飞命令杨再兴、岳云一定要守住葫芦口，决不能失守，否则军法处置。岳云、杨再兴率兵来到葫芦口，见远处烟尘漫天，知道那正是金人部队向前杀来，岳云向五百背嵬军将士叫道：“咱们就是拼了命也不能让他们过这葫芦口。”

杨再兴也动员道：“为了全城的老百姓决不能让他们过这个葫芦口，今天这葫芦口就是他们的葬身之地！”背嵬军将士无不豪情纵起，誓死守住葫芦口。金兀术率领自己的铁浮屠来到葫芦口前面，打量打量地形，和众将商议，乌棱思谋，道：“四皇子！过了这个葫芦口，前面山路狭窄，恐怕会有埋伏。”韩常点头道：“葫芦口窄肚子大，若是岳飞在里面设了伏兵，咱们一路是死，三路也是死！”但是他话锋一转，不以为然地笑道：“岳飞的主力军都不在这，怎么会有埋伏？四皇子，末将先去探探路。”

说着他便带领金兵三十骑驰入葫芦口，山坡上掩藏的岳家军背嵬弓箭手早已做好了准备，杨再兴举起手准备下令，看了看又缩回弓箭伏于深处，岳云不解，道：“怎么了？矛子叔。”杨再兴笑道：“这是金兀术的前队，我们先不要轻举妄动，等金兀术大队到了再做行动。”

那韩常驰至山谷举目四望，发现四下静谧无人，便向副将命令道：“吹响号角通知四皇子没有埋伏。”金兀术听到号声，便率领大部队进入了葫芦口，韩常正想向金兀术邀功，突然一只冷箭过来，直射金兀术心

脏，金兀术被射下马，幸亏铠甲护住，并不曾受伤。金兀术给了韩常一巴掌，韩常也惊慌失措不知该如何是好。

杨再兴带领弓箭手撤到山后，叫道："他娘的没能射死他，算他命大。"

岳云问道："怎么办矛子叔？"

"我引他进葫芦肚。"

"我去。"岳云说完就要起身行动，被杨再兴拉住，道："岳云，听我的，分头行动。快！"

杨再兴骑马带着队伍驰向兀朮，岳云带着余下的人向反方向而去。杨再兴冲到金兀术对面，骂道："金兀术，算你命大，没有死在爷爷的箭下，有种的就出来跟爷爷较量较量。"韩常急于将功补过，向金兀术请命道："四皇子，给属下一个将功赎罪的机会，让属下亲自去拿下他的狗命。"金兀术却不领情，伸手阻止了他。乌棱思谋轻蔑地看了一眼韩常，提刀出队向杨再兴杀去，叫道："我来会会你！"

说罢与杨再兴战做一团，这乌棱思谋不愧是金国一员猛将，与杨再兴大战三十回合，方才渐渐处于下风，杨再兴佯装一不小心失手，败下上马疾驰而去，金兀术见状，下令骑兵追击，铁浮屠兵马留在原地待命。杨再兴跑到了葫芦肚，前方已无去路，他调转马头，解下帽子扔上山崖。金兀术见状，以为他只有死路一条，得意扬扬道："他已经无路可逃，抓活的。"

一声令下，金兵向杨再兴冲去。杨再兴摆了摆枪，打退了几名金兵，突然山崖上扔下来一根绳子，杨再兴一把拉住绳子，山上早已有人将他往上拉。金兀术立即下令手下放箭，但已经晚了，杨再兴已经被拉了上去，站在山顶上看着他们。杨再兴立即下令，埋伏的弓箭手准备好火箭向金军射去，又下令向山下扔石头滚木，金军一时混乱，死伤无数。

杨再兴见金兀术已经乱了阵脚，向岳云叫道："小云子，赶紧给赵宝传信。"岳云连忙转身向天空射出一支信号箭，赵宝看到信号，下令自己所带领背嵬军偷袭原地待命的铁浮屠。这边金兀术被打得狼狈不堪，乌棱思谋劝道："四皇子，撤吧。"金兀术无奈，只能下令回撤。而在同时，赵宝也偷袭他的铁浮屠获得成功，又向岳飞发出信号箭。岳飞看到信号，率领无数老百姓拿着手中的农具浩浩荡荡杀来。

金兀术正气急败坏，狼狈不堪地要撤出葫芦肚，一名将领跑来向他报告道："四皇子，我们的铁浮屠遭人偷袭死伤一大半。"金兀术焦躁不安，命令金兵加快速度撤。杨再兴率领士兵直追，叫道："兄弟们，别让金人跑了，金兀术，这葫芦口进的来就别想冲出去。"

韩常向金兀术劝道："四皇子他们是虚张声势，我看他们只有四五十个人，我们杀过去。"金兀术点了点头，想要杀回来，那杨再兴也杀红了眼，想要活捉金兀术，单骑冲阵，杀入金军。岳云也挥动铜锤直贯敌阵，两人均已受伤，杀得人为血人，马为血马，眼看就要倒下，这时只见烟尘遮天，呐喊声隐隐传来，越来越响。

岳云大声叫道："兄弟们，岳元帅来了，杀啊！"

金兀术不知是计，下令撤退，金人都仓皇而去。

岳飞率领老百姓驰马而至，看着金兵远去，杨再兴高兴叫道："大哥，咱们打赢了，"又看看岳云，道，"小云子咱们打赢了。"

郾城官员向岳飞拱手道："这场仗我们打赢了，我们要感谢岳元帅！"岳飞推辞道，看着手拿农具的老百姓，大声谢道："乡亲们，如果不是你们相信在下，相信岳家军，这场仗我们不会打得如此痛快，我岳飞再次谢过了。"

杨再兴、岳云一起向老百姓拱手道："谢谢乡亲们，谢谢。"老百姓也士气高涨，回应他们自己将会誓死保卫家园。

岳云担忧道："爹，金兀术耳通八方的，他的那些眼线把情况通报过去之后，我们还是麻烦啊！"岳飞镇静道："不必惊慌，张宪等人回来了，正好跟兀术正儿八经地打一仗。"

杨再兴笑道："大哥，你没有派谁去求救啊！"岳飞哈哈一笑，背嵬军和老百姓听过，不知他笑什么，莫名其妙，岳飞这才道："不瞒众位，此刻之局面，是我设下之计。朝廷朝令夕改，北伐是难上加难，如果金兀

术大军不主动迎战，那么，咱们此次北伐，就难上加难了。”

杨再兴恍然大悟，道：“所以，你就把自己当作诱饵？”

岳飞点点头道：“只是我没想到，金兀术来势如此之迅猛，在大军回防之前就打过来了。”杨再兴豪迈道：“来再多的金兵我们也不怕他。”

郾城官员听过，赞叹道：“岳帅用兵如神，区区五百击退两万之众，下官真是闻所未闻啊！”老百姓纷纷称赞，这时路尽头出现了王贵、张宪、牛皋等人马的大旗……岳飞不无自得地看着大家。

却说那赵构虽然请动了岳飞出山，岳家军也很快出兵前去讨敌。但赵构却始终放不下心，对着一桌子珍肴食不知味，举起筷子，又放下，一连几次，唉声叹气。吴氏见状，劝道：“皇上，吃不下就喝口汤吧。”说着就给赵构盛上一碗汤递了过去，赵构接过来用汤匙在汤里拨弄着无心喝下去，担忧道：“唉，不知前方战事如何？每天都悬着一颗心，吃也吃不香，睡也睡不好。”

吴氏不解道：“臣妾听说岳飞头一个月里不都打胜了吗？”

赵构摇了摇头，叹息道：“那都是小胜，他还没遇到金兀术的铁浮屠呢，真要和金兀术打起来，朕担心啊，岳飞若是顶不住，那可如何是好啊！”此时姚公公手持捷报，快步走入连连叫道：“皇上！喜报！喜报！岳帅打胜仗啦！岳帅打胜仗啦！”

赵构双眼立即放光，接过捷报，急忙看过，忍不住哈哈大笑，道：“不错不错，岳飞果然不负朕之重望。看岳飞屯兵之势，已对汴京形成合围，按照这势头，岳家军不用多久就能打下汴京了。”吴氏也高兴道：“真是大快人心。皇上，您现在能吃得下饭了吧？”赵构哈哈一笑，端起汤来要喝，发现凉了，叫道：“来，给朕盛碗热的！”吴氏连忙亲自给他盛汤。

消息很快传遍大小城市，有些老百姓聚集在街市，放着鞭炮庆祝，纷纷叫道：“岳元帅打胜仗咯！岳元帅打胜仗咯！”千树银花，在空中竞相盛开。

而在全国，只有一个人因为岳飞的得胜而不高兴，不但不高兴，而且忧心忡忡，这个人就是秦桧。他躺在床上，辗转反侧，无心成眠，而旁边的王氏已经呼呼大睡，远远传来百姓的庆祝声。他愤懑地披衣起床，走出房门，只见远近的空中礼花夺目，他那些丫鬟与家仆站在院子中抬着头，兴奋地看着，看着烟花叫好，一个丫鬟失声叫道：“好漂亮啊！”回头一看，秦桧正默默地走过来，吓了一跳，急忙噤声，和其他丫鬟家仆悄悄溜走。

秦桧站在他们刚站的地方，仰头看着烟花，半晌不语，蹙眉凝思，叹了一口气……

第六十一章

小商河虎将战死

金兀术带兵从葫芦口撤退之后，才知道中了岳飞的计谋。他迁怒于韩常，将失败原因也归诸韩常。夏金乌见到金兀术对韩常有所不满，对韩常也羞辱有加，让韩常十分恼怒，但是又无计可施，只能借酒浇愁，发泄自己心中的抑郁之气。这天，陪他喝酒的两名贴心大将见他已经喝醉，劝他不要喝了，韩常愤怒地一拍桌子，对二人生气道："怎么了，你们也想管我，除了大太子，谁能管得了我，给我酒，我想怎么喝就怎么喝。"其中一名大将见他酒醉，说话口无遮拦，忙劝道："不敢这么说，要是让人听见了，就不好了。"

韩常自怨自艾道："我现在就是闲人一个，夏金乌才是四皇子面前的红人，我说话就是放屁，有谁在乎啊！我早就该死在战场上，一了百了。给我酒！"

另一名大将喝了口酒，说道："将军，我都替你不值啊，你为了大金出生入死，命都不要了，怎么就落成这个下场！你看夏金乌小人得志的样子！"

韩常呸了一口，骂道："夏金乌他算什么东西，狗仗人势！"

"好汉不吃眼前亏，将军，我劝你还是早作打算……"

韩常叹口气，沮丧道："做什么打算？大太子不在了，大金也没我韩常立足之地了。"说着又喝了口酒，直到喝得肚子不争气，连忙从营帐中跑出来。正巧听到一名金兵在盘问一对夫妇，道："这次怎么送的这么晚，这边，这边！"他醉眼惺忪地看过去，原来是一对送菜的夫妇，送菜比平时晚了一点。

这一对夫妇不是别人，正是梁兴和素素乔装打扮的。原来岳飞下山重新率领岳家军抵抗金人后，他们俩自告奋勇担当起岳家军的踏白军，这天他们俩便装扮成卖菜的夫妇跑到金兀术的大本营来打探虚实。梁兴见这名金兵盘问，知道他不曾看出什么，不过是例行公事而已，并不慌乱，点头哈腰道："路上耽搁了，耽搁了。"

那金兵果然也不仔细盘究，不耐烦地催促他们快点。素素趁金兵被梁兴吸引了注意力之际，一闪身便来到了金营的另一边，四下打看。她看到了金兵的训练情况，看到了金兵的粮草囤积情况，甚至连金兵的伙食情况都看了个一清二楚。她正想寻找金兀术的营帐，突然一双手放在素素肩膀上，她知道自己暴露了，被逮了个正着，迅疾反手打去。

可她哪是韩常的对手，不出两三招便被韩常制伏了，韩常将素素押到自己营帐中，掀开素素脸上围的布头，发现是一个如花似玉的大姑娘，喝道："好一个如花似玉的奸细！说，是谁让你来的！"

素素冷冷道："要杀便杀，废什么话！"

韩常冷笑一声，道："好，给你个痛快的！"说着抽刀便要杀掉素素，却见宇文虚中从外面走进来劝阻道："将军，且慢！"原来方才韩常抓住素素的时候，被宇文虚中看了个正着，他清楚如果自己不前往解救这个女人的话，她就死定了，于是连忙前来搭救。韩常纳闷地看着宇文虚中，自己还不曾正面与他打过交道呢。宇文虚中见他满脸困惑，对韩常说道："将军，请借一步说话！"

韩常粗声粗气地问道："干什么？"宇文虚中不由分说，拉着韩常往角落走了两步，道："将军，这个人杀不得！"

韩常冷笑一声，道："上到赵构、岳飞，下到你宇文虚中，哪个宋人我杀不得，笑话！"宇文虚中摇了摇头，故弄玄虚道："你杀了她，你就没有后路了！"

韩常听过一怔，不知道他说的什么意思，耸了耸肩道："我韩常忠心耿耿，要什么后路？"

宇文虚中轻轻笑了笑，道："果真如此吗？果真如此，将军就不需要

躲在帐里喝闷酒了。”韩常听过，恼羞成怒，大声道：“胡说八道！你活腻了吗？”

宇文虚中冷哼一声，看着韩常道：“我是为将军着想，将军如今在四皇子面前不受重用，夏金乌事事挤对于你，眼下大宋有岳飞在，根本不惧金军，迟早会将金国打垮的。你既然在金营不受重用，为何不早做打算，投身宋营呢，以将军现在的身份地位，你去了，必然是前程似锦，名利双收！”素素虽然被绑在那里，却将二人的谈话全部听在耳中，只听韩常话语放软，嘴硬道：“你不要再说了，不论别人怎么对我，我对大金忠心耿耿。”

宇文虚中鼓掌道：“将军一片忠心，但别人可不这么看你啊，自从上次你被岳飞放回之后，大金上下对你可都是‘敬而远之’，从前大太子在，没人敢拿你怎样，如今这棵大树倒了，你不为自己找后路，只会把自己逼上绝路啊。”

韩常冷冷地看了宇文虚中一眼，道：“是岳飞找你做说客的？”

宇文虚中摇摇头，道：“我不认识岳飞，但我知道，你是宋人，我也是宋人！大宋现在有岳飞，四皇子是打不过他的，此时正是我们弃暗投明，认祖归宗，为大宋效力的大好时机。”韩常听过，低头想了一会儿，看了看宇文虚中，又看了看素素，再回想近半个月来自己在金营中所受的窝囊气，心中开始动摇，又想起几年前自己被岳飞抓住时就曾经对自己劝降过，于是拿定主意，他要投宋，便将素素给放了。

素素从韩常营帐走出来，躲过金兵的耳目，好不容易走出金营，来到自己和梁兴事前约好的地方。那梁兴早已在那里等候她多时，一脸不安和焦灼，直到看见素素出现才松了一口气，道：“怎么这么久？”

素素道：“回去再说！快走！”于是两人飞身上马，狂奔而去，素素一心要将重要的情况告诉给岳飞。

岳飞在葫芦口设计打退金兀术之后，一心想的是如何实施北伐计划，这天晚上，他坐在自己营帐内，张宪巡逻经过他的营帐，看到他郁郁寡欢，便走进来问道：“大哥，为何愁眉不展？”

岳飞看了看墙上的地图，叹了口气道：“越胜，我便越有不安的感觉，生怕朝廷突然来一道奏折，就让我们罢兵回朝了。”张宪点了点头，道：“不过，大哥，你不是预计朝廷会给我们两个月的时间吗？”

岳飞摇了摇头，道：“已经过了一月了。现在朝廷之态度已初见端倪。”

张宪看着岳飞道：“你是说粮草迟迟未到的事情？”岳飞点点头，张宪不假思索道：“肯定是秦桧捣的鬼。”

“是啊，咱们得抓紧时间啊！”

“我军孤军深入，危险啊。”

岳飞无奈道：“只能险中求胜了！”此时一名亲兵来前来禀报道：“将军，素素姑娘来见。”张宪听素素来找，便向岳飞告辞，继续巡逻去了。那素素急匆匆从外面走进岳飞营帐，岳飞见她神色慌乱，问道：“情况怎么样？”

素素让自己平静了一下，道：“好消息，韩常要带着五万兵马来投诚！五万兵马，简直是如虎添翼啊！”岳飞听闻，简直不敢相信自己的耳朵，叫道：“太好了！这是怎么回事？”

素素笑道：“我和梁小哥一同潜入金营，不想被韩常发现，危难关头，有个名叫宇文虚中的汉臣把我们保了下来，他还说服了韩常来投靠你。”岳飞点点头道：“这个韩常原来是粘罕手下头号大将，自从粘罕死了之后，就一直跟着金兀术。建康的时候，我曾经抓了他，又放了他，他从此在金国备受猜忌。特别是粘罕死后，他的日子更加难过。这样的人，留在金国确实是度日如年！”

素素拍手叫好道：“这么说来，他有可能是真心诚意的？！明晚子时，他会带着五万兵马，在小商河与你接兵。”岳飞听闻，立马振奋，眼睛中释放出振奋的光芒，道：“此事如果是真的，有了韩常这支军，不消半个月，我们就能打到黄龙府了！”

素素看着他关切道：“岳大哥，此事虽然大快人心，可是金人诡计多端，为防有诈，还是小心才是。”岳飞点点头，道：“嗯，你放心，我心

中有数。”素素再三请岳飞多注意照看自己的眼睛，这才离去。岳飞收到这个消息，心中不宁，但他还是强抑自己激动的心情，让自己先深思熟虑再说，但经过一夜辗转反侧，还是没个定论。

第二天一大早，他便把这个消息向王贵、牛皋他们通报了一下，所有人听了都感到振奋，但一时谁也无法判定这韩常是真的投诚，还是在诱骗自己上当。于是岳飞召集大家在营帐中集思广益，他看着大家殷切的眼神，手按在小商河的地形图上道：“韩常投宋，我看他是有诚意的，他应承双方在小商河会面，带五万人马投诚。”

王贵高兴道：“这事若是实在的，对日后的会战，大有帮助！”

张宪点点头，担忧道：“素素姑娘和梁小哥为此事冒了很大的险，出了很大的力，按说不会有问题，只是金兀术诡计多端，他会不会设下圈套，等我方去了人，便一网成擒，打杀由他？”大家听过张宪的话，脸上不无疑虑。牛皋却不以为然，叫道：“卖萝卜的跟着盐担子走，大哥你是闲操哪份心啊？让俺牛霸儿去走一趟，给你带上五万人马回来，北方人爱吃面食，到时候要多抬几篓子馒头和葱油饼来，别出俺牛霸儿的丑就行了！”

大家见牛皋话糙理不糙，纷纷点头。王贵道：“是得有个人先去，摸着石头过河，探个究竟。”杨再兴立即请命道：“让我去吧，这事就别让牛皋去了。”

牛皋一听，不服道：“那为什么，你知道吗，这趟小商河接兵不仅得会打还得会动脑子，这两样我最强。”杨再兴笑道：“这真要又会打还要动脑子的话，我不比你差吧？”

“那不可能。”

“牛霸，你可是有媳妇的人，他还要回去传宗接代光大门楣的！这事要是让桂娘知道了，她能饶了我们？我就不一样了，我是一个人吃饱，全家不饿，我不去谁去啊！是不是啊，牛霸儿这事就得我去。”牛皋见杨再兴领个兵打个仗都拿媳妇说事，脸一红，害臊道：“等等，这媳妇我是娶了，可你还没娶过，这娶媳妇的滋味你知道吗？”

杨再兴也脸红耳赤道：“你不能这么说。”

岳云见他们怎么都说到媳妇的事上了，笑道："我讨了媳妇，儿子都生了，照牛叔的话，非我去不可了！"不等他说完，杨再兴就打趣道："有你什么事，大人说话小孩子别插嘴，回去。"

张宪看他们争得不可开交，又把事情看得太轻松，忙劝道："好了好了，兄弟们别争了，争来争去也争不出个结果来。我倒有个办法，谁抽到最长的签谁就去小商河接兵怎么样？"牛皋立马举手赞成叫道："好，抽签最公平！"

于是张宪做了几根抽签让大家抽取，其他人打开自己手上的签子，发现都是短的，于是所有人把目光都集中在杨再兴手上，只见杨再兴神气活现地打开自己的手掌，叫道："嘿嘿，在这呢！"果然在杨再兴手上，是唯一的那根长签，大家看到，有的为他担心，有的羡慕他得到建功的机会。

岳飞摇了摇头，若有所思道："我觉得此事有问题，不能莽撞，还需从长计议。杨矛子，先别急着启程，等我命令……"杨再兴点头称是，岳飞这才放心，叫过张宪、王贵对着小商河的地图低声商议起来。

那牛皋见杨再兴拿到长签，艳羡不已，觉得去接纳韩常这种神气活现的事，应该非自己莫属，于是将杨再兴拉向帐外，商量着要杨再兴将前去试探韩常的机会让给自己，但杨再兴坚决不让，牛皋见他不吃这一套，巴结道："你忘了牛霸儿有多疼你？你不想看见牛霸儿建功立业吗？"杨再兴笑着，摆摆手道："小商河接兵，我去得！你去不得！"

牛皋不服气道："你凭什么说这话？"

杨再兴哼了一声，笑道："就凭我比你年轻，力气大！"

牛皋不服气道："论年纪是老了些，可是论力气还有牛劲儿一把，随便一出手，就摔你个七荤八素！"杨再兴伸出手，道："口说不算数，搭手试试！"两人说着就要比试起来，那些士兵见两位大将要比试武力，纷纷前来观看热闹。牛皋自恃自己有一把力气，运足劲大吼一声冲上去，想把杨再兴一举摔出去，不料杨再兴闪电般绕至他身后展开反击，一个大扯轮，便把他活生生扔向二十尺外的草地上，围观的士兵纷纷叫好。

杨再兴忙跑过去扶起牛皋，道："呵呵，牛哥没事吧？"牛皋看了看周围的士兵，不好意思道："你个臭小子还有把力气。"说着他趁杨再兴不注意，向杨再兴再次攻去，没料到杨再兴早就防着了他这一招，使出千斤坠功夫，牛皋硬是没有将他甩出去，牛皋没料到自己的功夫竟然和杨再兴相差这么远，尴尬道："哎你个臭小子，这都能站着？"

杨再兴笑了笑，只见轻轻一拨，又将牛皋摔了出去。这次他并没有上前去扶牛皋，而是远远得意地拱手道："牛哥承让了，小商河我去定了。再见了啊！"说着就走开了，准备领兵去接纳韩常部队。牛皋一边骂道："土匪就是土匪，一点人情味也没有！杨矛子你给我听好了，今天不算，等你回来咱们再来过。"一边气咻咻地从地上爬起来，士兵们看他输得狼狈，纷纷嘲笑他，他一生气冲这些士兵叫道："讲什么讲什么，去去都站岗去。"

岳飞和张宪、王贵他们三人在认真地商讨这一件事，都不曾注意外面的喧闹。岳飞看着小商河的地形图道："以小商河的地形，草深林密，最宜埋伏。此行我等切不可大意。你二人谁也得跟着走一趟……"王贵不解道："那刚才还抽啥签啊，多此一举直接让我们去不就得了？"

张宪看着王贵笑道："大哥你的意思是不是让矛子明着来，我们暗着来，如有情况，立即示警？"

岳飞点点头道："正是。"

张宪立即请命道："那我去吧！"此时岳云骑马从营外返回来，慌慌张张走进岳飞营帐，报告道："爹，爹，不好了，矛子哥怕牛霸儿抢他的差事，带着三百人接兵去了！"原来他方才见杨再兴率兵而去，阻拦无效这才急急回来报告。岳飞一听，勃然大怒，道："什么？！这个杨矛子匪性不改！他回来之后，看我不军法处置！"

说着立即命令张宪带领队伍前去接应杨再兴。王贵再次感到一阵失落，每次到了最重大时刻，大哥总是将任务交给张宪。他悄悄地看了岳飞一眼，发现岳飞焦急地看了一眼天色，天空中阴云密布，隐隐传来阵阵雷鸣。

而宇文虚中说服韩常投奔岳飞之后，自己便积极筹划一切。第二天一大早，他便向韩常询问投诚的工作做得怎么样了，韩常答道：“岳飞回信儿了。咱们今夜就走，在小商河，岳飞会派人接应咱们。”宇文虚中听过，心中高兴，道：“好，事不宜迟，我回去收拾收拾。”韩常叮嘱他一定要小心，那宇文虚中谢过便从韩常营帐走出来。

正巧杜充在金营巡逻，看到宇文虚中从韩常帐中走出，心里十分纳闷，这两人平时也算是死对头啊，怎么会走到一块儿去，他总觉得哪儿不对劲，于是一瘸一拐地向韩常营帐走去。走进去便一眼看到，韩常正在收拾自己的东西，他不解，问道：“韩将军，一个人在这整理行李这是要去哪啊？有没有四皇子的军令啊？”韩常听闻，笑了笑，慢慢拔刀，突然一刀捅在杜充肚子上，冷冷道：“杜将军，不知有何贵干？”

杜充看了看自己肚子上的刀，又怕又惊，只听韩常吩咐自己的亲兵将他埋了，他以为自己这一生便走到头了。这两亲兵将奄奄一息的杜充装进麻袋，抬出军营，准备埋掉。他们正在挖坑的时候，金国的巡逻队经过，看到他们身边的麻袋上有血迹，立即上前盘问，那两个亲兵害怕，撒腿就跑。巡逻兵好奇，上前解开麻袋，看到里面装的竟然是杜充。

他们立即将情况报告给了夏金乌，夏金乌来了之后，劈开麻袋，发现杜充还没死，于是问他到底发生了什么事。杜充断断续续地将事情的来龙去脉讲了一下，夏金乌一听，大吃一惊，原来这韩常已经有了反叛之心，赶紧报告金兀术。韩常做好一切，准备投诚，但半天却不见宇文虚中的影子，于是他来到宇文虚中营帐外叫他，半天却无人回应，于是他掀开帐帘，走了进去，发现宇文虚中在黑暗中坐在帐内。

于是他长吁一口气，道：“我以为你出事了呢，准备好了吗，赶紧走吧。”他话音未落，这宇文虚中从黑暗中走出来，却是夏金乌。原来夏金乌听杜充见过之后，先将宇文虚中逮了起来，自己换了身宇文虚中的衣服坐等韩常前来自投罗网。韩常看到他，大吃一惊，连连后退，夏金乌步步紧逼，道：“韩常，四皇子待你不薄，你竟然做出这种事来，跟我去见四皇子。”

韩常自知没有退路，拔出刀叫道："先问它答不答应！"说着举刀和和夏金乌厮杀在一起，但他并不是夏金乌的对手，边打边往后退，等待到了帐外，却发现外边站满了以乌棱思谋为首的手拿火把的将士们，将他围了个水泄不通，金兀术站在一旁冷冷笑着。韩常看到金兀术，指着夏金乌狡辩道："四，四皇子……夏金乌他，他心怀不轨……"

金兀术眼神直勾勾地盯着他，一语不发，韩常被他盯得发毛，腿已经软了，丢下手中的刀，夏金乌见状提刀走上前来，缓缓走向韩常，然后一刀劈下，杀死了韩常。

天际一连串闪电及响雷，很快就下起雨来，在滂沱大雨中，杨再兴率三百兵来到小商河，准备接纳韩常投诚。突然，前方出现一队金兵，直接向他杀过来。原来金兀术听到韩常要带兵去投奔大宋，心里一想，将计就计，突袭岳飞他们，便命令夏金乌率兵前来埋伏。那杨再兴见中了敌人的奸计，心中十分恼怒，抖动手中长枪，左挑右刺，很快便杀死了十来个金兵。夏金乌见着杨再兴勇猛异常，势不可当，十分气恼，大声叫道："传令下去，今天务必要把此人诛杀在此地！"

传令兵听到，手中梆子声三响，只见林间各处飞出数缕箭雨，向杨再兴他们劈头扑来，杨再兴艺高人胆大，左躲右闪将暗箭躲了开来，但是他麾下这些兵士大多数武艺稀松平常，纷纷中箭倒下。金兵见已经重创杨再兴部队，便从树林中掩杀出来。杨再兴又气又急，杀红了眼，一马当先，冲入敌人阵营之中，手中的杨家枪舞得虎虎生风，那些金兵近他不得，反倒被其所伤。

夏金乌见到杨再兴再度枪挑两名金将，气得咬牙切齿，命令乱箭放射。此时不远处，雾气漫野，人影交错，纵马过河，原来是张宪、牛皋带着接应人马疾驰前来解救孤军深入的杨再兴……但是，他们已经来晚了，只见雨天飞箭，轰雷闪击，杨再兴挥舞长矛，挡住箭雨，但他身下坐骑足陷泥潭，一打滑，杨再兴猝不及防，赶紧拉马，箭雨再次射下，杨再兴闪避不及，身中数箭。

杨再兴悲愤地大笑了起来，看来我杨再兴注定今日死无葬身之地，一咬牙长矛撑地，带伤起立……浑身血流如注，他笑着看着金兵及自己部下，宁要自己死掉也不要倒下，他回想起自己和岳飞还有小慧平时待在一起的情景，嘴里喃喃地说着什么，脸上露出了微笑，夏金乌再次挥手，又有几支箭向杨再兴射去。杨再兴纹丝不动，竟然站着渐渐断气，他临死之前最后看了一眼天空……

天空打了一个闷雷，一道闪电照亮天空，大雨再次倾盆而下。在军营中已经安睡的小慧猛然惊醒，有一种不祥的预感，她冥冥中感觉到杨再兴已经遭遇不测，胸口疼痛难忍，从枕下拿起手绢，贴在胸口，蜷在床上哭了起来……

而岳家军的后厨营正忙得热火朝天，一连十多只大铁锅都在烧火蒸馒头，只见王贵亲自督促这些伙夫兵做饭打扫卫生，他拍了拍身上沾的面粉，大声催促道："大伙们加把劲儿！加把劲！一会北营的兄弟就到了！咱们拿不出什么山珍海味的，吃饱肚子还能对付得上啊！听到没有啊？"

正说着，听见一阵紧急号声，他大吃一惊，连忙丢下手中的活计，急忙走出去观看，只见张宪、牛皋带着士兵押着一辆板车踉跄而来，车上堆积着厚厚的茅草，杨再兴身中数箭安安静静地躺在上面，后面跟着的数十骑，也都血染甲红，负伤流血，摇摇欲坠……岳飞看见这情形倒吸一口凉气，忍不住哭了起来，王贵跺了跺脚，不觉潸然泪下，道："杨矛子，我馒头都给你做好了，就等着你回来吃呢！"岳家军的军将士兵见到杨再兴死得如此惨烈，顿时泣不成声……

第六十二章

护粮饷朝堂掣肘

死者为大，入土为安。

第二天岳飞便令安葬杨再兴。他们将杨再兴安葬在城外不远的一处山岭之中，王贵、牛皋等人肃然而立，无不悲痛，小慧在杨再兴坟前已经哭成个泪人，娟儿怕其不支，紧紧扶着她。岳飞长吁了一口气，上前向杨再兴的坟前撒了一杯酒，道："矛子，矛子……昔有张翼德，今有杨再兴！神勇丈八矛，千古传英名……兵灾负孺子，烽火护娘亲……尔曾结我仇，尔曾施我恩……十年为犬马，昼夜冒风尘，此生无所愧愧对……少将军……"说着说着，热泪又重新滚下来，其余军将士兵整齐排列，跟着岳飞一起磕头。

牛皋偌大一条汉子，哭得泣不成声，连连自责去接兵的应该是自己。桂娘在一旁看着牛皋，看着他伤痛不已，也不禁悲从中来，嘴角微微抽动。朔风野大，纸灰飞扬，岳飞发誓自己一定要还杨再兴一个公道，将金贼打回北方。

却说那杜充虽然被韩常捅过一刀，竟然大难不死，将韩常揭露给金兀术，金兀术一怒之下便命令夏金乌杀了韩常，将宇文虚中逮了起来。

夏金乌听从金兀术命令将计就计在小商河伏击宋军，杀死杨再兴夺得捷战后故意跑到宇文虚中面前汇报一番，气得宇文虚中大骂。夏金乌一怒，便要斩杀宇文虚中，翎妃看着于心不忍，她看向金兀术，金兀术明白翎妃的想法，走到宇文虚中面前，凝视半天，叹气道："宇文虚中，你挑唆我的大将，犯了军中大忌，是你逼我杀你的，你对我来说，始终是一匹无法驯服的烈马，但对你忠心耿耿的大宋来说，你是好样的！你放心，你的娘和孩子我会送他们走的，你死前还有什么要求，说吧。”

宇文虚中看了看正在抹泪的老母和不知所措的小宝，请求道：“四皇子，能否让我最后抱抱我的孩子？”金兀术点了点头摆摆手，士兵便解开了宇文虚中手上的镣铐。宇文虚中强压住心头的悲伤，走向小宝和老母，和他们拥抱，小宝看着爹爹竟然流出泪来，道：“爹，你哭什么啊？”

宇文虚中抹了抹眼泪，强颜欢笑道：“爹是高兴的，你们马上要回去了。”

小宝天真地问道：“爹，那你呢？”

宇文虚中整了整小宝的头发，笑道：“你们先走，我稍后就来。记住，你要好好听奶奶的话。”说着转头面向老母，跪下道：“孩儿不孝了。”

宇文虚中的母亲老泪纵横道：“你放心，我会带大小宝的，让他做一个像你一样的人。”小宝看了看爹爹，又看了看奶奶，不知道他们在说什么。金兀术招了招手，便有一辆马车行驶而来，宇文虚中将母亲和小宝送到车上，车夫一扬鞭便赶离马车而去。宇文虚中看着马车远去，挥手作别，这才放下心来，向金兀术道谢，金兀术笑了笑，请他回到刑台受刑。

宇文虚中笑了笑，向刑台走去，突然看到夏金乌身旁的杜充，虽然身上伤重却依然得意地笑着看着自己，于是他乘其不备，突然扑了过来，怒斥道：“奸贼！卖主求荣，不得好死！”杜充大为惊骇，无奈身受重伤，挣脱不掉，那宇文虚中紧紧抱住他，死不撒手。未等其他人反应过来，宇文虚中和杜充已经滚入火堆，杜充发出惨烈的叫喊声，但宇文虚中死都要拉着他同归于尽，他越挣扎身上的火反而燃烧得更旺了……

有几名金兵想要上前将两人拆开，金兀术却摆了摆手阻拦了他们，逐渐地，宇文虚中和杜充便变成了一个火球。

秦桧邀请万俟卨到万兴楼去吃饭。万俟卨受宠若惊，老早就来到了万兴楼，远远地看见秦桧的轿子赶来，慌忙上去替秦桧掀开轿帘，秦桧缓缓走出轿子。秦桧和万俟卨走进一间包房落座后，秦桧向自己的跟从使了一下眼色，那跟从连忙打开一个盒子，只见里面铿铿亮摆放了一千两雪花

银，秦桧看着万俟卨道：“秦某做事从来都是赏罚分明，帮我的人，我绝不亏待。”万俟卨恭敬地接过这些银子，鞠躬道：“是，是。秦相国有事，尽管吩咐。”

秦桧冷笑道：“朝廷的粮算是给断了，我倒要看看他岳飞还能坚持多久。”

万俟卨谄媚道：“秦相国放心，我已通知河南各知县，若是岳飞来请粮，一律谢绝。”秦桧点点头，心下满意，忍不住打了个哈欠。万俟见状，道：“秦相国，您看上去有些疲累啊！”

秦桧笑道：“能不累吗？自从金人南侵，我就没有睡过一个安稳觉。”

万俟巴结道：“这个岳飞好大喜功，一点大局的观念都没有，这朝廷上下要不是由您来亲自支撑，我大宋恐怕又将是风雨飘摇啊！”秦桧听着舒服，装作心忧天下道：“我担心的不是我自己，我担心的是岳飞万一打败了，金人又大举南下，皇上身子骨弱他还能往哪里逃？若岳飞全胜金人翻脸放北边的皇上回来，你让咱们皇上又如何自处？唉……”

他们很快将一些阴谋诡计商谈完毕，秦桧便要告辞，万俟卨把秦桧送出酒楼，拍着马屁道：“秦相国，你现在还日日为国事烦扰，为皇上操劳，您自己还要多多保重身体呀！”躲在一边的小满见时机已到，掏出怀中的短剑，直视秦桧，想要不顾一切把秦桧刺杀了——她在庐山休养，伤势痊愈之后便来到了临安，准备刺杀秦桧，给家人报仇。刘半仙不放心她，也一起跟着来了，现在眼看就要得手，突然一只手出现，一把把她拉住。小满一惊，定睛一看，正是张用和刘半仙两人拦着他。

张用厉声喝道：“你疯了吗？！你这是找死！”

小满叫道：“你别管我，我要给爹报仇！”拼命挣扎，张用和刘半仙死死地按住她，使她不能动弹。秦桧隐约觉得不远处有动静，向他们看来。张用忙将小满的身子搬了过去，使其背对秦桧，和刘半仙架着小满往反方向走开了。

小满想要行刺秦桧却被张用和刘半仙阻拦，心中好不懊恼。张用带着她来到一家饭店，这小满已经一天颗粒无进了，但是她依然不肯吃东西。

张用笑着劝道："你看你，整天嚷嚷要报仇，可你不吃东西，哪来力气报仇啊？"小满听过，拿起筷子，吃了几口，却食不知味。此时刘半仙兴奋地从外面跑了进来，道："有办法了！有办法了！"

张用见他如此慌张，皱了一下眉头，道："什么情况？"

刘半仙道："我看到街上贴着告示，秦家在请厨子和丫鬟。只要当了秦家的厨子，在饭里稍微动点手脚，还怕毒不死他吗？"张用和小满一听，顿时眼前一亮，道："这是个机会啊！"

刘半仙得意道："可不是嘛，比刺杀什么的隐蔽多了。"

张用突然想起一个问题，道："等等，赵姑娘，你会做菜吗？"小满愣了愣，摇摇头，刘半仙顿足拍胸，遗憾地叫道："哎呀，我怎么忘了，相国千金哪会下厨啊？"

小满犹豫道："那怎么办啊？"张用想了想，突然看到刘半仙，对他道："刘半仙，你手艺好，你去！"

刘半仙瞪大眼睛看着张用，迟疑道："我……我去？"

张用点点头，道："你和小满一起去，你做厨子，小满做丫鬟，一个做菜，一个上菜，两人可以有个照应、配合。"刘半仙一听，心下着急，忙把张用拉到一旁，叫道："大哥，我们只是帮她想办法报仇，没说和她一起报仇啊！"

张用看着他道："你现在还有更好的办法吗？"刘半仙哑口无言，半天方道："大哥，这事太危险了！赵姑娘把命豁出去要报仇，我跟着一起算什么玩意？我只求安身立命，过过太平小日子啊！"张用看着他，笑道："你那天还说对人家有意思，现在危难关头，你倒打起退堂鼓来，算什么东西？"

刘半仙被说得脸红，一时说不出话来。小满突然走到刘半仙身边，扑通跪了下来，道："刘大哥，求求你，帮帮我，眼下只有这个办法了，我知道很危险，可是……只有你能帮我了……求求你，刘大哥，帮帮我。"刘半仙被小满猝不及防的下跪惊慌了神，看看小满，又看看张用，犹豫了片刻，狠下心来："好好好，我……我答应你就是了！"小

满脸上终于绽放出了久违的笑容，连连磕头，多谢刘半仙，刘半仙自己心里却叫苦不迭。

为了不引起注意，小满和刘半仙分别报名去当秦桧家的丫鬟和厨子。这秦桧是江宁府人，最爱吃盐水鸭。刘半仙很快做了一道盐水鸡，在几个竞聘厨子的人当中脱颖而出，被秦桧的管家录用了。而小满虽然换上了一套粗布衣服，因为模样周正被王氏挑了出来，但王氏见她细皮嫩肉，心里有些怀疑她做不来丫鬟，向她们道："你们两个长得还算得体，不至于丢我们秦府的脸。但是会女红吗？"

小满和另外那名民女慌忙点头，王氏看着小满道："家里做什么的？"小满心里紧张，便结巴着撒谎道："我家……砍柴的。"

但王氏一再看看她那娇嫩的双手，怀疑道："你这手细皮肉嫩的，可不像干活的啊！"小满连忙叫道："不是，不是的……我什么都会做，什么都可以做。"

王氏听过皱了皱眉，将信将疑，此时管家要带刘半仙下去歇息，刘半仙看到小满有可能通不过王氏的挑选，对管家和王氏请求道："求求你们行行好，这个丫头和我是老乡，她也够可怜的。她爹重病在床，还有两个哥哥……"指了指自己的头部，道，"这里不太好……她一家全靠她一个人养活！"

王氏一听，向小满质问道："你刚不是说，你家砍柴的？"刘半仙一听，坏了，自己和小满说岔了，慌忙圆谎道："他爹原来是砍柴的，后来从山下摔下去，把腿给摔断了，唉，可怜啊……"

王氏见他一再插嘴，对管家不满道："他是什么人？"

管家道："刚来的厨子。"

见王氏犹豫不决，小满趁机跪下求道："夫人，求求你，可怜可怜我，就收下我吧！"此时，王氏手中的猫喵喵地叫了一声，王氏突然笑了起来，摸着猫的脊背，对猫道："你说好？"那猫并不做声，于是她对小满，道："好吧，你可以留下来了。"小满听过，连忙磕头拜谢，刘半仙也放下心来，与小满对视了一眼。

杨再兴死去，岳家军损失了一员猛将，而朝廷对金人的态度又显得含糊起来。岳飞知道必须加快步伐，趁朝廷还没有彻底妥协，将金人一举打败，便命令岳云亲自训练背嵬军。岳云领命，不敢懈怠，日夜辛苦地训练着八百背嵬军。这天，岳飞和张宪正在帐内研究地图，商议战略部署，只听得营门前数百人喧哗，一名士兵进来禀报道："元帅，有数百军卒在外要退粮，求元帅发令定夺。"

岳飞听过，大吃一惊，道："何处军兵要退粮？"

士兵答道："是元帅的背嵬军要退粮。"张宪一听，以为自己听错了话，道："若讲别座营的兵，或有此事，若说背嵬军，都是赴汤蹈火、血战争先之人，怎肯退粮？"岳飞点点头沉吟道："此中必有委屈。叫来那班兵丁会说话的，我有话问他们。"那名士兵领命出去，不一会儿便带进来十来名背嵬军的士兵。这些士兵一见到岳飞，便跪下请求道："求元帅准退了小人们粮，放小人们去归农吧。"

岳飞看着他们，强压住自己的怒火道："别的营里，尚无此等事情，何况本帅待兵如子？现今金兵寇乱，全仗你等替国家出力，怎么反说要退粮？"

其中一名士兵叫道："小人平日深感元帅恩养，怎敢退粮？但是近日所发粮米，一斗只有七八升，而且都是糟糠，因此众人心中不服。"岳飞一听，心中已经略知端倪，向张宪道："怎么回事，你去查一下。"张宪领命，急忙出去到后勤处进行调查，岳飞看了看跪在眼前的众人，安抚道："众位兄弟你们先回去，这件事我会给大家一个说法的。"

那些士兵拜谢后便离开了。

张宪很快便去调查了个清楚，匆匆从外面进来向岳飞报告道："大哥。我找了粮官，问清楚了。"

"怎么回事？"

"朝廷发来的粮草，便尽是糟糠。粮官说，粮米定要折扣。若不略减些，缺了正额，赔不起。"

岳飞气得捏紧了拳头，道："这肯定又是秦桧捣的鬼！"张宪点点

头，道：“实情确实如此，押送粮草过来的，是秦桧的亲信。”

岳飞听过沉思起来，张宪担心地问怎么办，岳飞看了看地图，道：“我们现在有三个敌人，一是金兀术，二是秦桧，三是时间。现已缺粮，没粮便没时间，没时间的话，金兀术就可以避而不战，此仗时间拉长对我军有百害而无一利啊，这样下去，必败无疑！”张宪忙道：“大哥，那得赶紧想方设法解决粮草问题。能不能让忠义社协助筹粮？”

岳飞点点头道：“也只有如此了。”

“那我连夜去找梁小哥。”说着张宪便要动身出发，岳飞阻止道：“不，你白天再去找他！”

张宪听过，惊诧道：“我担心会暴露了行迹。”

岳飞笑了笑，高深莫测地道：“此事就是要大张旗鼓地去做，就是要让金兀术知道才行。”张宪不解地看着岳飞，岳飞如此这般说了一番，张宪终于恍然大悟，于是便去和忠义社联络，要他们帮助岳家军筹粮。

过了两天，忠义社果然筹到了粮草，梁兴和素素率领忠义社兄弟押着几十车粮草去岳家军军营，半路上突然听到有大部队人马的声音，素素向梁兴提醒道：“梁小哥，好像有情况。”

梁兴侧耳听了听，提醒大家加强戒备。果不其然，没过一会儿，前方便烟尘滚滚，杀出了一支人马，带头的金国将军正是夏金乌。梁兴、素素他们见到夏金乌大军却不慌不忙。夏金乌见状，心中一怔，突然孟邦杰冲着天空射了一支响箭，粮草车内突然钻出无数宋兵，为首的，正是岳云。岳云站在粮车之上，看到杀死杨再兴的夏金乌，分外眼红，举锤便和夏金乌战在一起。

突然，另一条路口，疾驰过来一队人马，为首的正是张宪。张宪指着夏金乌笑道：“我家元帅早知道你们要来劫粮，派张某守候多时了，识相的，便扔下武器投降，我们便饶你们不死！”夏金乌见自己上了当，恼羞异常，更凶狠地和岳云厮杀起来。张宪见状，带着自己的部队杀了过来，很快将金兵杀得七零八落。

岳云急于为杨再兴报仇，招招凶狠，却不妨被夏金乌一个偷袭，用匕首在肩膀上划了一刀。岳云大怒，奋勇上前就是一锤，夏金乌招架不住，见大势已去，连忙带着剩下的金兵溃逃。岳云还要去追，被张宪拦了下来，道："穷寇莫追，粮草要紧。"岳云这才停了下来，飞身下马，检查自己的伤口。张宪来到梁兴和素素身前，下马问候，道："梁小哥，素素姑娘，有劳了。"

梁兴忙抱拳还礼，道："应该的，应该的。"

素素道："只筹到了半月的粮草，还望岳帅不要责怪才是。"

张宪摇了摇头，笑道："早在元帅意料之中，半月的粮草，已经是意外之喜了，不过，这件事，还请二位保密才是，对外宣称，这是三个月的粮草。"梁兴素素知道岳飞用意，连忙点头答应。

岳云和张宪大败夏金乌，护送着粮草回到了军营。岳飞见粮草问题暂时得到了缓解，但倘若依旧处于被动，时间长了，对岳家军尤为不利，于是连忙召集张宪、岳云他们进行商议。他手指着军事地图，对他们道："金兀术以为我们有三个月的粮草，以他的为人，肯定会在短时间内发动大战，而他的目标，将会是这儿——颖昌。"

说着他看了看岳云，道："现在是王贵在守颖昌，无论兵力还是战力，都不敌金兀术，所以咱们各路大军要齐集颖昌。云儿，背嵬军训练得如何了？"岳云拱手道："按照您的吩咐，他们已经刀马纯熟，就等着砍金蛮子了！"

"好，打铁浮屠，取胜的关键，就是你这些人了，你即刻带着他们支援颖昌，不得有误！"

岳云得令，转身往帐外走去。岳飞突然叫住他，走到他面前，为他正了正衣冠，拍了拍他的肩膀，温情道："去吧。"

自从岳云当兵上战场来，爹爹从没对过他这样，想着，岳云的眼眶便有些发红，激动地走了出去。张宪见状，道："大哥，你怎么突然儿女情长了？"

岳飞看着岳云率兵离去的背影，摇头道："此次北伐是岳家军和金人

第一次正面交锋，势必是场血战，谁最后能活下来，难说得很。于公，这项重任非云儿莫属，但是于私，作为一个父亲，我舍不得我儿子！”张宪点点头，安慰道：“小云子是好样的，他不会有事的。”

岳飞担忧道：“唉，其实此番与金人铁浮屠硬碰硬不是上策，然而时不我待啊，我们必须在半个月之内打败金兀术！”说着便向张宪下令，命其与牛皋随时待命，听其号令，支援颖昌。

那夏金乌抢夺岳家军粮草不成，反而损兵折将，好不惨重。金兀术更是听到岳飞弄到三个月的粮草，看来岳飞要和自己打一场持久战，心中有些着急，要是打起持久战来，对己方十分不利，于是他思前想后，决定对颖昌来一场速战速决，便任命乌棱思谋为大将，挥师前去。

那乌棱思谋率领铁浮屠大军，很快兵临颖昌城下。宋金城外对阵，乌棱思谋见守城的是王贵，根本不放在眼里，打马出阵向王贵挑战。王贵也没把乌棱思谋放在眼里，策马迎上，没想到乌棱思谋武艺高强，打了二十多回合，一个不小心便被乌棱思谋砍中一刀。金兵见宋兵主将受伤，趁势掩杀，前来支援的岳云正好赶上，一声令下，八百名背嵬军拦住了金兵的去路，双方混战在一起。

此时张宪、牛皋也带兵杀到，乌棱思谋这时才发觉自己身陷埋伏，四面楚歌。岳云一眼便看到金兵中的夏金乌，提锤上去，想要一举将其锤杀。

一名金兵瞄箭向他射来，他以锤挡箭，箭头纷纷落地。牛皋见金兵想暗箭伤人，大吼一声，驰马冲了过来，舞动双斧，力砍金兵。夏金乌见双锤双斧凶猛异常，回马欲逃。说时迟那时快，牛皋用力抛斧飞出，夏金乌战盔中斧，一声惨叫，摔马下来。岳云急忙冲上前，对着夏金乌就是一锤。

可怜这夏金乌，也算是草原上的一条好汉，这时脑浆迸裂，命归黄泉。岳云看到夏金乌死去，仰天大喊：“矛子哥！给你偿命的来了——你安息吧。”此时天空突然闷雷滚滚，似乎杨再兴在天之灵在含笑应答。

第六十三章

报国仇义士刺秦

金兀术全军溃散，大败而逃，岳家军将士经过浴血奋战，大获全胜，取得了颍昌大捷。颍昌之战，岳家军将士当场斩杀金军统军使夏金乌，还先后斩杀金军千夫长五人，歼灭金兵五千多人，擒获金兵大小首领七十八人，俘获金兵两千多人，缴获战马三千多匹，缴获的金、鼓、旗、枪、器甲等器物更是不计其数。金军副统军身受重伤，抬回开封府后死去。

乌棱思谋率领军队逃回大本营，只见受伤的士兵们三三两两相互搀扶，大家长吁短叹、议论纷纷，惶惶不可终日。一名金兵说道："听说大将们都放弃了辎重，要连夜北返。"另一名金兵摇了摇头，道："各地百姓都配合岳家军作战，现在我们已经打不过岳家军了。"

前一名士兵叹口气，道："岳飞和我们打了这么多仗，没输过一场，"向四周看了看低声道，"连四皇子都开始怕了。"乌棱思谋听到，呵斥道："不要乱说！"

后一名金兵看了看乌棱思谋，见他也忧心忡忡，劝道："将军，我们还是早做打算为好！"前一名金兵直接叫道："咱们投岳家军吧。"

乌棱思谋看了看前后左右，道："别乱说，等岳家军到了，咱们再做打算。"说出后，他自己也吃了一惊，自己怎么会有这种想法。

金兀术听说自己的爱将夏金乌被岳云杀死，命令手下将夏金乌的尸体抬到自己面前，他要看最后一眼。尸体抬来，金兀术没想到爱将死得如此惨烈，简直惨不忍睹，他心痛而颤抖地抚摸着夏金乌的尸体，喃喃悲伤道："作为本王的大将，你怎么可以这样就回来呢？"摘下自己的头盔放在夏金乌血肉模糊的头上，道，"这样才像话嘛……"说着他冷酷地笑起来，不知不觉已热泪满颊………

翎妃见他过于悲伤，萎靡不振，很是担心，便去请哈迷蚩过来劝解。哈迷蚩悄声地走进金兀术的营帐，叫了一声四皇子，见金兀术并无反应，只顾看着夏金乌伤心，禀报道："梁兴率领的太行山忠义军和黄河两岸的各路叛民都趁势揭竿而起了，打着岳家军的旗号的，有四十万之众。这些叛民攻打城邑，在大名、磁州、相州等地劫我粮纲、马纲、金帛纲，自燕山以南，号令已不复通行！"

金兀术叹了口气，吩咐两名士兵将夏金乌的尸体抬下去好好安葬，转过身来看着哈迷蚩，道："起初我招兵买马攻打岳飞，河北无一人去跟从岳飞对抗我们，现在竟然冒出四十万人来！"说着他一阵苦笑，问道，"目前军中有什么动静？"

哈迷蚩道："颖昌之败，军中震恐，燕京士兵有些已经开始收拾财宝，准备北逃了。听说乌陵思谋将军对他的部下说什么'等岳家军到了再做打算'，这分明是也有投降之心啊。"

金兀术悲愤道："连乌陵思谋都这样了，其他人就更不用说了吧。"

哈迷蚩小心翼翼地道："已有五名大将率领部下南降了。"金兀术听闻，歇斯底里地狂笑起来，哈迷蚩急切地看着金兀术，道："四皇子，得赶紧想想办法啊！"

金兀术悲叹道："自我们发兵江南，追得那大宋狗皇帝海上乱逃，皆以此胜，如今铁浮屠算是完了！"说着摇了摇头，道，"放弃汴京，北返吧！"

哈迷蚩听过，大吃一惊，道："四皇子，您是打算放手了？"

金兀术自嘲道："我不放手，等着岳飞把我捉回去吗？江南没有什么五国城，但说不好有十国城、万国城！"哈迷蚩还想再劝劝，金兀术摆摆手道："你不要说了！说再多又有何用？！"

哈迷蚩坚持道："四皇子，请听我一句话，事情不是没有周旋余地！"

金兀术冷笑一声，道："周旋？哈哈哈，众叛亲离，你和孤亲自去周旋吗？还是指望上京？不如指望岳飞，搞不好，他睡一觉，明天就想撤

兵了，哈哈哈，哈哈哈……”哈迷蚩没想到金兀术如此心灰意冷，不甘心道：“依小的看，在岳飞头上用功夫，不如在秦桧头上用功夫，硬和岳飞拼下去会两败俱伤，取秦桧是兵不血刃！”

金兀术听过，突然眼睛一亮：“秦桧？！”

哈迷蚩点点头道：“对，秦桧。自古没有奸臣在内弄权，而大将能在外立功的，岳飞也免不了，他与宋国朝廷矛盾重重，我们大金如何能败给他？！而这秦桧正是我们需要的奸臣。”说着哈迷蚩一笑，金兀术精神一振，目光突然变得很坚定，道：“好！好！你说得有道理，你去趟临安得多久？”

哈迷蚩道：“小的快马加鞭，半月可达！”

金兀术豪迈道：“好，那我就坚守半月！”说着便为哈迷蚩送行，祝他马到成功。于是哈迷蚩乔装打扮连夜往临安而去……

岳家军取得了颍昌大捷，各个士气高涨。这天晚上，岳家军大摆庆功宴，庆祝第一次和金兀术硬碰硬，便取得胜利，只见篝火熊熊，士兵们豪情万丈。岳飞端着酒杯站在军将士兵面前，大声道：“过几日，韩世忠、张俊、杨沂中、王德、吴玠及各路将领齐集颍昌行辕，合兵直指朱仙镇。向前跨出这一步，沦陷十多年的中原，就可望收复了！今天，我也破掉这个戒酒令，喝点酒庆祝一下，大家点到即止，等到直捣黄龙后，我再行与诸君痛饮！”兵将们听到这个消息，大受鼓舞，无不欢呼。

岳飞举起杯子，大声向大家道：“是豪杰必有真情，大丈夫岂无酒量，喝！”军将们纷纷响应道：“是豪杰必有真情，大丈夫岂无酒量！”说完大家相互敬了敬，仰脖一灌，干了个净。

王贵举起杯子向岳飞道：“大哥，颍昌一战，我表现不好，我向你，向各位兄弟赔罪了！”说着一饮而尽。岳飞拍了拍王贵的肩膀，向他鼓了鼓劲，下次他可以表现得更好一点。突然，岳云拍了一下大腿道：“坏事了，要下雨！”

牛皋喝着酒嚷道：“下什么雨啊，可别扫了咱喝庆功酒的兴致！”

一个将领摸了一下自己的脸：叫道："可不是，滴雨点了！"

牛皋见天上果然乌云四合，就要下大雨了，笑道："这事还得俺牛霸儿来，看俺来求雨！"王贵扑哧一笑，纠正他道："什么求雨啊？是求晴！"

说着牛皋来到桌前，仗着酒兴，拿起一根木棍像道士一样胡乱蹦跶起来，指着天空的大块乌云嘴里念念有词，道："天灵灵，地灵灵，天要下雨，乌珠子要嫁人。乖乖听俺老牛的话，走开！走开！若是走了，皆大欢喜，烧香拜佛，吉祥如意。若是不走，俺老牛就走，走还是不走？走！走！"

大家见他嘴里念的什么乱七八糟，忍不住哄笑。但是不知何时天上的乌云竟然开始散了，露出一轮圆月来，众人瞠目结舌，一时不知说什么。牛皋则洋洋得意，不可一世地叫道："俺就说吧，俺是有法术的人！"又要乱舞一下，没料到脚底下一个水坑，他扑通一下被摔了一个狗啃屎，众人更是被逗得哄堂大笑……

自从安排万俟卨断了岳家军的粮草之后，秦桧好不得意，以为自己稳操胜券，一切都在掌握之中。这天他难得好兴致，吩咐下人在天井中摆上好酒好菜，他要陪夫人饮酒赏月。王氏见他今天高兴，自己也很开心，夹了一块盐水鸭给秦桧，道："北伐这三个月来，你每天晚上翻来覆去，多吃点，补补身子。"

秦桧笑着吃过，道："岳飞现在就是我心上的一根刺，这根刺要是不拔掉，就是吃龙肉也吃不出味道来。"秦熺恭维道："爹，你不用太担心，岳飞是人，不是神，他一没粮，二没人，金人铁浮屠冲过来，他拿什么抵抗？到头来还不是以卵击石，自取灭亡！"

王氏也附和道："熺儿说的是，只要岳飞一输，这朝廷还能有他的容身之处吗？到时，朝廷再无异己，官人你就是一人之下，万人之上了。"此时，管家拿着一封书信进来，凑到秦桧身旁，道："老爷，刚收到的飞鸽传书。"

秦桧打开书信，看过之后脸上立马转晴为阴。王氏见状，直纳闷，拿过书信来看，看完后大吃一惊道："颖昌府大捷？这……这怎么可能？"

秦桧深深地望向远方，一字一顿地道："我看这岳飞，还真不是人！"说着叹了口气，也没兴致喝酒了，一个人去了书房，苦想对策。

夜深人静之后，刘半仙与小满照先前约定好的时间在花园见面，明月当空照，刘半仙拿出一包毒药，对小满道："大哥替我们把药搞来了。"小满担忧道："秦桧非常谨慎，他吃每道菜之前，都有人拿银针试毒，恐怕没这么好对付！"

刘半仙沉思了一下，问道："秦桧有什么是不吃的吗？"

小满回想了想，道："他不吃鱼。"

刘半仙点点头，道："那就好办了，明天我就做道鱼羊鲜，秦桧既然不吃鱼，管家就只会试羊肉里是否有毒。我把毒药放在鱼里，你端上桌后，毒汁才会慢慢渗出来。"小满点点头，不放心道："哦，这样安全吗？"

刘半仙笑了笑，道："应该没问题。"

小满沉默了片刻，道："刘大哥，万一……"刘半仙笑了笑，知道他要说什么，故作轻松道："放心，我不会有事的，我还要留着小命回去娶媳妇呢！"话还未说完，突然看到管家引着一个人从走廊匆匆穿过，向秦桧卧室走去。刘半仙慌忙将小满拉入假山之后，躲了起来。

那秦桧自从看到岳飞的捷报之后，心里不安，但又苦无对策，虽然躺在床上，但翻来覆去，难以入眠，那王氏早已经在旁边呼呼大睡。此时，管家在门外拍门叫他，他不耐烦地问道："什么事？"

管家在门外答道："北边来人了，求见老爷。"

秦桧听过一怔，心想该来的人也终于来了，便开始穿衣服，王氏被他惊醒了，问道："官人，深更半夜的，你去哪儿？"秦桧一边穿上鞋，一边答道："北边来人了。"

王氏听过，怨恨道："他们怎么阴魂不散哪！"

秦桧叹了口气，道："颖昌败了，他们迟早会来的。"说着再次整了整衣冠，从卧室走了出来，来到客厅。

管家引着一位五柳长须之老者入厅，他打眼一看，就知道此人正是金兀术的军师哈迷蚩，乔装打扮成这样，倒让人觉得一阵怪异。哈迷蚩见到秦桧，问好道："相国大人别来无恙否？"秦桧看了他一眼，道："三年前咱们那盘棋还没下完哩！难得你来，接着下！接着下！"

哈迷蚩听过，哈哈大笑道："沧桑不过车马炮，世事全是一盘棋啊！"秦桧吩咐管家道："拿来好酒伺候，随后你就退下，天王老子来都不得打扰我！"管家连忙下去，亲自操办，秦桧将哈迷蚩请到自己书房里坐下，问道："哈老哪里来？"

"颍昌前线。"

"一路风尘啊！"

"十面埋伏！"

"忠义社一帮机灵鬼已经踩上你的线了？"

哈迷蚩哈哈大笑，道："为了双方早日罢兵止战，休养生息，哈迷蚩万死不辞！"秦桧听过，看着哈迷蚩冷冷道："大金撕毁了和议，如何谈及罢兵止战？"

哈迷蚩冷哼一声，道："秦相国，咱们明人不说暗话，当年二太子送你南归，眼下正是用你之时。"

秦桧佯装糊涂道："还请哈爷明示。"哈迷蚩直接道："想办法让岳飞退兵。"

秦桧装作为难道："大金撕毁和议在先，秦某差点吃不了兜着走，如今找皇上说这个，我怕……"哈迷蚩冷笑道："你怕什么，天下事有难得了你秦相国的吗？"

"哈爷过誉了。"

哈迷蚩迫不及待，嚷道："秦相国，此事宜急不宜缓，你交个底吧。"秦桧见他咄咄逼人，犹豫道："秦某一肩承担，定得了定不了案，秦某不敢妄下结论，我只能这么说，尽力而为！"哈迷蚩听过，掩饰不住地担忧起来，万一这秦桧靠不住，就辜负金兀术对自己的信任了。秦桧看在眼里，知道不能将哈迷蚩逼急了，立即安慰道："哈爷不必忧虑，要知道岳飞胜了，我也难以苟活，咱们是一根绳子上的蚂蚱，福祸相依。"

哈迷蚩听他如此说，才放下心来，立刻告辞。一直躲在假山背后的小满和刘半仙看着管家又将那人带了出来，心中好不狐疑。刘半仙仔细看了看，低声道：“是金人。”小满惊奇地问道：“你怎么知道？”

刘半仙指了指哈迷蚩：“你看他的辫子。”虽然哈迷蚩乔装成了一个老人，但编辫子的方式还是金人的方式，小满看得清清楚楚，咬牙切齿道：“秦桧果然勾结金人，赶紧毒死他，为国锄奸，为民除害！”

刘半仙点点头道：“明日见机行事，下毒之后，找机会逃出秦府。”两人商定，各回各屋，一夜无话。

第二天一大早万俟卨便跑来秦桧府商议对策，万俟卨知道如果秦桧倒了，也没自己好日子过，满含焦虑道：“秦大人，颖昌胜后，岳飞挥军直奔汴京而去，现在已经快到朱仙镇了，再这么打下去，可就让他大获全胜了！秦相国，你说皇上这个时候到底是怎么想的？”万俟卨见秦桧默不言语，提高声音道：“秦相国？您气色不太好啊！您身系天下，一定要当心自己身子啊！”

秦桧这才从恍惚中醒来，揉了揉太阳穴，道：“岳飞的捷报是把双刃剑，插在我心上，也插在皇上心口。要说皇上现在是怎么想的，我猜，无非是四个字，喜忧参半。喜的是收复疆土，赢得天下；忧的是功高震主，反而失了天下。”万俟卨点点头，道：“嗯，如果眼下皇上是喜忧参半的话，咱们只要让皇上忧大过喜，这事就好办了。”

秦桧听着有道理，不觉一下豁然开朗，此时王氏捧着猫走来告诉他开饭了，他连忙邀请万俟卨一起用餐，好好喝一杯。万俟卨见其突然高兴，知道其心中有了主意，放下心来，恭敬不如从命，陪着秦桧落座，吃饭喝酒。饭厅门前，管家用银针一一试毒，确认安全之后，才让下人将饭菜端上桌。小满端着一个精致的瓷盆，里面盛着临安名菜鱼羊鲜，管家看了一眼小满端上的这盆菜，问道：“这是什么？”

小满瞬间紧张了起来，她暗暗深吸一口气，道：“鱼羊鲜。”

管家狐疑地看了一眼小满，慢慢举起银针，小满全身毛孔都张开了，死死盯着管家的一举一动。果然正如刘半仙所料，管家把银针伸进羊肉中测毒，银针没有变色，看到管家点了点头，小满暗暗地大舒一口气，将菜端了上去，躬身退到一旁，紧张而期待地看着。秦桧示意万俟卨动筷，亲自替自己和万俟卨倒了满满一杯酒。

万俟卨恭敬接过酒杯道："在下在想，皇上最怕的是武将谋反，只要让皇上觉得岳飞有谋反之嫌，那么皇上自然就不会任由岳飞在外征战。秦大人，您说是不是？"但秦桧又忧心道："山高皇帝远，岳飞连战连捷，皇上心里也犯怵呢。"说着他举起筷子，夹了一片鱼羊鲜中的羊肉就要往嘴里塞，小满看到这一情形，心都提到了嗓子眼，巴不得自己冲上前去帮他将羊肉按进嘴里去。

此时王氏手中抱着的猫却喵呜叫了一声，王氏低头看了看她怀中的爱猫，笑道："小心肝，你是闻到了鱼香味吧。"说着夹了一块鱼给猫喂了下去，小满看在眼里，心想完了，果然，猫甫一吃下鱼肉，便全身抽搐起来，当场死掉。

王氏惊声尖叫道："这菜里有毒！有人下毒！"秦桧忙将手中夹着的羊肉扔在地上，万俟卨也慌了神。管家立即带人去追查，那刘半仙下毒之后，拎着包袱准备从后边柴门悄悄溜走，刚一打开门，就被管家带着两名下人逮了个正着。将他押到秦桧面前，刘半仙看到秦桧，便不再挣扎，看着秦桧冷笑一声，骂道："秦桧卖国，罪该万死！"

秦桧笑了笑，冷冷道："是谁派你来的？"

刘半仙冷笑一声，道："天下百姓！秦桧，你为了一己私利，害死多少无辜的人？这么多冤魂缠着你，你晚上睡得着吗？"秦桧看着刘半仙激动的脸孔，嘴角狠狠撇了一下，正要说话，王氏在一旁怒喝道："住口！来人，把他给我碎尸万段！"

下人听闻上来就要带走刘半仙，秦桧伸出手阻拦道："等等！"看着刘半仙道，"你要是供出同谋，我可以饶你不死。"

刘半仙哈哈大笑道："同谋？有啊！天下百姓都是我的同谋！"

秦桧冷笑一声，道："你可想好了，人生在世，何苦跟自己过不去呢？"刘半仙呸了一口，道："我没跟自己过不去，我是跟你过不去！来

吧，老子活着没杀了你，做了厉鬼也要杀了你！夜夜缠着你！”

秦桧点点头，恼怒道：“好，好！你想死，我就成全你！”对小满道，“你——把那盆菜端过来！”小满一惊，看着秦桧。王氏见她不动，呵斥道：“愣着干吗？还不快去！”

小满无奈，慢慢向饭厅走去，端着那盆鱼羊鲜缓步走了出来，秦桧下令让她喂给刘半仙吃。小满颤抖着双手，端着盘子来到刘半仙面前，心里很是为难，眼看就要崩溃了，刘半仙见状，看了一下小满，自己张开嘴将一条鱼尾连骨带渣嚼了下去，冲着秦桧冷冷笑了笑，他还没笑完，浑身便开始抽搐，吐出黑血，倒了下去。小满有些失魂落魄，强作镇定，看着刘半仙在自己面前一点点死去，心中疼痛。

秦桧看了一眼小满，吓得小满浑身一颤，但秦桧却只是摆了摆手命令下人将刘半仙的尸体抬走，眼看着下人拖走了刘半仙的尸体，小满终于一个支撑不住，瘫倒在地上……

过了几天，张用想办法将刘半仙的尸体弄了出来，安土埋葬，他一边往自己立的木牌上写着“刘半仙之墓”几个大字，一边喃喃自语道：“半仙，我小看你了，你是好样的！”此时他听到身后有人来，赶紧转身看，发现正是梁兴和素素二人，这二人给刘半仙的坟墓行了一下礼，劝张用节哀顺变。素素看着张用道：“没想到你派刘半仙混进了秦府，可是刺杀秦桧，没那么容易的啊。”

张用伤心道：“赵姑娘找秦桧报仇，我们都劝不住，刘半仙是去帮赵姑娘的。”

素素听过，大吃一惊，道：“赵姑娘也在秦府？！”

张用点点头道：“秦桧穷奢极欲，自从复相之后，仆人越来越多，赵姑娘趁机便混了进去。”

素素摇摇头，担忧道：“她是赵相国的女儿，她去相府太危险了吧！万一暴露了，或者被其他大臣看到了怎么办？”

“秦桧身边高手如云，想刺杀他，只有这个办法了。”

梁兴沉吟片刻，问道：“你跟赵姑娘能联系上吗？”张用点点头，不语。梁兴看着刘半仙的坟头，道："秦桧卖国，确凿无疑，我们是跟着金兀术的军师哈迷蚩来到临安的，哈迷蚩找了秦桧，他们有什么图谋我们还不知道，你联系一下赵姑娘，让她打探一下。"

张用道："好的。"捏了捏拳头慷慨激昂道，"我另两个兄弟这两日便会从庐山赶来，秦桧要是搞什么鬼，想坏岳大哥的大事，咱们就跟这老贼拼了！"素素看着张用，感慨道："张用，你跟以前不一样了。"

"不一样了？"

素素道："照以前，遇到这种事，你早就拍拍屁股跑了。"

张用不好意思一笑，道："秦桧害我羊肉馆没了厨子，我怎么饶得了他？"说着看向刘半仙坟墓，忧伤，道："唉，半仙啊半仙，你的好厨艺留给阎王吧，以后我得亲自下厨了……"说着三人再次向刘半仙的坟墓鞠了一躬，各自分散。

岳飞知道朝廷瞬息万变，是战是和，朝令夕改，于是趁着朝廷还在犹豫，一定要先打下朱仙镇。这天他带着岳家军来到一处高地，不远处就是朱仙镇，岳飞勒马回头问向大家："诸位可知道这里为什么叫朱仙镇？"众人纷纷摇头，表示不知，岳飞接着道："相传这里是朱亥的故里，亥居仙人庄，故名朱仙镇。"

岳云突然记起来道："爹，我知道了，小时候你给我讲过朱亥的故事。他本是一位屠夫，因勇武过人，被信陵君聘为食客。后来，他在退秦、救赵、存魏的战役中立下了汗马功劳！"岳飞赞叹道："是啊，"马鞭一指前方道，"前边就是汴京城，再往北就是燕赵大地，千余年来，这里诞生了数也数不清的慷慨豪歌之士，他们在这片土地上立下了不朽的功勋，现在，到了我辈建功立业的时候了。十三年了！十三年来的屈辱沦丧，十三年来的破碎山河……我们还等什么？直捣黄龙，与诸君痛饮！"

众人被岳飞的言辞说得激动不已，张宪看着朱仙镇，道："金兀术已是强弩之末，驱除金寇，还我河山，指日可待！"

岳云却担忧道："爹，金兀术躲到汴京城，乌棱思谋那小子守着朱仙

镇死活不打，这可如何是好？”王贵点点头，道：“大哥，梁小哥筹来的半月粮草只剩三天了，箭剩下的也不多了。”

岳飞手遮眉檐，看着前方想了想，道：“金兀术军心已散，他没有北撤，而是坚守朱仙镇，拖而不战，肯定有什么阴谋诡计，我担心……”他话还没说完，一个宋兵驰来禀报道：“报！忠义社来信。”

岳飞接过信一看，知道自己担心的情况终于发生了。众人看他脸色突然变得很凝重，都一脸困惑，岳飞看着他们道：“果然不出所料，金兀术派哈迷蚩去临安了。”张宪急切问道：“那朝廷风向是否有变？”

岳飞点头道：“秦桧这些日子一直在跟万俟卨等党羽密谋，估计现在已经开始行动了。”众人听过，纷纷议论，岳飞招手让他们安静下来，道：“来我帐内商议一下，三日之内，必须打下朱仙镇！”说着调转马头向自己的帅帐而去。

第六十四章

朱仙镇再传大捷

秦桧见刘半仙竟然敢对自己投毒，不觉倒吸一口凉气，也不知天下还有多少人想要自己的命。这天晚上，他又做了一个噩梦，在床上翻来覆去，口中喃喃，眼珠子转动。王氏一翻身，将手搭在他身上，他猛然惊醒，将王氏推到一边。王氏被他推醒，以为发生什么事情了，慌乱道：“怎么了？怎么了？”见秦桧满头大汗，说不出话，便明白了，出了一口气，问道：“又做噩梦了？”

秦桧仍没有反应，平息一会儿，方才躺下。王氏嘀咕道：“岳飞才打了几个胜仗你就这样子？岳飞再打几个胜仗，我看你该上吊了！”说着翻个身，自顾睡去。秦桧不满地瞪她一眼，再也睡不着了，眼睁睁看着窗子外面，夜色逐渐变灰变白。一大早起来，他便焦躁不安地在院子里走来走去，一个下人不小心撞到了他，他不由分说便打，此时管家来了，看到这场面，小心翼翼道：“老爷，万俟大人来了！”

秦桧瞪了那下人一眼，转身往书房走去。万俟卨向他行过礼之后，禀报道：“我跟几个大臣说过了，他们不知圣意如何，不敢轻言退兵之事。秦大人，您看……”他突然发现秦桧在打盹，头像啄木鸟般地点着，他便闭嘴不说，安静等待。外边传来扫地的声音，秦桧突然醒来，道：“说到哪儿了？你接着说。”

万俟卨起身拱手道：“秦大人，朝中几个大臣都不肯给皇上上折子，您看是不是您亲自上这道折子？”秦桧揉了揉通红的眼睛，长长地吁了一口气，道：“我开口的话，事情就没有转圜的余地了，何况皇上对我戒心甚重……”

果然，正如秦桧所料，岳家军连连胜利将要收复中原，这赵构听到消息，心中却五味杂陈，不可对外人道也。这天，他正在御花园对着一池盛开的莲花发呆，秦桧从外面走了进来，那秦桧见到赵构独自凝神，先向姚公公探问道：“皇上好像有心事啊。”姚公公叹了口气，道：“唉，可不是嘛。”

秦桧明知故问道：“岳飞连战连捷，皇上该高兴庆贺才是，为何忧心忡忡呢？”

姚公公看了看赵构的背影，悄声道：“唉，这事本不该老奴多嘴，可既然秦相国问了，不妨跟您说实话吧。别看岳元帅打了大胜仗，皇上心里可是七上八下啊。岳元帅若是收复了中原，乃至燕云十六州，更或是黄龙府，那皇上可就是名垂千古的中兴之主，可与此同时，皇上也担心岳飞的威望因此日渐高涨，弄不好最后会……”

说着讳莫如深地看了赵构一眼，秦桧点点头，心中一阵窃喜，对姚公公道：“陛下现在心里嘀咕的是，到底冒险得虚名，还是稳妥保实权。”姚公公连连点头，秦桧稍稍思量片刻，便向赵构走去，跪拜道：“参见皇上。”赵构用余光一扫，见是他，不耐烦地让其平身。秦桧一边起身，一边笑道：“皇上好雅兴，在这赏荷花呢！”

赵构一语双关道：“花是开了，却还得担心能开到什么时候，会不会谢，什么时候谢。”秦桧笑了笑，道：“微臣只知道，现在这花开得正艳，是赏花的最好时节。而岳元帅连连大捷，百姓们欢欣雀跃，在这样的时候，皇上何不出宫走走，来个与民同乐？”赵构想了想，点点头答应了秦桧。

于是秦桧、万俟卨陪着赵构，乔装打扮，微服私访，秦熺率领御林军也化装成平民百姓在人群中暗中保护。只听一个老百姓叫道：“岳元帅又打胜仗啦！岳元帅又打胜仗啦！这回可真是太痛快了！古有曹操官渡之战，今有岳帅颖昌大捷，神，真神了！”另一个百姓附和道：“我们大宋若是一鼓作气收回了燕云十六州，那咱皇上可就是中兴之主啦！”

第三个百姓赞叹道：“燕云十六州，那可是连太祖皇帝在世时都没

能收复的啊！”秦桧看着赵构，佯装高兴道：“皇上，你看老百姓们开心的！”

万俟卨也道：“自从岳帅出兵北伐，每次捷报传来，大家都会热热闹闹地庆祝一番，那感觉，就像过年一样。”赵构看着这欢腾的场面，却一言不发，郁郁寡欢。秦桧和万俟卨看在眼里，心中暗暗高兴。突然，前方舞狮耍龙，爆竹与锣鼓声齐鸣，赵构好奇道：“这又是做什么？”

秦桧装作漫不经心，道：“听说是百姓集资，给岳飞造了座生祠。”赵构听过，眉头一皱，道：“生祠？进去看看！”

说着随同老百姓步入祠堂，只见岳飞俨然被塑了一个坐像，置于殿正中，头戴红缨帅盔，身着紫色蟒袍，臂露金甲，足履武靴，神态英武，表情肃穆。不少老百姓在他像前烧香，有求金榜题名的，有求生育男丁的，还有乞求祛病消灾的。赵构看着这一幕，直发怔，有一个百姓冲他叫道：“你们还愣着干吗！快给岳爷上香磕头啊！”

赵构听过，强抑怒火，脸上一阵青一阵白。秦桧向秦熺使了个眼色，秦熺忙带领御林军将百姓赶出祠堂，堂内只剩下赵构、秦桧、万俟卨、姚公公，一片静默，岳飞坐像高高矗立。赵构走向坐像，香烛烟雾缭绕，摇头道：“朕长居深宫，不知宫外事，”自嘲道，“今天出来，可着实让朕开了眼界。原来在百姓眼里，他岳飞才是大宋皇帝！咱们既然来了，就给岳爷爷上炷香吧。”

说着拿起香烛，秦桧突然冲上来，一把夺过香，扑通跪地道：“天无二日，民无二主，您才是我们的皇上，我们的万岁爷啊！这些愚民，不知天高地厚，触犯皇上，罪该万死！臣这就诛他们九族！”赵构叹口气请他平身，道：“唉，你们以为岳飞北伐，连战连捷，朕该高兴才是，可实际上，朕每天晚上都担惊受怕，睡不好觉。这个岳飞啊，真是让朕又爱又惧。”

秦桧趁机道：“皇上，臣有一计，可让皇上从此安枕。”赵构看着秦桧，并不说话，秦桧继续道：“皇上可下一道圣旨给岳飞，令他班师回朝，若他回，那他还可用；若他推托不回，早晚必反！”

赵构从秦桧手中拿过香，转向看着岳飞坐像，意味深长地说道："这炷香，上或不上，不在我，在你！"秦桧听过，不知赵构葫芦里又卖的什么药，满腹狐疑，难道皇上老早就在这里等着自己了？

那秦桧带着赵构在临安街市上转了一圈，便加剧了赵构对岳飞的不满，这让他好不得意，回到家后，一连喝了几杯，美美地啜了一口大叫："嗯，好酒！好酒！"一旁的秦熺听过，提醒道："爹，上回你可是嫌这酒涩口啊。"

秦桧微微一笑，道："喝酒喝酒，你以为喝的是酒吗？"秦熺有些摸不着头脑。王氏在一旁插嘴道："官人，岳飞还没回来呢，你高兴得不要太早了！"

秦桧再喝了一杯酒道："做事情要一步步来的，今朝有酒今朝醉，明日愁来明日愁。"王氏劝道："总得未雨绸缪呀，趁着皇上对岳飞不满，该落井下石就落井下石！"

秦桧见其现在怎么开口闭口都是山语村言，觉得粗俗，不仅皱眉道："娘子，你这都是从哪儿学来的话！看你，原本琴棋书画，样样俱佳，怎么自从五国城回来后，就变了一个人了？"王氏霍然站起，怒道："我怎么变了一个人了？琴棋书画有什么用，靠琴棋书画，我们能从五国城回来？"

秦桧忙道："我不是这个意思。"

王氏更加恼怒道："那你什么意思？你官当大了，就嫌弃黄脸婆了？！我可告诉你，你别忘了你当初是怎么巴结我爹的！"秦桧急忙拉王氏坐下，赔礼道歉道："别动气，别动气，你是属炮仗的吗，一点就着！我的意思呢，是说你别紧张朝廷的事，安安心心替我把相国府打理好就行了。"

王氏听他这样说，心软了一点，故意沉着脸，学着奴婢说话："让奴家打理什么呀，秦大老爷？"秦桧见她已经原谅了自己，也故意用老爷对下人的口吻，道："我带回来了几件珠宝，你去拿给夫人，看看合不合她的口味！"王氏一听，大喜，连忙去看那些宝贝。秦桧见王氏离开，也吩

咐秦熺下去，自己想一个人清静清静，秦熺听命急忙退了下去。

秦桧见他们都下去了，长长地出了一口气，一下子靠在椅子上。此时，不知从哪儿飘来一阵歌声，唱道：江南可采莲，莲叶何田田。鱼戏莲叶间，鱼戏莲叶东，鱼戏莲叶西，鱼戏莲叶南，鱼戏莲叶北……

秦桧听过，觉得一阵儿清新扑面，放下酒壶，循声而去，原来是小满一边晾着衣服，一边哼着小曲，秦桧不禁拍起手来叫好。小满听见身后有人拍手，转身见到秦桧，心里一惊，秦桧见状，亲切问道："你叫什么？"

"小满。"

"小满，这名字有意思。你刚唱的是什么？"

小满低声答道："《采莲曲》。"

"临安小调，这么说你是临安人氏？"小满点点头，秦桧笑了笑，也哼起了小满刚才唱的小调。小满见秦桧心情愉悦，试着打探道："老爷今天怎么这么有雅兴？"

秦桧讳莫如深地一笑。小满见秦桧笑而不答，心中充满着憎恶，却不得不继续追问道："老爷是不是有什么喜事？"秦桧一边用手打着节拍，一边道："是呀，确实是喜事，大喜事！多年来，长在心头的那根刺终于拔了。"

小满一怔，有种不祥的预感，想要打听得更明白一些，于是道："小满不懂。"秦桧听过，哈哈大笑道："你不懂，你也不需要懂。"请她将方才哼的小调再唱一遍，小满无奈，只得唱了起来。秦桧听着小满的歌声，依靠在石柱上，渐渐闭上了眼睛，打起了瞌睡。小满看着秦桧渐渐入睡，思量着，从头上拿下发簪，向秦桧步步逼近，秦桧做了个梦，突然睁开了眼睛，小满一惊，发簪掉在了地上。

秦桧看到面前的小满，抱歉道："我居然睡着了。"小满极力掩饰自己的惊慌，笑了笑。秦桧伸个懒腰，看到地上的发簪，起身拾起，道："好久没睡个安稳觉了。"说着把发簪插到小满头上，背手走开，小满望着秦桧的背影，悔恨不已，自己刚才要是果断一点，那爹爹的仇不是已经报了。

岳飞率领岳家军将朱仙镇包围起来，但是金人大将乌棱思谋拒不出战，明显想使用拖延战术。岳飞思考了几日，决定攻心为上，散发传单，先瓦解乌棱思谋的军心，于是他亲笔拟道：汝等本是大宋子民，为金人签军，今岳家军兵强马壮，收复失地，指日可待，汝等响应官军，本帅既往不咎。让幕僚誊抄了一千份，打算将其射到朱仙镇城里。

岳飞命令岳云亲自将这一千份传单散布到朱仙镇城里，这天岳云正带着士兵，将这一千张纸分别塞入牛皮袋内，绑在弓箭上。王贵匆匆而来，不解道："小云子，你这是干什么，咱们就剩下这一千支箭了！"

岳云边忙边道："我爹的命令，他说金军中有很多宋人，攻城为下，攻心为上。"王贵急道："那箭怎么办？"

岳云故作神秘道："这你不用担心了，我爹说他自有办法！"

王贵叫道："有办法，有办法，他又不是神仙，能变不成，难道学人家诸葛亮，草船借箭啊？"岳云呵呵一笑："贵叔，你留着这一千支箭不用干什么？又生不出小的来。"

王贵指着岳云骂道："你这个小崽子！你就是跟着牛皋他们学坏了，怎么跟你贵叔说话呢？！"

岳云调皮道："嘿嘿，贵叔，跟你说着玩呢，现在胜利在望，你怎么还一脑门官腔呢？那样老得快！"

王贵冷哼一下，道："老得快！哼，没死就算好的！"说着一屁股坐在岳云身边，也开始帮忙往箭上绑传单。

困守在朱仙镇的金兵，突然发现城下有大批宋军举着特制的大型"木板盾牌"攻来，于是连忙放箭，箭雨射下，全钉在木板上。此时王贵和岳云率领弓箭手探出头来，向城内射出绑着牛皮袋的书信，金兵躲过，又射出一拨箭，见木板盾牌渐渐插满弓箭，王贵下令撤退。金兵不解，这宋兵打也不打，挨了一会儿箭雨，又射了一回箭便撤了，这用的又是哪一路兵法？

有些金兵看到宋人射来的箭上有牛皮袋，便捡起来打开看，原来是岳

飞写的劝降书。乌棱思谋见状，要求所有人将捡到的信毁掉不准看。此时有士兵报告南门有岳家军打来了，他急忙跑去查看，他还没到南门，又有士兵前来报告，东门和西门也有岳家军攻了过来，一名大将陪他查看了一圈，道："将军，为什么北门岳家军没来攻？"

乌棱思谋想了想，道："围师必阙，岳飞是想乱我军心哪！"

"那怎么办？"

乌棱思谋再次下令道："把所有岳家军射进来的书信都销毁，若有人谈论，格杀勿论！"那名大将领命下去，严格照办。

王贵率领宋兵撤退后，抬着门板盾牌回来，不得不佩服岳飞，古有诸葛亮草船借箭，今有岳飞木板借箭，粗略一算，得有两三万支箭吧。军将们无不高兴得欢呼……岳云亲自督促士兵将弓箭拔下来，归置摆好，来到岳飞营帐，禀报道："父帅，金人很配合您的计划，一切顺利，获箭两万三千支。"

岳飞睁开眼睛，只见他的眼睛里满是血丝，看到营帐口射进来外边的火把光，他又立即将眼睛闭上，岳云见状，赶紧替岳飞拉上帐帘，道："爹，你的眼睛没事吧？"岳飞叹了口气，道："这几日睡得少了，眼睛不听使唤了，到晚上看东西还是吃力。"

岳云拱手道："那您有什么事交代给孩儿，孩儿给您去办。"

岳飞摆摆手道："你明日还要攻城，今晚睡个囫囵觉吧。"岳云点点头，岳飞闭着眼睛，用手敲着书案，道："粮是不是没了？"

"没、没了。"

岳飞揉了揉眼睛，道："把伤马、老马杀了吧，明早让兄弟们吃一顿饱饭。"岳云听过，虽然有些不忍心，还是领命照办。凌晨时分，初日似血，勤务兵们将马血倒进一个个酒碗里，分发给五百背嵬军，岳飞端着装着马血的酒碗道："兄弟们，你们是岳家军最骁勇善战的部队，朱仙镇一战，你们是开路先锋。金人擅骑射，不擅守城，只要你们打上城头，金人必会不战而溃！北边二十里就是汴京城，这千古一战，我岳飞拜托你们了！不多说了，咱们虽然没粮没酒，但这马肉就是咱们的粮，这马血就是咱们的酒，是豪杰岂无真情，大丈夫必有酒量！兄弟们，干了它，咱们朱仙镇城里头见！”

说完一饮而尽，那五百背嵬军也将马血一饮而尽，将酒碗摔在地上。岳云出列，手拿双锤，背着赵构赐给他的宝剑，向岳飞行过礼，便率领背嵬军向朱仙镇攻去。

在朱仙镇城墙上，金兵看到宋兵又拿着木板盾牌攻来了，不知是真是假，思忖道宋人不会又是来借箭的吧。此时乌棱思谋骑马来到城墙，打眼一看，便知道宋兵这次是来真的，于是下令放箭抛石。王贵见金兵箭雨而来，一挥令旗，让岳家军弓箭手射箭，挡住城上的箭势。岳云率领背嵬军顶着木板盾向前前进，木板被石头砸得摇摇欲坠，但眼看离城墙越来越近。

突然，岳云从木板盾牌里边站了出来，挥舞着双锤，呐喊道：“上啊！”五百背嵬军纷纷从木板背后跳了出来，向前冲杀，因为他们已经攻得很近，石弹已经对他们不起作用。城墙上，乌棱思谋紧张指挥着，命令弓箭手向这五百背嵬军射去，但岳家军的弓箭压住了他们的弓箭，一些金兵纷纷躲在箭垛后边，有些怯战直接弃甲而逃。

木板盾牌阵赶到城下，四个士兵举着木板，然后四个士兵跳上木板，再搭高一层，叠罗汉一般叠起，岳云带头跳上木板，最后将一张木板往城墙上斜着一靠，岳云带着背嵬军就冲了上去。经过一番惨烈的厮杀，岳云终于带着一些背嵬军杀到了城头上，乌棱思谋一看，亲自拿着武器杀了过来。

城下的王贵一看岳云已经率领背嵬军攻上了城墙，赶紧射出火箭报信。

张宪、牛皋看到空中的火箭，急忙率兵攻向城门。

城墙上，岳云开路，一边奋战一边向那些抵抗的金兵喊道：“放下武器，响应官军，岳元帅既往不咎！”那乌棱思谋见状，连忙厮杀过来，叫道：“闭嘴吧你！”说着便和岳云战在一起。城外，岳家军漫山遍野冲杀过来，金兵慌乱，有的被杀，有的悄悄溜下城墙。但北边城门上，却很安

静，只听到东南西三个方向的惨烈厮杀声，守在北门的金兵哆哆嗦嗦，心中惶恐，不知是逃还是静等。

哈迷蚩见状，下令道："你们守好城门，我去南门看看！"说着下了城墙，骑马要往南走，却看见从南边过来一群群的逃兵，他急忙阻拦道："你们想干什么，回去！回去！"

但这些逃兵岂还理会他，到了北门，打开城门逃走了。那些守北门的士兵一看，也丢盔弃甲，跟着逃跑，哈迷蚩见状，连忙拔出剑阻挡道："谁再逃走，我就杀了他！"但无奈他不是武将，阻挡不住，徒劳半日，弄得自己精疲力竭，披头散发，金兵反而跑得更多了。

哈迷蚩无奈，眼见南边过来的逃兵越来越多，觉得大事不妙，便杀了一个金兵，抢了一匹马也逃出北门了。城头上，乌棱思谋被岳云打得步步后退，最后打落城下，乌棱思谋爬起来，只见一名宋兵张弓搭箭要将自己射死，这时一个金兵突然冲上前来，替他挡住了这一射，那金兵中箭身受重伤，使出最后一点力气向乌棱思谋劝道："乌棱将军，快走！"

乌棱思谋心中悲怆，拨开金兵的尸体，抢了一匹马，向北边逃了去。

岳家军三路大军杀入城内，金兵逃的逃，降的降，不一会儿，城墙上，金旗降落，岳字旗升起。

乌棱思谋和哈迷蚩在朱仙镇大败而归，他们自知罪责难逃，来到金兀术面前负荆请罪。金兀术看着这几个狼狈逃回的手下，怒不可遏，道："乌棱思谋，让你多守三天朱仙镇，你都做不到，还敢回来见我！"说着拔出刀狠狠举起来，乌棱思谋闭上眼睛静等刀砍下来，其余败将都低着头，大气都不敢出。但乌棱思谋等了半天，刀却并不下来，只听金兀术长叹了一声，扔下刀，一脚将他踹翻，怒气冲冲地出了大厅。

金兀术越想越烦，看到翎妃也不理睬，径直来到一处角落，头抵着墙，痛苦地号叫起来，悲愤地用拳头击打着墙。翎妃看到，拉着金兀术，又气又心痛道："兀术，你这是干什么？住手！"但金兀术依然不住手，将拳头都打出血来。翎妃见状，挡在他和墙之间，哭道："你别这样！你别这样！你为我想想好吗？"金兀术看着翎妃，扬起的拳头最终落下来。

金兀术摇摇头，悲愤道：“岳飞都打到汴京城脚下了，想当初我搜山检海，哪儿想到有今日！”翎妃劝道：“胜败乃兵家常事，你又何必计较一时呢？”

金兀术看了看天边，长叹一声，道：“大势已去啊！”

翎妃安慰道：“哈迷蚩不是已经找过秦桧了吗？”

金兀术担忧道：“秦桧若不是卖主求荣的人，当初也不会投我大金。如今咱们兵败，他眼里哪还有我们这个主子？”翎妃摇着头，急切道：“不会的，不会的，咱们要是败了，他也没好果子吃啊。”

金兀术听过，愤恨道：“那就是他秦桧无能！这么些日子，他一点音信也没有！”就在此时哈迷蚩拿着一封信走过来，小心翼翼道：“四皇子，临安来信了。”金兀术接过信看完，抬起头来，脸上却阴晴不定，情况似乎没那么乐观。但心里总归有些希望了，那秦桧已经说动了他们那皇帝……显然那皇帝现在怕的不是金人，而是他们的大将岳飞，当今的飞将军，然而……

第六十五章

直捣黄龙终成幻

自从打下了朱仙镇，岳飞挥师北上迎回二圣的决心更加坚定了。但这天，他正在自己营帐里研习兵书，听到外面驰来一匹骏马，骏马之上的人大叫道："岳飞接旨。"岳飞一怔，便有不祥的预感，率领诸将急忙出帐跪下齐声叫道："岳家军接旨………"

那公公看了他们一眼，打开圣旨，朗声宣道："奉天承运…皇帝诏曰……兵微将少，民困国乏，岳家军孤军深入，危机四伏。故，兵不轻动，措置班师！余不赘言，速来临安见朕。钦此！"岳飞低头咬紧牙根，众人听过，更是面面相觑，不知朝廷为何如此。

岳飞接过圣旨后十分气恼，走进帅营，举着手中的圣旨悲愤笑道："怕这一天，怕这一天，这一天还是来了！"牛皋嚷道："照俺说，就该先杀了昏君、奸臣，不然这仗打不安宁！"张宪见他说话口无遮拦，甚至大逆不道，赶紧阻止他，牛皋却不以为然，道："怕什么，吃到嘴里的肥肉，非要吐出来，那还不如杀了俺！"

岳飞一听，怒目圆睁，道："谁说吐出来了？"说着烦躁地在帐内走来走去，最后下定决心，道："按计划行事！三日后，攻打汴京！"

王贵担心道："大哥，这可是抗旨啊！"

岳飞冷哼一声，道："我给皇上上道折子解释清楚，你们不必理会，各自备战就是！"说着他就当着众人的面提笔撰写奏折，道：

金虏重兵齐聚汴京，屡战屡败，锐气沮丧，内外震骇，有谍报曰，金虏欲弃其辎重北逃，现金士卒用命，天时人事，强弱已见，此正是陛下中兴之机，乃金贼必亡之日。若不乘势歼灭，恐贻后患。臣日思夜想，惟陛下图之。

写完之后便吩咐八百里加紧，务必越快传到高宗手里，众人看到，无不大受鼓舞，誓要杀到上京，生擒金国皇帝小儿。

岳飞写完奏折之后，自己也精神振奋，半夜睡不着，挑起灯笼亲自巡营，一不小心灯笼给弄灭了，身边又忘了带火折子，无法再点明，岳飞眼睛本来有恙，夜间更看不清，一不小心他就撞到别人的兵器上，巡夜的岳云叫道："什么人？！"走近一看，原来是岳飞，惊异道："爹，您怎么还没睡？"

岳飞在黑暗中揉揉眼睛，道："睡不着，出来看看。"

岳云见他走路不稳，脚下摸索，道："我给您点灯照亮。"

岳飞推辞道："不用了，"指指自己帐篷，道，"这么近了，我闭着眼都能走过去。"岳云不大放心，要扶他，他摔开岳云的手，觉得岳云俨然已将自己当成一个老而无用之人了，生气道："怎么？你不信？敢不敢跟爹打个赌啊？"

岳云笑道："打什么赌？"

"咱们爷俩，闭着眼睛，看谁能走回去。"

岳云微微一笑，自信道："爹，你比不过我的。"

岳飞呵呵一笑，道："来，咱们走着瞧。"说着两人闭上眼睛，摸索前行，岳飞边走边说："我这半生，就像在这黑夜里摸索着找路，有时候在原地踏步，有时候走得很快，但走偏了，走了三十多年，现在终于快到目的地了，闭着眼算什么，就是倒着走，我也走得过去！"岳云突然撞到一个兵器架子，被摔倒了，岳飞开心地笑道："云儿，你输了！"

岳云听过，睁开眼睛，看到岳飞摸索着走过去，但走到了帐外，却摸索不到帐口，看到岳飞固执地不睁开眼睛一定要找到的样子，不禁笑了起来，但渐渐想到这就是爹爹的宿命，不禁为他难过起来。

却说梁兴和素素希望小满能在相府打听到秦桧的什么阴谋诡计之后，小满便想尽各种办法打探秦桧的行动和想法，这天她正在书房内拭灰，见外面无人，忙拿起笔在纸上写下“岳帅北伐恐遭秦桧破坏”，准备将其传送出去，这时听到秦桧进来，心中一惊，急忙将纸藏入衣中。秦桧进来，见到小满，微微一怔，小满急忙假装抹灰。

秦桧走到桌前，见到桌上的笔尖湿润，显然是刚刚有人写过字了。小满紧张得大气不敢出，突然发现，刚才写的字墨渗到下面的纸上，依稀可见刚才写的一行字，她急忙借由擦桌子，左手按住纸，右手擦桌子，挡住秦桧的视线。秦桧拿起笔，转头看着小满，问道：“你会写字？”

小满笑道：“我们乡下人家，哪会写字啊？我看老爷字写得好看，就想跟着描描。”秦桧却狐疑地一笑，道：“是吗？我总觉得你是读过书的，跟其他丫鬟不一样。”

小满故作轻松道：“哪有什么不一样，都是穷人家。”

“你家是做什么的？”

小满不慌不忙，道：“我爹原是樵夫，后来滚下山摔断了腿，一直在家养着。”

“你想学写字吗？”

小满有些慌乱，点点头，又摇摇头。秦桧笑了笑，便不由分说就要手把手教小满写字，小满眼见就要暴露，灵机一动，用胳膊肘将宣纸全都碰到在地上，宣纸零零落落，散落一地。小满赶紧装作惊慌失措的样子，蹲下身子捡纸。趁机将渗到的那张纸，团成一团，藏在衣服中，然后将所有纸叠好，放到桌上，大吐一口气。秦桧把毛笔递给小满，小满接过，假装不会写，在纸上乱涂。

秦桧趁机握住她的手，教她写字，道：“你家里还有别的人吗？”小满早已将谎话烂熟于心，镇定道：“还有两个哥哥。”

“他们是做什么的？”

“一个是杀猪的，另一个什么都不干。”

秦桧握着小满的手，写下了“秦”字，道：“这个字念秦。你虽是丫鬟，但在秦府做事，还是多少要识点字，就从这个秦字开始吧，没事的时候，就来我的书房写写练练，知道吗？”小满看着这个字眼，心中愤恨。秦桧放手，让小满自己写，道：“不知道为什么，和你在一起，总觉得特别放松，看到你，一切都变得安静了……”说着将手放在小满压着纸的手上，对着她的脖子吹气。小满厌恶地看着压在自己手上的秦桧的手，装作专心地练写“秦”字。

小满终于摆脱掉了秦桧，来到后花园，环顾四下无人，将藏在衣袖中的纸条扔出墙外。扮作乞丐的梁兴，见到有纸条扔出，走在墙根下，急忙捡起收好。

秦桧虽然跟小满厮磨了半天，但他生性多疑，并不放心，于是叫来秦熺吩咐道：“帮我去小满家里，探探她的底。”秦熺听过，觉得莫名其妙，道：“小满？那个刚来不久的丫鬟？”

秦桧点点头，秦熺惊诧道：“爹，你怎么想到调查她？你怀疑她？”秦桧不耐烦道：“让你去你就去。”

秦熺领命，即刻带着几名护卫兵向孤山走去，按照小满说的地址来到孤山下一座破宅外。秦熺抬头看了看屋宅，破旧不堪，枯藤缠绕，上前重重拍门，等了许久，不耐烦叫道：“有没有人啊？有没有人？”良久，方才有人开门，应门者正是乔装屠夫的大小眼，故作粗野道：“你们找谁？”

秦熺看了他一眼，道：“这里有没有一个叫小满的？”

大小眼不耐烦道：“她是我妹妹。”秦熺听过，大摇大摆走入宅中，仔细地查看这屋子，看到破败的庭院里横七竖八摆着几个猪腿、肋骨，正如小满所说，他的一个哥哥是杀猪的。那梁兴与素素躲在鸡窝里，透过缝隙看着秦熺他们，原来梁兴一直在相府外面监视着秦桧，看到秦熺带人向孤山走去，便明白了七八分，于是连忙通知张用他们扮演一场好戏。

秦熺走入屋中，只见张用扮作一个老头，躺在床上，病怏怏的样子，而那独眼龙一脸痴呆，玩着陀螺，看到人便憨憨傻笑。大小眼向秦熺介绍道：“这是我家老头子，这是我弟，傻子。”独眼龙听过，佯装痴呆状，

道："嘿嘿！你们是什么人？"

张用一边咳着一边学老头说话，道："你们找我家小满？她在秦相国家做丫鬟呢，是不是这丫头做错什么事了？如果她做错了，还请你们原谅她，我给你们磕头了……"说着支起半个身子躬了一躬。秦熺不予理会，又在屋中转了一圈，来到张用面前，审视着问道："你们祖籍是哪的？"

张用喘着粗气，道："我们祖上就是临安的，我爷爷的爷爷的爷爷一直都是临安人。那时候皇上还没来这儿呢。"秦熺皱眉，厌恶地看着他，追问道："你是做什么的？"

"我是砍柴的。从我爷爷的爷爷的爷爷那辈开始，就靠砍柴为生啦！自从我摔断了腿，我们老唐家就没人砍柴啦，这要让我爷爷的爷爷的爷爷知道了……"秦熺忙打断他，喝道："少废话！问你什么说什么！"鸡窝里，素素与梁兴紧张地看着外面，正担心有没有败露，只见秦熺带着护卫兵大摇大摆地出来，上马离开了。两人走入屋中，张用从床上坐起，独眼龙也恢复正常。

梁兴把字条拿出来给大家看了看，道："秦桧恐怕做了什么手脚，他已经成竹在胸了。"素素恨得咬牙切齿，道："现在事态已经很明朗了，秦桧就是那个北伐的绊脚石。为了确保岳大哥可以一路向北，我们只有快刀斩乱麻——杀了秦桧！"众人听过，纷纷点头同意。

梁兴看了大家一眼，道："既然赵姑娘已经进了秦府，也深得他的信任，我们可以将计就计，来个里应外合，彻底除了秦老贼！"张用点点头，沉吟道："等等！你说得容易，里应外合，怎么应，怎么合？"

素素思忖片刻，道："赵姑娘进秦府也有几个月了，她对秦府里里外外应该了解得八九不离十了，我今晚就潜进去，找她商量商量。"

梁兴关切道："秦府里那么多高手，你一个人去太危险了！我跟你一起去！"

素素感激地看了他一眼，道："也好，你在外面接应我。"说着大家分散，各自分头行动。这天晚上，天上正好薄云掩月，小满捧着一盏燕窝向秦桧房中走去，突然有一只手从背后捂住她的嘴，她正要挣扎，听到是素素的声音，大吃一惊。素素把小满拉到暗处，悄声道：“小满，我们决定刺杀秦桧，跟你说一声，咱们一起想个法子。”

小满担忧道：“想刺杀他没那么容易，秦府高手如云，想靠近他都很难。”素素点点头，问道：“你能靠近他吗？”小满点点头，愤恨地道：“秦桧这个老淫虫，好像对我动了什么歪脑子。”

素素恍然大悟，告诉小满道：“他已经派人调查过你的身世。”小满听过大吃一惊，素素立马劝她放心道：“幸好张用机灵，提前做了准备。”

小满厌恶道：“这个狗贼，他想做什么？”

素素提醒她道：“你可能做不成丫鬟了，估计他要……”剩下的话她不便启齿，小满已经明白，一阵默然，素素看着她道：“你若是不愿意，我可以想法救你出去。”

小满思忖片刻，摇了摇头，道：“好不容易有机会靠近他，我不出去！我来杀他！”素素连忙劝道：“太危险了，会出事的！”

小满淡然道：“我想清楚了。”此时，有人走了过来，素素听到声音，不由一惊，交代小满一定要小心，便纵身消失在黑暗中。小满刚刚转身从暗处出来，端着燕窝要给秦桧送去。管家走了过来，吩咐别人将燕窝拿下去，要小满跟着他走。小满打听到哪里去，这管家也不回答，要她只管跟着走就好。虽然小满已经做好了一切准备，但残酷的命运即将来临，她还是忍不住很心痛。

小满跟着管家出门，看到相府门前有一顶轿子，管家请她上轿，她心情沉重地坐上轿子，很快轿子便动了起来，小满随着轿子上下颠簸，心情也同样起伏不平。轿子一直到临安城西秦桧的一处别院前停下，小满跟着管家一同走入。此处宅邸虽不豪华，却显得精致典雅，在盈盈灯火映衬下，显得别有一番江南韵味，宅内，古朴的房中堆满了书籍古玩。

管家笑道：“这是老爷的书院。你现在这坐会儿，我去给你拿新衣服，沐浴更衣。”说着管家走了出去。

小满见管家看不见自己，但是回身却看到数名护卫兵站在门前把守，

不禁皱了皱眉，她又打量了打量这座屋子，除了书籍，别无他物。此时管家带着一名丫鬟走了过来，小满听到声音，急忙站回原处，只见那名丫鬟手中捧着一件绸缎新衣，管家微微一笑，向小满道："热水已经备好，请小满姑娘沐浴更衣！"

说完，吩咐丫鬟带着小满下去沐浴更衣。丫鬟将她带到里屋，只见一个木桶内漂着朵朵花瓣，热气氤氲，小满自觉地坐在木桶中，粉红的花瓣映衬得小满的脸愈发惨白，面色凝重，神情哀伤。小满摸了摸头上的发簪，眼中流露着悲壮与决绝，暗自下定决心。沐浴更衣完毕，丫鬟带着她走出来，管家走上前来上下检查，看她身上是否还有利物。小满闭着眼睛咬着牙，痛苦地忍受着这一切。

管家检查了一遍，突然看到小满头上还有发簪，便一把拿下，小满的长发散落开来，犹如瀑布飞泻。小满看着管家手中的发簪，心中愤恨不已，却不敢吭声，管家这才带领她走进一个房间。原来秦桧已经在这个房间等候多时了，只见他身着便服，正在把玩一只手镯，看到眼前焕然一新的小满，眼中不由流露着欣赏与爱意，道："很漂亮。你喜欢这吗？"

小满不置可否地看着秦桧，秦桧以为她紧张，自说自话道："这是我的书院，我常在这看书写字。外面就算有再多的纷纷扰扰，一到了这儿，就会让我觉得舒服、清净，"注视着小满的眼睛，道，"你也一样。"说着吹熄了烛火，搂住小满的腰，脱去她的薄衣，突然他看到小满胸口的刀疤，轻轻抚摸着问道："你、受过伤？"

一看到刀疤，小满就回想起弟弟和自己被秦桧所派的黑衣人追杀的情景，还有自己爹爹惨死的场面，心中一阵激动，躲闪着眼神，道："哦，小时候砍柴伤的。"秦桧听过，爱怜地看着她，轻轻亲吻她的疤痕，将她抱到床上。经过一番云雨，秦桧心满意足地睡了过去，但小满却心如刀割，她瞪大了圆眼，强抑住泪水，用眼睛寻找着可以当作凶器使用的东西。

突然她看到床边桌上一个燃尽的烛台，烛台露出了黑黑的铁尖，她不由兴奋，可以用这个东西杀死这个狗贼，便伸手去拿，但睡梦中的秦桧却紧紧搂着她，使她不能动弹。小满轻轻地掰开秦桧的手，想要起身，不想秦桧翻了个身，又将她死死搂住，小满无奈，看着身边的仇人，却无能为力，热泪两行，眼睁睁看着夜色淡了，曙光照射。

不一会儿秦桧醒来，看了一眼身旁的小满，小满急忙闭眼假寐，秦桧起身，穿上衣服，便离开了。小满听到关门声后，缓缓睁开眼睛，心中怅然，恨得嘴角都咬出血来。

却说岳飞收到圣旨后给高宗回了一份奏章，八百里加急，终于到了赵构手里。赵构一见是他的奏章，满心焦躁，吩咐姚公公替他念，但姚公公刚念了几句，他就不耐烦嚷道："够了！你就直接告诉朕，这岳飞在里面写的，到底是回，还是不回？"姚公公忙往下看奏折，看到最底下，抬头看向赵构，道："不回。"

赵构听过，猛然放下杯子，哐的一声，吓了秦桧、姚公公一跳。只听赵构气急败坏道："反了他了，这个岳飞，越来越不把朕放在眼里了！"秦桧趁机启奏道："皇上，他岳飞恐怕不是在替您收复河山，而是在为他自己打天下啊！现在他抗旨不回，其心昭然若揭。现在重中之重，是要未雨绸缪，防他拥兵谋反。"

赵构一听，蹙眉急锁，叫道："传朕旨意，命韩世忠、张俊他们立即收兵！"

秦桧道："张俊一向忠心耿耿，接到圣旨，肯定立刻回朝领赏。"

赵构迟疑道："那韩世忠呢？"

秦桧想了想，道："韩帅为人外方内圆，本不会抗旨，然他和岳飞一向交好，又与金兀术有不共戴天之仇，臣担心，他若与岳飞勾连起来，可就大事不妙了。臣愿去韩帅军营，与他晓以大义，说明厉害，量他不会作出什么大不敬之事来。"赵构点点头，吩咐他快去快回，秦桧领旨亲自去韩世忠军营劝其班师回朝。很快张俊就班师回朝了，但岳飞却无消息。

赵构思考再三，提笔写御札，道：着尔岳飞带领全军立刻回兵进京，加封官职。三军有功将士俱有升赏，钦此。

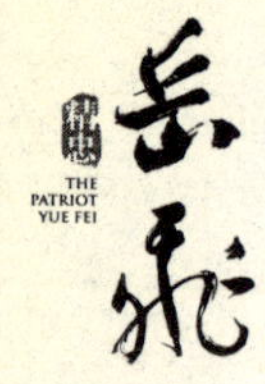

并且给岳飞下了一个金字招牌。

这消息很快传到秦桧耳中，这天小满打扫卫生刚从里屋走出来，便听到外面有说话声，停住了脚步，在屏风后听着，原来是秦桧和秦熺正在商议着什么事，只听秦熺道："皇上已经连发几道金字牌召岳飞班师，见金字牌如见皇上，这回他岳飞不敢不回！"

秦桧却摇摇头，不以为然道："岳飞已经打到汴京脚下，马上就要收复中原，大业将成之际，恐怕他不会这么听话。"

秦熺急切道："爹，那我们怎么办？"

秦桧狠狠道："岳飞现在是猛龙过江，要想钳制他，不下点猛药可不行。现在还是你去护送金牌传递，慎防任何人劫持，务必确保岳飞收到。还有，这封密函，你找个靠得住的人送给张俊。"秦熺听过，连忙辞别秦桧，出门而去。

小满将一切听在耳里，不禁替岳家军担忧。很快她就将自己所听到的这一切传达给了梁兴素素他们。梁兴见纸上写道"皇上已经下了好几道金字牌要招岳大哥回来，为了万无一失，秦桧派了秦熺护送金牌传递"。不禁眉头一皱，苦思对策，想了半天，还是只有一个办法：劫走金字招牌。于是他们仔细研究了路线，猜定秦熺会走的路线，决定行动。

这天晚上，他们来到一家驿站，趁驿卒不注意，将驿站内的所有差役绑了起来。不多久，果然就有一个传令兵身负金字招牌而来，梁兴一刀将其杀死，狠狠道："我们就守在这儿！来一道，劫一道！"于是他们乔装打扮成驿站内的工作人员，随时准备再劫金牌。

却说那张俊收到圣旨之后，知道这背后的一切都是秦桧所为，自然不愿违抗，更何况宋高宗旨意说只要班师回朝，便加封官职，三军有功将士俱有升赏，他何乐而不为，即刻班师。但是他刚开拔，在半路上又有一个传令兵前来禀报，道："这里还有秦相国的一封密函，让下官转交给张帅。"张俊接过密函打开了来看，一边点点头一边得意地笑了起来。

自从岳家军节节获胜之后，皇上反而越来越焦躁不安，吴氏见状，又是抚弄琵琶为其开解胸臆，又是起舞为其舒展笑颜。这天，吴氏陪着赵构在后宫赏花喝酒，但赵构却精神不济、心事重重，心不在焉地夹了一口菜，皱着眉头吐了出去，又夹了另一道菜，干脆扔掉筷子，勃然大怒："这什么东西？！"

姚公公急忙过来，道："皇上请息怒，奴才让御膳房重新做！"说着连忙退出去，亲自跑到御膳房督促做膳。

几名宫女战战兢兢地上来收拾凌乱的桌子，吴氏见他无故大怒，劝道："皇上，息怒！是不是还在想岳飞的事？"

赵构怒气冲冲，沉默片刻，摇摇头道："朕得再给岳飞下道金牌才行。"

吴氏惊诧道："还下？已经下过七八道金字招牌了。"

赵构甩了甩衣袖，恼羞道："岳飞为人执拗，朕怕他抗旨不遵。朕再给他下道金牌，若他不火速返京，即作叛逆论处！"说着神色凝重，目光决绝，连吴氏看了都有些不寒而栗。

这天晚上，月光斑驳，气氛静谧，寝宫内，烛光摇曳，吴氏好不容易服侍宋高宗入睡，只见赵构在梦中依然呢喃不止道："下旨，替朕下旨……"

夜鸪啼叫，一道黑光从窗前飞过，赵构突然从梦中惊醒，吴氏也被惊醒，吓了一跳，道："皇上，你怎么了？"

赵构失魂落魄道："岳飞回来了没有？"

吴氏擦着他额头上的汗珠，道："您早上刚刚发出的御札，还没那么快呢！"赵构还在谵妄状态中，叫道："快！快！必须得快！来人！"

姚公公听到连忙从外面跑了进来，赵构看着房间的某一处，道："再发一道金牌，告诉岳飞，若不回京，立斩不赦！"

姚公公启奏道："皇上，这已经是第十二道金牌了！"

赵构不耐烦叫道："让你去就去！"姚公公立马出去着人八百里加急向岳飞再送金字招牌。直到姚公公走出去，赵构依然望着窗外，浑身冷战，梦中苗傅、刘正彦二人的钢刀还在自己眼前闪现……

第六十六章

高宗止戈释兵权

梁兴、素素乔装打扮，就守株待兔待在驿站里。突然又是一阵马蹄声，梁兴探出头，看到是一个传令兵，捡起一块石子向那传令兵的坐骑投掷而去，正中那传令兵的马脖子，马惊嘶一声，传令兵跟着倒在了地上。数名忠义社成员跃身而出，欲截下传令兵，此时秦熺带着他的护卫兵杀了出来，梁兴回头一看，见是秦熺，便上前与其两相搏杀，几番回合下来，谁也没有占到上风。此时几名传令兵围攻素素一人，素素武艺不敌，一不小心便被一名传令兵刺中一刀，听到素素的失声痛叫梁兴急切回过头去看，也被秦熺刺中一刀。素素勉强打退那几个传令兵，向梁兴支援而来，秦熺看到素素前来，便向她掷出飞刀。

眼见飞刀直向素素面门而去，梁兴见状，飞身向素素扑去，和素素一同倒在地上，但是秦熺的飞刀已经深深扎入梁兴的后背，梁兴禁不住口吐一摊鲜血，素素见梁兴受伤很重，抱起梁兴施展轻功逃走了。

秦熺手下的护卫兵还要去追，他阻拦道："不要耽搁时辰了，我们只管把金字牌和御札交到岳飞手上就行。大家听好了，此行再有人阻止金牌传递，斩立决！即刻出发。"那些护卫兵听过，刻不容缓，守护着传令兵，在秦熺的带领下策马而去。

素素驮着梁兴一路逃跑，直逃到一处荒林，才发现秦熺他们并没有追上来，她将梁兴放下来，只见口吐鲜血，已经奄奄一息，不禁流下眼泪来，这是他第三次救自己的命了，可是自己……梁兴看她流泪，忙劝她不要伤心，最重要的是阻止金字招牌传到岳飞手里。素素哭着答应他，就要找人救他，他摆摆手："万一……万一金牌给了岳飞……告诉他……千万……千万不可退兵……”素素泪眼婆娑，重重点点头答应他，他看着素素苦笑了一下，道：“这是你第一次为我哭……我这一辈子，没有遗憾了……”

说着他抬头看了看蓝天，嘴角挂着一丝安详的笑容慢慢合上了眼睛，素素歇斯底里地叫他，可是他再也听不见了。过了良久，素素决然上马，再次回头看了看梁兴，草丛中，风过草动，梁兴安静地躺着。素素咬了咬牙，率领忠义社兄弟向秦熺他们追去。

岳飞上过奏章，趁宋高宗尚未回复之前，抓紧时机一路向北挺进，许多百姓听闻岳家军要北伐讨金，纷纷前来要求参军，加入抗金队伍。牛皋往这些前来投军的老百姓望去，只见成百上千的青壮男丁，浩浩荡荡，蔚为壮观。牛皋高兴嚷道：“他娃儿的，这么多人！”

岳云笑道：“这下好啊，咱们一人一口口水，就能把金人给淹了！”

岳飞看到老百姓群情激奋，激动道：“谢谢！谢谢大家！有大家这句话，咱们军民一心，一定把中原收回来！”就在此时，秦熺带领传令兵、护卫兵疾驰而来，他高举金字牌一边奔驰，一边大声喊道：“朝廷金字牌急递！”岳飞听过一怔，没想到朝廷还是比自己快一步，他看了看岳云他们低声道：“早晚就怕这一天，没想到这一天这么快来了！”

说着他率领众将前去跪接金字牌和御札，秦熺下马，一边将金字牌和御札递给岳飞一边宣布道：“皇上的班师令：兵不轻动，措置班师！”岳飞沉默不语，摇着头笑了笑将金字牌和御札接在手上，王贵岳云他们愤怒，士兵们愤怒，百姓们诧异，但岳飞什么话也没说，静静地跪在那里。秦熺他们等在那里等他谢主隆恩，但他却一点反应也没有，王贵见他不出声，用手戳了戳他。

岳飞突然醒过来，直接从地上爬起来。秦熺见状，阴阳怪气地道：“岳元帅，这令你接也得接，不接也得接！见金牌如见圣面，若再迟延，即是违逆圣旨，立斩不赦！”众人听过气愤至极，牛皋嚷道：“他娃儿的，你这个狗贼，俺先斩了你！”说着便要上前殴打秦熺，岳云也跟着冲了上去。

秦熺笑了笑，拔出腰刀作势招架，他的护卫也严阵以待，张宪见牛皋又要任着自己性子乱来，一把抱住牛皋的腰，叫道：“牛霸儿，不要坏了大事！”同时又冲岳云厉声地喝道，“小云子，你回来！”

牛皋挣扎着叫嚷道：“狗屁大事，大事都被这些奸臣给搞砸了！”岳云看了看张宪又看了看岳飞，愤愤不平地返回去。岳飞则是一直默不作声，默默看着，似乎这一切都与他无关似的，那些老百姓也纷纷向他道：“岳元帅，不能班师啊！不能班师啊！”但他依然没有什么反应。

秦熺冷笑一声，道：“班师令我是带到了，至于岳元帅你是去是留，是攻是撤，是南下受封领赏，还是抗命北上，就由你自己决定了。告辞！”说罢，便率领他的护卫兵策马离去。

众人见秦熺走了，纷纷涌到岳飞面前，激动道：“岳爷，不能退兵！不能退兵啊！”岳飞抬头看了看天空，又定睛凝神看了看远方，只见头顶乌云蔽日，恍如黑夜，天际闪出电光，响起闷雷……王贵等人都用期待的眼神看着他，但他却一言不发，揉了揉眼睛，将头盔摘下，递给王贵，默默转身走进帐中。众人看他这样，面面相觑，不知道该怎么办。

岳飞一天一夜谁也不想见，什么也不想吃，瞪着眼睛在帐内坐了一天一夜。

第二天，素素率领忠义社的兄弟来到军营里，张宪、王贵他们见忠义社成员都负了伤，连忙出来迎接。素素将他们前来的目的通报后，他们跟着素素进到了岳飞的营帐里。岳飞本来还想拒绝见任何人，但听到是素素求见，无奈只好接见。素素一见到他，便将身上所劫的金字牌拿出来道：“岳大哥，皇上下的不是一道金字牌，而是十二道金字牌！”

说着她站立不住，倒了下去，金字牌散落一地，众人赶紧扶起她，并把金牌拿到岳飞身前桌案上。王贵吩咐士兵给素素倒水，素素喝水之后，看着岳飞道：“对不起，我没能截住最后一道金字牌，而梁小哥为了截住秦熺，也被秦熺杀害了！”岳飞看着桌子上的金牌，掏出秦熺送来的金字牌，一共十二道金字牌一字排开。

岳飞从左至右仔细看了看，只见高宗每发一道金字牌，口吻越来越强硬，越不容置辩。

此时一个传令兵进来禀报道："报！张俊大军已拔营班师！"大家互相看看，不出所料，这个传令兵还没退下去，另一个传令兵进来禀报道："报！韩世忠大军拔营班师！"众人一愣，不大相信，议论纷纷，但岳飞听过却很平静，似乎这也是应该的一样。这传令兵又拿出一封信，说是韩元帅的亲笔信，有请岳元帅过目。岳飞接过信，只见韩世忠在信上写道：

> 退兵一事，非你我所愿。然皇命不可违，还望岳帅奉诏退兵，留得青山，相忍为国，切勿动心率性以乱大谋！

岳飞看过韩世忠这封信也没有明显的反应，素素见状，急切道："我还得知一个消息：朝廷已经断了岳家军的粮草，而且更严重的是，张俊部三万人已调转枪头，只要岳家军不退兵，他们随时准备跟金人前后夹击。"

众人听过，无不愤怒。王贵跺了跺脚，骂道："这王八羔子，金人打不退，现在倒来打我们？"牛皋嚷道："朝廷这么对咱们，咱们干脆就反了，大不了跟张俊拼了，老子不信打不过他！怎么样？你们干不干？"

岳云立马附和道："好！既然都到这份上了，牛叔，我跟你！"

王贵见岳飞还没说话，大家就先乱了，忙道："你们都在干什么？打仗打的是粮草，朝廷不干了，咱们吃什么，喝什么？"牛皋见王贵如此说，不满道："王贵，我看你就是被北蛮子吓破胆了，没吃的，咱们打进汴京，什么吃喝没有！"

王贵气恼道："我不是怕，大哥说打，我二话不说！"

岳云带着眼泪看着岳飞，委屈又愤怒，叫道："爹，你说过，国之兴起，在文官不贪财，武将不惜死！现在，就是不惜死的时候了！我们跟他们拼了，我不信，杀不出一条血路来！就是死了，我也不这么窝囊地回去！"一句话说得大家都眼含热泪，岳飞似乎也有了反应，长叹了一口气，说出来他三天来的第一句话，道："云儿，你糊涂啊！我们带兵打仗

为的是什么，为的就是天下的百姓安居乐业。如果真要打起来，前有金兵堵截，后有宋兵围剿，我们兄弟部队自相残杀，谁得意？朝廷奸臣！谁得利？金人得利！谁受苦？百姓受苦，天下大乱！那是更大的内乱，更大的浩劫！你一个人痛快了，天下呢？”

岳云号啕大哭起来道：“但我不甘心啊！”牛皋过去搂住岳云，道：“俺死也不回去！小云子，要死咱俩一起死！”

岳飞突然一声厉喝：“住口！我的话你们也不听了吗？”

大家都被吓了一跳，但是大家反而放松了下来，三天来岳飞不吃不喝，不睡不动不说话，更不见人，现在能发脾气，至少还是他们那个元帅，并没有被击垮。岳飞命令大家各回营帐，没有他的命令谁也不许走出营帐，更不允许轻举妄动，岳云牛皋他们虽然觉得委屈，但也不敢违抗，只好往出走回自己营帐。岳飞站起来想亲自押他们回帐，刚站起来就摔倒了，原来这三天他滴水未进，被饿晕了。

大家连忙将他扶起，让他坐下歇息，他挥手让他们赶紧去，为了不惹他生气，牛皋、王贵他们赶紧各回各营帐去了。

帅帐内只剩下岳飞和素素两人在安静地坐着。不一会儿张宪从外面走了进来，他已经巡了一遍营，向岳飞禀报道：“大哥，兄弟几个都已经回自己的帐内了，你放心，没有你的命令任何人不能轻举妄动。”

岳飞听了，淡淡道：“另外，夜里要加强防备，防止金人趁机劫营。”张宪暗暗高兴道：“放心，我已安排好了。”只要岳飞还愿意多说话，还愿意发布命令，那原来的岳大哥就还没死。

素素见他说话有气无力，关切地道：“岳大哥吃点东西吧！你已经好几天没有吃东西了，这人终究不是铁打的，你要是病倒了，岳家军怎么办啊？还有这么多百姓都等着你呢。”

岳飞听过，点点头苦笑了一下，默默地啃馒头，一边吃一边幽幽道：“天下事，当如何？”张宪一语双关道：“全凭岳帅措置尔。”

素素听过张宪的话，也殷切道：“岳大哥，现在你是民心所向，所有的江湖人士都剑拔弩张，就等你岳大哥一声令下。”

岳飞看了看他们，沉默良久，喟然叹道："十年之功，废于一旦！所得州郡，一朝全休！社稷江山，难以中兴，乾坤世界，何以再……复！"说着泪花闪烁，道，"张宪我们在这里多逗留五日佯作过河，保护百姓南迁。"张宪点头称是，说大哥要怎么做他就怎么做。素素也说道，忠义社也静候岳飞的命令。岳飞笑了笑，说他只想朱仙镇的百姓安全南下，其余都无所谓了。然后他们三人各自分散休息。

老百姓们听说岳家军要班师回朝并且要他们南迁，纷纷跑到军营来跪下请命。岳飞率领诸将赶紧上前，想把他们一个个扶起，但他们都不肯起来。一位老大爷一把鼻涕一把泪，道："岳元帅啊，我们中原的老百姓久陷战火呀，幸赖元帅才使小民脱离苦海，为何今天却要班师而去呀！元帅请不要走！"他旁边的一个老大娘，也哭道："元帅爷，小民顶香盆，运粮草，迎接王师，金人看在眼里，恨在心头，元帅走了的话，小民活不成了呀！"

岳飞眼圈红了，无奈地看着他们却说不出话来。一名大汉道："岳元帅，纵然不以中原赤子为心，难道忍心抛弃将要成就的大功业吗？"

一名青年声嘶力竭道："岳元帅！小民愿追随麾下！杀到黄龙府！让金人血债血偿！"岳飞无奈地笑了笑，眼泪在眼圈中打转，仰天长叹。王贵他们已经哭了起来，岳飞身后的一个少女拉了拉岳飞的手道："岳爷爷！你走了，我们活不下去的呀，你忍心吗？"

有一个小孩子拉住岳飞的衣角，怯怯的声音道："岳爷爷，你别走，求求你，求求你了！"

小孩子哀求的声音，直刺人心，岳飞实在忍不住了，泪如决堤而下，扑通一声向百姓跪下，岳家军军将士兵见元帅跪下，全体也跟着跪下。岳飞哭道："我对不起大家，对不起大家了……"

所有百姓都涌上来搀扶岳飞，忍不住也哭了起来，最后军民抱头痛哭。头顶上天不知什么时候已经乌云四散，只剩下阴沉沉的天气，就像一张面无表情的脸。

岳家军在朱仙镇多滞留了五天，直到百姓都南下走了，朱仙镇变成了

一座空城，岳家军才开始班师。王贵他们看到短短几天，岳飞竟然已经有了白发，当年岳飞写的是“莫等闲，白了少年头”，他从来没有空闲过一刻，现在却还是白了少年头。

所有人已经收拾好行装准备出发，牛皋看了看营地，不舍道：“昨儿晚上，我做了个梦，梦到我们打到了汴京，所有百姓都出来迎接我们，感谢我们，男的，女的，老的，少的，每一个都当我们是救命恩人……后来我们哥几个去樊楼喝酒，那个痛快劲，这辈子从来没有这么高兴过……”说着渐渐抽泣起来，道，“这辈子，再也喝不到樊楼的女儿红了。”

岳飞默不作声将岳家旗帜拔下，头也不回地离开军营，众人无奈，跟了上去。北风萧萧，只剩下空荡荡的营帐在风中飘荡。

岳飞边走边心里沉吟道：

想当年，花遮柳护，凤楼龙阁。
万岁山前珠翠绕，蓬壶殿里笙歌作。
到而今，铁骑满郊畿，风尘恶。
兵安在？膏锋锷。
民安在？填沟壑。
叹江山如故，千村寥落。
何日请缨提锐旅，一鞭直渡清河洛。
却归来，再续汉阳游，骑黄鹤。

最后他也忍不住回头看了一眼军营，扬鞭策马而去。

秦熺护送金字牌归来，这秦桧才放下一颗心来，知道这一件事最高兴的还不是他自己，而是当今皇上赵构。于是他连忙进宫向赵构汇报，道：“皇上，张俊将军和韩世忠将军已经回到临安，等候皇上的召见。”赵构对此二人班师回朝并不放在心上，直关切问道：“岳飞呢？”

秦桧拱手自信道：“这会儿，估摸已经在路上了。”赵构听到，点点头，脸色有所缓和，但随即又叹了口气，秦桧忙问道：“皇上叹的是什么气？”

赵构苦笑一下，道：“朕在想，这次是把这三员大将都召了回来，人是回来了，心却没回来。尤其是那岳飞，他一心北伐，没准过不了多久，又吵着嚷着要收回故土。”秦桧冷哼一声，道：“他的心没回来，是因为他手中还握有兵权。要想真正有止战之期，还得罢了他们的兵权。一旦解除了兵权，那他就是有心也无力了。”

赵构看着眼前的某一处虚空，道：“朕担心此事没有那么容易。”

秦桧意味深长，道：“皇上可还记得太祖皇帝的那一出杯酒释兵权吗？”赵构听过，突然眼前一亮，点了点头。

很快便听到岳家军班师回朝的消息，赵构心中的一块石头才踏踏实实落地，他现在还需要另外一块石头落地。这天他召岳飞进宫面圣，岳飞见到他之后冷淡叩过礼，也不见垂头丧气，也不见恼羞愤怒。赵构看着岳飞的脸，佯装关切道：“连日征战，爱卿饱经沧桑啊！”岳飞低头不语。

赵构尴尬笑笑，道：“朕知道你心里一定责怪朕，为什么大好形势下，让你班师回朝？”

岳飞淡淡：“是。”

岳飞一语双关，赵构吃了个软钉子，心里恼怒，但又不好发作，只听岳飞道：“曾几何时，金人铁浮屠拐子马，屠刀所指，三军胆寒，如今我军连战连胜，金人闻风丧胆，正是轻取中原的最好时机。”

赵构忙打断他道：“你知道吗，打一场仗要消耗多少银子？增加多少赋税？百姓要添多少重压？没错，现在是一片大好形势，郾城颍昌朱仙镇，几场大捷，确实大快人心，但是正因胜了，我们和议时便占了上风，爱卿，你的辛苦没有白费！”说着笑了笑，道，“先战后和，获取谈判筹码，是为上策；不战而和，难免称臣纳贡，是为中策；只战不和，必定生灵涂炭，国库虚空，天下难安，这是下下之策！”

说着他拉起书案上刚写的一幅字，指给岳飞看：“爱卿，文武之道，一张一弛，这个道理你要懂得。”

岳飞指着那幅书法中的“武”字道：“臣只知道止戈为武，动武并不是因为好战，而是停止兵戈之乱。金人和和战战，没有定数，到战火重燃之时，难道不是生灵涂炭、国库虚空、天下难安吗？皇上心中若是真有百姓，就不该眼睁睁地看着他们流离失所，无家可归！”赵构被岳飞戳中软肋，勃然大怒，道：“放肆，住口！岳飞，朕念你是大宋的功臣，今日的大不敬之罪，朕且记下了，太祖有言道：犯吾法者，唯有剑耳！他日再犯，朕和你就没有做君臣的余地了！”

说着转过身去，岳飞无声地笑了笑，便向赵构告辞退了下去。

这天晚上，赵构又召见韩世忠、张俊、岳飞三人进宫，说是要为他们接风洗尘。其实圆月当空，湖水波光粼粼，音乐袅袅，歌女曼妙。赵构举杯向他们三位敬酒道：“三位将军辛苦了，朕敬你们一杯！”

张俊、韩世忠举杯相迎，唯独岳飞拿起酒杯，独自一饮而尽。赵构有些恼怒，却装作没看见，笑道：“这一仗，金国是第一次切切实实感到我们大宋的兵力了，朕心中甚是欣慰，为了感谢三位将军，良田屋宅，金银玉帛，定是不会少了大家的。”

张俊连忙拱手作揖道：“承蒙皇上厚爱。”

在一旁陪酒的秦桧笑道：“只要是有功之臣，皇上绝对不会亏待了大家。唉，想想宋金两国交战，霜露十余载，也该到了止战息戈的时候了。”说着，他向张俊使了个眼色，张俊立马会意，起身磕头谢罪道：“唉，末将有愧。”

赵构连忙过去扶他，问道：“何愧之有？”

张俊坚决不起，道：“若不是行军作战，处处掣肘，现在恐怕已将金人打回去了！”秦桧接口问道：“张将军的掣肘是？”

“地方官常常不配合，前日请粮若干，地方不予理睬，只能无奈退兵。”

赵构装作惊讶，道：“哦？有这样的事？”说着望向韩世忠、岳飞二人，韩世忠点了点头，道：“末将也曾遇过。”岳飞也微微点头，表示的确遭遇过这样的情况。

秦桧立马进谏道："皇上，这事倒也好办，只要给三位大将军挂个职衔，就可以指挥地方官了。"赵构点点头，道："好，秦相国说得不错。那好，你草拟圣旨，封张俊、韩世忠为枢密使，岳飞为枢密副使。"

岳飞、韩世忠听过，不觉一愣，张俊急忙跪地磕头谢主隆恩，岳飞、韩世忠也只好跪谢皇恩，赵构见状，开怀大笑。

秦桧举杯向赵构敬了敬，又向张俊、韩世忠、岳飞三人敬了敬，道："皇上知人善任，以后大家同心同德，共建大业！"岳飞不知道秦桧和赵构葫芦里卖的是什么药，只好把酒喝了下去。只听到秦桧继续说道："诸位可知道宣抚制的规矩吗？拜予新职，应谢去旧职。"岳飞与韩世忠听后，这才恍然大悟，原来皇上也想学习宋太祖杯酒释兵权啊。

张俊听秦桧如此说，立马起来表态道："末将明白，我所统领的军马，全数拨付御前使唤。"韩世忠看了看岳飞，又看看秦桧，道："疏密副使根本就是个闲职呀，秦大人是想……"他欲言又止，岳飞断然地接口道："收了我的兵权？！"

赵构看了看岳飞，劝道："人这一生，如同白驹过隙，人生在世，不过是为了荣华富贵，享受安乐罢了。朕为你们打算，不如交出兵权，去当个官，购置些良田美宅，为子孙后代留份产业，自己也可以天天饮酒作乐，快活一辈子，岂不是很好吗？"岳飞愤然起身，道："皇上，臣不能为皇上完成中兴大业，臣甚感羞愧，这个官，不做也罢！请皇上准臣告老还乡！"

赵构张口结舌道："你要告老还乡？"

秦桧怒喝道："放肆！你怎么能这么跟皇上说话！"

岳飞瞪着秦桧，一步步走向他，秦桧被吓得步步后退。岳飞看着他骂道："泱泱大宋，就因为你们这些奸臣贼子，沆瀣一气，误国误民！你虽然没在战场上杀敌，但是你的手上沾满了鲜血！你是大宋的刽子手！"秦桧气得一时语噎，喘着粗气，说不出话。

说完，岳飞连看都没看赵构，道："臣别无所求，求皇上准臣告老还乡。"愤然离去，赵构十分恼怒，但也不好发作，恨恨地看着他离去

的背影。

岳飞进宫面圣回来后，张宪、王贵等将岳飞请到酒楼。他们十分关心皇上到底要将岳家军怎么样，但无论他们怎样问，岳飞就是一言不发，不断灌酒，一连喝了十壶，岳飞还要喝，发现壶里已经空了，便要小二再拿几壶酒。岳云焦急道：“爹，你别喝了，到底怎么了？”但岳飞依然闷不吭声，这可憋坏了牛皋，只见牛皋一跺脚，请求道：“哎哟，你倒是说话啊，急死我老牛了，皇上到底说了什么？”

小二又端来几壶酒，岳飞对着酒壶，咕噜咕噜一饮而尽，猛然放下酒壶，深吸了一口气，道：“今天，是我最后一天担任岳家军的统帅，从今往后，大宋再无岳家军，军权交由张宪号令。”众人一怔，不知到底发生了什么事。

王贵看了一眼张宪，既诧异又不满，为什么大哥又将军权交由张宪掌管，而不是自己。张宪大吃一惊，忙问道：“这到底是怎么回事？”

牛皋也嚷道：“大哥，皇上革了你的职？”

岳飞摇了摇头，苦笑道：“不，皇上升了我的职，升我为枢密副使，官居正一品。”王贵立马愤怒道：“枢密副使，这不是个闲职嘛，摆明了是想收兵权啊！”

岳云天真道：“皇上不怕金人再打过来吗？”

张宪冷笑一声，道：“皇上心里的算盘是，金人打来，可以进贡，可以议和，不管怎么样，江南国主的位置还是可以保住，可武将一旦谋反，他可就别无选择，只能成为庶民了。”岳云这才明白，叫道：“岂有此理，皇上只顾自己的皇位，难道不顾及百姓的安危吗？”

张宪摇摇头道：“皇上如果能体恤民心，大宋也不至于沦落到今天这般田地。”

岳飞摆手让大家不要说了，举起杯子向大家敬酒道：“兄弟们，你们和我一起浴血奋战十余载，杀过金兵，打过匪寇，感激的话都在心里。聚散任由天，来，我们好聚好散，我敬大家一杯！”众人面面相觑，眼眶泛红，没有人愿意举杯相应，岳飞见状，笑道：“都是大老爷们，别哭哭啼啼的，咱们的话怎么说的来着？是豪杰——”

众人参差不齐地接口道：“是豪杰必有真情，大丈夫岂无酒量。”言罢，大家乱碰一气，将杯中酒干了。岳飞也再三向他们告辞，将本来给高宗作为人质而寄住在临安城的李孝娥、安娘、岳霖三人接了出来，回庐山居住去了。

第六十七章

毁干城借刀诛岳

金兀术连连战败之后，金熙宗也坐不住阵脚了，虽然他对金兀术敢怒不敢言，但对其已心存不满。这天他在营帐内召集大臣，商议宋金议和事宜，那斡离不见金兀术大败而归，暗自幸灾乐祸，自己受了十来年的窝囊气，现今终于可以扬眉吐气了，便洋洋得意道："打了十年了，我大金万千勇士丧命沙场，最后呢，还是打不过人家，照我说，早就该和议了。"

金兀术听到此话，面色黯然，想要辩驳，但如今自己是没有什么资历可以在其面前耀武扬威了。

金熙宗问道："那咱们提出什么条件？"

斡离不："让宋国每年向咱们纳银二十五万两，绢二十万匹。"

"这样就够了？"

斡离不看着金兀术笑道："毕竟是咱们败了，我怕再多要求，宋人不肯答应。"

金熙宗点点头，道："还好，先皇深谋远虑，早有安排，在宋国培养了一个秦桧，不然岳飞怎么可能会退？所以，和议不需要担心。乌棱思谋，你有什么想说的？"

乌棱思谋道："赔款还不够，让宋人割地给我们！"

金熙宗见金兀术一直不说话，便问他："四皇叔，你也说句话吧！"金兀术沉默了一会儿，方才他们几个说的话已经多次侮辱到他，所以他非常恼怒，但反过来一想，自己败军之将，恐怕已经没有愤怒的权力了，因此淡淡道："一切的条件，由皇上定夺。"说着他愤恨地看了一眼斡离不，而斡离不也正好在看着他，只见那斡离不向自己诡秘地一笑，金兀术在心里叹了一口气，虎落平川被犬欺啊！

金熙宗来回踱着步子，道："你们说的都很重要，这些话都要让宋使带回去，还有，要定下来两国的关系，让宋国向大金称臣，由大金册封宋国的皇帝！不过，有一件事，是一切条件之首。如果宋国不答应，和议免谈！"

众臣道："请皇上明示！"

金熙宗盯着眼前的某处虚空，一字一顿道："必——杀——飞，始——可——和！"

赵构没想到岳飞竟然敢当着文武大臣的面违拂自己，一连好几天都在生岳飞的气。这天秦桧拿着一封书函觐见赵构，见赵构竟然躲在御书房生闷气，便问道："皇上，您还在生岳飞的气？"赵构气恼道："太不像话了，他眼中还有朕这个皇上吗？！"

秦桧拱手道："皇上息怒。"他嘴上这么说，实则想再火上添油，为随后谈到金人所提到的条件做铺垫。赵构平息了一下怒气，看向秦桧道："爱卿此来有什么事情吗？"

秦桧双手呈上书函，道："金人来了一封国书，请皇上过目。"

赵构不耐烦道："不看了不看了，金人这次想要金子还是银子，你告诉朕就行了。"秦桧笑道："金人这次不要金子，也不要银子。这次，金人要一条人命。"

赵构大吃一惊，沉吟道："人命？谁的命？"

秦桧缓缓道："岳飞。"

赵构一惊，随即平静下来。秦桧见状，知道话不能说得太急，必须慢慢来，道："金人在国书上说，必杀飞，始可和。皇上，您看该如何答复？"赵构思考了一会儿，道："他们是怕了岳飞啊，朕要杀了岳飞，岂不是自毁长城？"

秦桧立即劝道："陛下，金人今非昔比，实属强弩之末，微臣力主

和议，不是怕千里之外的金人，而是担心肘腋之间的岳飞啊——若不杀岳飞，岳飞必反！”赵构看着秦桧，激动道：“都说岳飞必反，岳飞必反，岳飞到底做了什么？朕若杀了他，就是大昏君！会被千秋万代唾骂的！”

秦桧见赵构虽然有些恼怒，但他知道赵构的软肋在哪里，他最怕的是什么，仍然不卑不亢，坚定道：“陛下您想，万一金人再动干戈，岳飞趁机北伐该如何是好？一旦他岳家军真的直捣黄龙府，救回钦宗皇帝了，陛下摆哪儿？更让臣不敢设想的是，若岳飞果真灭了金国，收复了中原，届时岳飞功高权重，他会不会谋反？岳飞还没死呢，生祠都建了，一个武将有如此大的影响力，臣为陛下昼夜难安啊！”

赵构一听，果然面添忧戚色，犹豫道：“岳飞性子是拗点，但以他的为人，是不会谋反的！”秦桧点点头，不慌不忙道：“陛下，就算岳飞的品格可以相信，那些仰慕他的人呢？若他们强加黄袍在身，岳飞会如何？想当年，周世宗柴荣在世时，太祖何等忠心耿耿，何等鞠躬尽瘁，万死不辞地为皇帝效力！老皇帝刚刚离去，后周天下不是马上就变成了赵家江山吗？”

前车之鉴啊，赵构一听，心中早已大乱，但岂能轻易为他人操纵，于是冷哼一声，道：“岳飞怎么能比太祖爷！”

秦桧拱手道：“皇上训示的是。”

“那你说，该怎么处理岳飞之事？”

秦桧知道赵构心中早已动摇，于是又回到原话上，道：“如金人所言：必杀飞，始可和。何况，金人答应，只要年前杀了岳飞，年后，皇上就能和太后一家团聚了。”赵构听过，喜出望外，如果这样，自己除了心腹大患，还能和母亲团聚，便问道：“所言当真？”

“千真万确。”

赵构冷静了一下，又为难道：“唉，岳飞于国于朕，都有大功，朕杀了他，朕可就是千古昏君了！满朝文武，天下黎民，都知道朕为了一己之利而杀害忠良！”

秦桧笑道：“鱼和熊掌不可兼得，看皇上想要鱼，还是熊掌了。”

赵构沉吟一番，道："朕都想要。"

秦桧何等聪明人，自然知道赵构想要什么，于是笑了笑，知道该怎么做了。很快他就将岳飞的卷宗交给大理寺，要求其对岳飞立案。但大理寺不知道岳飞所犯何罪，一时难以立案，于是这天秦桧将一干人等请到自己家里来，就是为了岳飞这一案件。秦桧看着何铸道："何大人，你作为御史中丞，关于岳飞一案，你怎么看？"

何铸糊里糊涂被请来，不解道："下官不知岳飞是何罪名。"

秦桧道："谋反。"

何铸问道："罪状是？"

在一旁的秦熺，脱口而出插嘴道："欲加之罪，何患无辞。"何铸一怔，秦桧瞪了秦熺一眼，秦熺知道自己说错话了，赶紧闭嘴不再说话。何铸摇了摇头，道："岳飞民望甚高，若是要定他的罪，还得拿真凭实据说话，不然难平人心，他身边的大将们也不会善罢甘休。"

秦桧义正词严道："何大人所言极是。今天我们就把岳飞的罪状数一数，列表说明，上奏御览！我们不能冤枉了忠臣，也绝不能放过乱党！"

张俊想了想，道："依末将之见，这要看岳飞的罪状从哪一年数起？从哪一任数起？太过鸡零狗碎的，皇上看着烦，显得咱们刻意经营，罗织罪状，参案不够大派！"

秦桧回想了一下道："要从头说起的话，建炎元年，他越级上书，诋谤大臣，便是死罪！又在北岸新乡与统帅王彦失和，引兵自遁，阵前当斩！建炎三年，岳飞不从留守使杜充指挥，力阻决河剿敌，论罪也脱不了一个斩字！像这些罪状，为时久远，皇上没了印象，还是以就近三五年内的抗命案件为先的好！"

一个幕僚立即说道："小的以为金人犯淮南，皇上亲札指挥，前后一十五次，下旨要岳飞策应战事，而岳飞坐观胜负，拥兵不进，大宋律'临军征讨，稽期三日者，斩！'何况降旨一十五次，岳家军才开拔应战，就这一状，便让他吞食不下了！"

秦桧点了点头，道："嗯，这个好！苗刘兵变以来，当今圣上仍心有

余悸，岳飞不听指挥，就有可能成为下一个苗傅或刘正彦，皇上必放不过他的！还有什么？”张俊故作神秘道：“据末将所知，在岳飞罢权之后，曾写给张宪几个字，叫张宪‘措置别作擘划’，这里面包藏祸心，语意明显，别作擘划？如何之别？如何之作？如何之擘？如何之划？出言表态，大有玄机！”

秦桧冷哼道：“什么措置别作擘划？这分明是‘聚众谋反’！大宋律‘谋叛绞’，按此律，不但张宪可绞，岳飞也可绞！”

何铸摇摇头道：“只靠几纸行文，就定岳飞的谋反之罪？”王氏在一旁提醒道：“要办岳飞，必先办张宪、岳云、王贵，等我们手中握着这几张王牌，还怕办不了岳飞吗？”

张俊点头道：“要说罪状，必然是岳飞身边最亲近的人最熟悉。”

秦熺摇摇头道：“他们几个肝胆相照，要从他们牙缝中套点话，可比登天还难。”张俊不以为然，道：“末将倒是觉得，有一人可用。”

秦桧连忙问道：“哦，谁？”

张俊缓缓道：“王贵。”

秦桧沉吟道：“他和岳飞从小一起长大，感情是最深的。”

张俊笑了笑，道：“就因为感情最深，他心中才有气。近年来，岳家军几员大将中，最春风得意，最受重用的偏偏不是他王贵，而是张宪，王贵心中怎么会心悦诚服呢？再说了，牛头山的时候，王贵差点被岳飞砍了脑袋，还是靠着大家一再求情才免遭一死。即使他对岳飞佩服得肝脑涂地，经过这件事，也难免心生间隙，末将看，王贵倒可以利用利用。”

秦桧点点头，嘴角露出一丝狡黠的微笑，道：“这样，就好办了。”

岳飞绝对不会想到，自己辞官归乡，还有人想要自己的命。首先是金熙宗，这个倒还好理解，敌人之间，哪会有惺惺相惜的地方，最好能把对方杀死为好；其次是秦桧，这个也好理解，自从自己与秦桧对立起来，双方要是有一方日子好过，绝对就不会让对方日子好过；所以下手也要狠，否则有一天，被对方算计，就永远没机会报复了；第三个是赵构，这个最不好理解，一个忠心耿耿甚至有些愚忠的大将为他收复江山，为其匡扶皇室，但是他却要杀了这个忠臣，而且杀而后安，还责令奸臣为杀忠臣想尽各种办法寻找罪名。

岳飞接过李孝娥和安娘之后便回到庐山，隐居起来。李孝娥见他终于回来，虽然她知道隐居意味着丈夫的理想幻灭，但她还是很高兴。岳飞见她如此，愧疚道：“说真的，对于朝廷、对于百姓，我岳飞一片忠心，问心无愧，可是对你，我有太多太多的愧疚，太深太深的自责。我想过了，我的前半生许给了国，后半生，我要全部许给你。”

孝娥动情地看着他，道：“真的？”

岳飞点点头，道：“从现在开始我们再也不要分开了。你开心的时候我就陪你开心，你不开心的时候我就逗你开心，就这样牵着你的手一直到我们老死。你甩不掉我了。”说着两人深情款款相依在一起。就这样，岳飞开始了自己真正的田园生活。有时陪一家人散步，有时出去野炊，一家人其乐融融，好不快活。岳飞没想到在这乱世之中，还可以有如此安详的生活。

原来自己打了半辈子仗所要的结果，也很容易达到。

这天早上他陪大家看日出，但是到了山顶上时，却见烟雾缭绕。那安娘便祈祷起来，希望赶紧云开雾散，全家人能看一次日出。大家见状不觉笑了起来，但过不多时，似乎安娘祈祷灵验，浓雾渐渐散去，整座庐山出现在眼前。天光渐渐亮了起来，第一抹红光蹿出，继而红日从山谷间缓缓升起，渐渐地，整片山野都染上了金色的光芒，大家都指着太阳欢呼雀跃。

岳飞牵着李孝娥的手，看着日出，赞叹道：“在庐山两年了，没想到江山秀美如斯！这就是我们的大宋，这就是我们的江山啊！”李孝娥看着他道：“你没有拯救天下，却拯救了江南，没有你，江南不会有这么一方乐土的。官人，既然回来了，就不要去想那些国家大事了！”

岳飞自我安慰道：“不想了，不想了，大势不可为，便不为；说放下，我便放下！孝娥，咱们做了近二十载的田园美梦，就在当下了。”

李孝娥笑道：“一生如此，我便知足了。”

这天他们一家人去岳母坟上烧过香，又来到一座寺庙许愿，岳飞突然发现寺庙的一处墙壁上题有一诗：

溢浦庐山几度秋，长江万折向东流。
男儿立志扶王室，圣主专征灭虏酋。
功业要刊燕石上，归休终伴赤松游。
殷勤寄语东林老，莲社从今着力修。

——绍兴四年河朔岳飞题

他都忘了当年自己曾经在这里题过诗，一时间想起当年往事，心中无限唏嘘感慨，安娘见状，道：“爹！你信吗？您这首诗，我和岳霖可以倒背如流！”

岳飞惊讶道：“你们喜欢这首诗？”

安娘点了点头，道：“我们不懂，就觉得喜欢。可是你知道吗，那天我们路过这，我看到一位高僧看到这首诗，像木头人一样，站在这儿，一动也不动！我走近了看他，他满脸都是泪！”岳飞看着自己的诗，沉吟道：“哦？读诗之趣在于个人的悟性及体认，有人读诗，一字不入，有人读诗，泪流满面！”

安娘道：“我问他干吗要落泪？哪个字儿，哪个句子，让他落泪？他说不是表面的句子让他落泪，而是藏在字句之后的诗意。”

岳飞好奇道：“他有没有跟你说，这个诗意是什么？”

安娘摇摇头。

此时，一名慈眉善目的高僧从他身后走来，道：“当时我读这首诗，心里有两个想法——其一，这位志扶王室的好男儿，既有大志向，又有大洒脱，在功成身退之后，游赤松，修莲社，人生有了交代，快乐无比！另一个想法，此人志向大而机缘不盛，几经沧桑，落得望燕石而自叹，泛长江而东流，何其之无奈与寂寞！不管作者期盼自己是哪一种人，落笔于此，诗意缠绵，感人至深。”

岳飞不好意思道：“大师快把岳飞说成李白了！拙作而已，见笑了。”

高僧施了一礼，道：“岳元帅大驾光临，不胜荣幸。来！来！来！里面请！”于是岳飞请李孝娥他们在庙里逛逛，自己和大师进去坐而论道一番。高僧请岳飞进入禅房落座后，笑道：“看岳帅这气色，老衲猜你这一趟是打临安回来的，而不是打北岸回来的。”

岳飞苦笑道：“大师看得准！”

高僧摇摇头道：“老衲是看你气色！打北岸回来是红彤彤的，打临安回来是乌溜溜的。老衲劝你宁去北不去临安。”

岳飞叹了口气，道：“北岸是去不成了！金人与朝廷又开始议和了。”

“议和之事，你看成是不成？”

“就议和之事，我是抵死不从的，我曾上表说过：查看时机，随机应变，仰圣哲之典范；善胜者，不争而胜，善言者，不言而应，这才是帝王之妙算。夷虏是不讲感情的，犬羊是没有信用的，莫守金石之约，难充谿壑之求！图谋暂时的安稳，解倒垂之急，这样做可以，但长远呢？所以，我岳飞愿定谋于全胜，期收地于两河，垂手燕云，终欲复仇而报国！我对皇上说，七月大胜金帅兀术于郾城及朱仙镇，先已光复西京、汝、郑、颖昌、陈、蔡诸郡！可皇上因权臣之请，下诏班师，臣奉金书字牌一十二面，遵命于七月二十日，班师返防，十年之力，废于一旦！废于一旦啊！”

岳飞突然发现虽然高僧嗯嗯地应着他，却睁着双眼睡着了，于是他一语双关地问道：“你怎么睁着眼睡了？”

高僧笑道：“老衲只问你和议成了，你是不是可以过自己的日子了？你一开口就是什么定谋，什么全胜。听不上两句，老衲就陪土地公下棋去了！”

岳飞尴尬地笑了笑，道：“这些俗人俗事落不进大师耳朵里的！”

高僧指点他道：“那墙上的题诗，是你五年前写上去的，莲社从今着力修！你修了多少？你不把这些俗人俗事驱出烦恼之壳，你如何有力气修？你若是尚没有开始修，那么你写诗之时便是骗了老衲！骗了千千万万细读此诗的人，甚至是骗了你自己！”

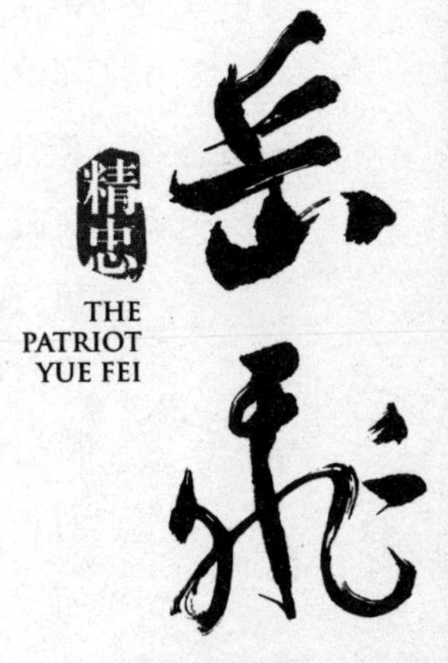

第六十八章

害忠良何患无辞

岳家军营里出现了一件怪事，张宪发现自己的营帐被梁上君子光顾过。这贼精兵利器他不偷，真金白银他也不偷，偏偏只偷走了些文件。张宪觉得事情重大，摇摇头道：“这事怕没那么简单。这贼翻箱倒柜偷一份行文必然是有所企图！”岳云见他说话说了个半截子，问道：“行文？什么行文？”

“起岳军楼的那份。”

岳云不以为然道：“起岳军楼是公事公办，没什么见不得人的。”

张宪点了点头，坦然道：“嗯，起楼的事，你爹没有批，只写了‘措置别作擘划’六个字，当时我心里不痛快，打了二十年仗，临了弄一间瓦顶屋都上不了手，要我别作擘划，我可没闲工夫擘划这事，也就将这件事不了了之了。现在看起来，你爹有远见！朝廷就是看不得我们铁哥们儿聚在一道儿，怕我们没事就嘀咕连接河朔直捣黄龙的活儿！唉！我觉得你爹有三只眼，看事看得透，看得深！”

岳云却笑道：“宪叔！怎么我看我爹只有一只眼！”

张宪惊诧道：“咋的？”

岳云道：“他在京城待了半年，每天跟皇上面对面的，怎么就看不出皇上对他怀着什么鬼胎的啊！”张宪听过，点了点头，心中感慨。此时，秦桧府上的管家要求拜见。他们二人听了一笑，真是太阳打西边出来了，这秦管家怎么会和自己有瓜葛，于是请人传进来，那管家一见他们便打千作揖，满脸堆笑呈上一封书函道：“两位将军请赏光！请赏光！”

张宪打开来看，原来是秦熺发来的一份以武会友的请帖。张宪与岳云一看，面面相觑，不知葫芦里卖的是什么药。岳云笑着对那管家说他们会准时赴约，那管家听过连忙谢过，告辞。

张宪本来劝岳云不要理会这秦熺的邀请，但岳云不以为然，说秦熺有什么好怕的，不能让奸人损了岳家军的威风，更何况不入虎穴，焉得虎子，于是张宪也答应跟着赴约。这天他们来到秦桧府，那秦熺早已经在恭候着他们了，他们来倒是慷慨激昂，却不知自己已经掉进了一个巨大的陷阱里。

秦熺请他们来到校场上座，向所有的与会者叫道："今天相国府举行以武会友，为国抡才，请大家各显所能，不要客气！二十年前岳云的尊人岳元帅，便是在竞武场上枪挑小梁王而拿到相州第一勇士的头衔，从此平步青云扶摇直上，官拜少保！"岳云起身向其他前来比武会友的武士抱拳施礼，这些人实则是秦熺的手下，只听秦熺继续恭维道："尤其是岳云少将军，年方二十二，却久经沙场，冲锋陷阵，素有英名！今天希望他能够在相国府使出岳家八大锤的绝招，让我等趁此机会，大开眼界！"众人纷纷鼓掌叫好，岳云好不得意，再次站起来，四面躬手作揖。

与此同时秦桧也在自家花园的凉亭里招待岳家军的另外一名大将，王贵。王贵也不知道这秦桧请自己是要做什么，但是他和岳云的想法一样，秦相府又不是龙潭虎穴，难道自己不敢来吗，于是也前来赴约了。秦桧看到王贵前来，很是热情，又是上座，又是好茶，王贵很不自在，秦桧一边替他斟酒一边笑道："舍下珍藏十八年的绍兴女儿红，王将军赏脸喝一杯！请！"

王贵唯唯诺诺地谢过，一杯酒下肚。秦桧自己也干了个底朝天，美滋滋地咂了一下，道："王将军，开门见山地说，今天本相找你来呢，是听说你的顶头上司——岳飞，蓄谋造反，想听听你怎么说的？"

王贵大吃一惊，这秦桧请自己来，果然没安什么好心，急忙道："没有的事，俺怎么从来没听说过！太保树大招风，这纯属造谣污蔑，还请相爷明察！"

秦桧冷哼一声，道："你既然没听说，就言之凿凿地告诉本相说没

有的事？是不是即使有这么回事，你也打算告诉我没有啊？”王贵冷笑道：“岳太尉赤胆忠心，天下皆知，不仅是我，所有岳家军将士都不会信的！”

秦桧却不阴不阳慢慢道：“没有八分把握，你以为本相会跟你兜底吗？如果你明忠奸，辨是非，还是一个把皇上放在眼里的好将军，那么，你就把你知道的，统统都告诉本相！”

王贵站起来斩钉截铁，道：“你要我诬告太尉，你还不如杀了我！”秦桧听过哈哈大笑起来，王贵听着不寒而栗，不知这秦桧到底搞什么阴谋。

而在相府校场，秦熺也用同样的话质问岳云，岳云这才知道自己因为狂妄骄纵，正中了奸人之计，恨不得抽自己几耳光，向秦熺冷笑道：“秦兄所言，在下听不明白。”秦熺嘻嘻笑道：“你若不明白，可请教张将军，他是岳家军头号智多星，‘时时别作擘划’，问他最恰当！”说着眼神一冷，看了看岳云和张宪。

同时在花园这边，王贵见自己已经上了秦桧的当，一脸激动，义愤填膺。秦桧见状，啧啧赞叹道：“哎呀呀，岳飞多么会拉拢人心啊，这么多人忠心于他啊！你们眼里就只有这个‘太尉’了，哪儿还有皇上啊？”

王贵一听，说自己对皇上不敬，吓了一跳，嗫嚅道：“末将不敢，末将不敢……”

秦桧冷冷笑道：“你敢的！岳家军胆大包天，有什么不敢？！不过，本相今天找你来，不是想试探你的胆量，而是想拨开迷雾，让你们这些愚笨如牛的武将，多开动一下脑筋。”

校场这边，张宪见着秦熺突然翻脸，并且无中生有捏造一个罪名，愤怒道：“秦将军话中有话，不妨直言相谈，以免彼此误会。”秦熺指了指其他那些前来以武会友的武士，不急不缓地道：“今天诸位列席，一则是以武会友，一则是请教张将军措置别作擘划之道，请张将军说个仔细，讲个明白，否则今天两位进得来却出不去了！”说着冷冷笑了笑。

张宪笑了笑，道：“是吗，我们今天就走出去给你们看看。”说着拉起岳云就要往外走，才发现自己头重脚轻，原来他们已中了秦熺的毒酒。秦熺一把捏碎手中的酒杯，叫道：“别作擘划，意图谋反！拿下此人！”

方才那些以武会友的武士纷纷站起来，拿起各种武器向岳云、张宪二人冲上来，岳云摇了摇头，道：“宪叔……咱们喝人家迷魂汤了……”

张宪叫道：“别跟他们废话了……动手！”说着两人抡起武器就打，虽然中了毒酒，但他们俩毕竟是两员虎将，将秦熺手下这些乌合之众打得落花流水，东倒西歪。秦熺笑了笑，指挥杀阵步步设陷，一招手，又冲上来一批护卫军。

花园这边，王贵已经被秦桧绕得云山雾罩，又惊又怒，道：“还请相爷指教……”秦桧笑了笑，请他坐下道：“我来问你，在岳家军中，一直是你资格最老，也一直是你主管营务，凭什么大权落到了张宪手里？”

王贵一听到这，便难掩自己心中的委屈和不服，内心激动，不知不觉捏起了拳头。秦桧看到，暗暗一笑，接着道：“我再问你，牛头山一役，你虽说违抗军命，擅自发兵，可你的发兵是为了救岳飞，他不但不心存感激，反而要杀你，这是为何？就算是杀鸡给猴看，他居然拿你这个兄弟当开刀，于心何忍？嗯？你能告诉本相吗？”

王贵脸色灰白，心中伤痛，沉默半天后道：“太尉有他自己的主意，但我不会做对不起他的事，相爷，你不要枉费心机了！”

这时校场那边的打斗声越来越激烈，只听不断有人受伤的惨叫声。王贵坐在那里，如坐针毡，秦桧看着他笑道：“王将军现在肯定很疑惑，为何我府上这么大动静。”

王贵连连点头，秦桧却摇了摇头，道：“现在不是时候，很快你就知道了。不过，在山高月小水落石出之前，咱俩说点家常，多加一些了解。我问你一个问题吧，若是给你选择，你愿意花一辈子拼了命做一件事，还是分散点力气，腾出手来做很多事？”

王贵不知他要问什么，想了想道：“一辈子做一件事情，如果不成，岂不赔大了？我会做很多事。”

秦桧点点头道：“那你做什么呢？”

王贵茫然道：“我……我没想过……看兄弟们做什么吧……”

秦桧哈哈大笑道：“我看你王将军即使想过了也不会晓得该做什么，你根本就是个人云亦云随波逐流的人，你永远不知道你要做什么，你说是不是？”王贵不说话，秦桧继续道：“我知道你，你从心底看不起你自己，你被岳飞的盖世风范所折服。‘岳飞说，恢复中原！’‘你说，好！’然而，你是从心底里说的一声‘好’吗？”

王贵想要说话，秦桧不理会他，接着说道：“不，绝对不是！我猜你并不真正理解岳飞说的那些事情到底是什么。你应该在乎的，怕该是一些实打实看得见摸得着的东西，兄弟、拳头、大权、财宝……只有这些东西，能让你踏实，因为这些东西肯定了你。让你觉得你就是你，你被兄弟们接纳啦，你被天下人仰慕啦，你不再是烂泥里被人踩来踩去可有可无的角色啦！你说是不是？不过，你心底里是这么想的，你的手脚却不是这么做的。你想的是东，走的却是西，你一直在感情用事、在自欺欺人你知道吗？！你明知你的义气被辜负了，为什么还要这么执迷不悟呢？”

此时，张宪和岳云一边突围一边打斗，竟然打到了花园里，王贵突然看到他们，心中十分诧异，也知道自己今天不可能轻易跨出这秦相府的大门。秦桧根本不理会那儿的打斗，看着王贵道：“我告诉你好了，今天找你说这番话，不是我秦桧的意思，这是皇上的意思，皇上看你是个大将之才，天生我材必有用嘛，如果当柴火烧了，岂不可惜？皇上和我都不愿看着你滑到那一小撮人当中去，不愿看着你跟着那一小撮人不忠不孝、恶名昭著，不愿看着你跟着他们被抄家……被株连九族。”

王贵眼看着岳云、张宪被秦熺带着护卫军轮番进攻，逐渐打败，最终抓了起来，押到秦桧面前。岳云、张宪看到王贵坐在这里同秦桧聊天，看到自己被围攻却不来帮助，不禁心灰意冷，又暗自愤怒。秦桧眯缝着眼看了看王贵，对秦熺道：“押往大理寺！严刑伺候。”

秦熺领命便将岳云、张宪押到大理寺去了。

秦桧笑了笑，看着王贵道：“本相公干在身，没功夫再啰唆了，我问将军最后一句话好了，你只需回答，然，或否。”

王贵木然，秦桧冷冷地看着他，他赶紧点头。

秦桧指着张宪岳云被押去的背影："我问你，你想不想像他俩一样？"

"相爷，俺……"

秦桧打断，严厉地喝道："然，或否！"

王贵憋了半天，支吾道："否……否……"

秦桧继续厉喝一声，道："那你今天来是不是要告张宪、岳云谋反，幕后主使是岳飞？"

王贵额头上开始出汗，结结巴巴道："我……我不知道。"

秦桧追问道："你是不是来告诉本相，岳飞因对黜夺兵权不满，暗中指使张宪将岳家军拉到襄阳，准备投奔金人？"

王贵突然站起来，叫道："不，不，你叫我陷害岳大哥，我做不到！你就杀了我也做不到啊！"秦桧盯着王贵的眼睛，步步紧逼，道："你做得到！好好想想，回忆回忆……你今天要是想不起来，可就得到大理寺去想了。"

说着秦桧再度坐下，默默地等待，沉默像一潭死水一样迅速笼罩过来，让人窒息。王贵急得如热锅上的蚂蚁，浑身不安，突然瘫软下来，坐在椅子上，喘着气说道："当时，太……太尉被封为节度使的时候，他说过……说过一句话。"

秦桧看了王贵一眼，并不说话，等他自己继续说下去。王贵见秦桧并不作声，心里更加不安，说道："那是在建炎三年，岳家军和韩世忠联合大败金兀术之后，高宗皇帝为了表彰岳飞的战功，封他为节度使，他在受封当天对着岳家军的兄弟说过'我在皇陵的时候，看着太祖的陵寝就想，当年太祖皇帝是三十多岁当上节度使的，我呢？今天，三十建节我也做到啦……'这句话……"

秦桧听过，立即拍手叫好，道："拿自己跟太祖比，好！好！"说着大笑而去，王贵脸憋得通红，半晌，他趴在石桌上，委屈地抽泣起来。

在大理中，张宪与岳云被囚狱中，身上满是伤痕，奄奄一息，岳云忍不住哭了起来，张宪轻抚他的后背劝道："岳云，挺住！不就是一点皮肉

之苦吗？别给你爹丢脸！”

岳云委屈道：“宪叔，我不是怕疼，攻城略地，铁马金戈，我从来没有怕过，只是没想到……现在落到这些小人之手，我不甘心啊！”张宪听过，心里也很委屈，脸上黯然。岳云继续道：“不知道我爹怎么样了，士可杀不可辱，这种鸟气，我爹他怎么忍得下？！”

张宪听闻，也忍不住双目含泪，举起拳头狠狠地砸在墙上。

秦桧从王贵嘴里掏出那句话之后，志得意满，好不得意，正所谓欲加之罪，何患无辞，岳飞啊岳飞，看你这次还能拿什么活命。这时秦熺回来禀报，他问岳云、张宪招了没，秦熺气馁道：“他们说是岳家军要筹款替伤残士兵起楼，作为栖身之处，他们签了给岳飞，岳飞没批，写了‘措置别作擘划’六字。表示筹款不妥，他另有门径！”

秦桧沉思了一下，道：“为了起楼告发他措置别作擘划，不够沉稳！另弄个谋反的文，把六个字，移了过去！”

秦熺笑道：“对，这就叫‘移花接木，屈打成招’！岳飞就算插翅也难逃了！”

秦桧摇摇头，道：“我不担心他会逃，现在的关键是怎么让他来！”

秦熺得意道：“张宪、岳云一壶酒就骗到了，岳飞呢？召他到临安，不铺一条血路，是没办法把他弄来的！”

秦桧点点头，道：“这事我也想过，要紧的是找什么人出这个面？”

秦熺笑了笑，趴到秦桧耳边嘀咕着说了些什么，秦桧点点头笑逐颜开，着令他去办。此时小满端着一碗燕窝敲门进来，秦熺离开时，经过小满身边，不经意看了小满一眼，小满低眉顺眼，等秦熺走后将燕窝递给秦桧，道：“老爷，喝燕窝。”

秦桧接过碗道：“还是你最贴心。”说着一手拉住小满坐在自己的腿上，小满把秦桧的手按在碗上，巧妙地一转身，道：“快喝，不然凉了。”

秦桧笑着，道：“好好！”便喝起燕窝汤来。

“老爷好像有烦心事。”

秦桧朗声道：“天事、地事、人心是最烦的事。”

小满假装附和道：“什么人有那么大胆子，敢惹老爷心烦？”

秦桧愤恨道：“逆臣贼子，临死还嘴硬！”

小满撒娇道：“普天之下莫非皇土，还有谁敢逆天而行？”

秦桧突然看着小满，道：“今天，你好像挺好奇？”小满心中一怔，明白自己话多了，言多必失，看见桌上的《捕法》，转移话题道：“老爷，这是什么书啊？”

秦桧拍了拍她的屁股，伸了个懒腰疲惫道：“‘循名而责实’，治国必须有治人之道，不过，我也是随便翻翻，你去帮我放好吧。”小满连忙去放书，随后便躲开了秦桧。

她很快便打听到秦桧将张宪、岳云逮起来的消息，将这消息传达给张用他们。张用他们一听便要救人，但他们还不知道这张宪、岳云被关在什么地方，干着急却没有办法。小满担心道：“我还听到秦桧父子想借此事将岳元帅骗下山来。”素素一听，急道：“既然是个陷阱，岳大哥就不能来！”

张用摇摇头道：“大哥的脾气我最了解，就算是个大油锅，他知道兄弟有难也一定会往下跳！但是要怎么救他们出来呢？”

张用看着小满，一拍脑袋，说自己有办法了，道：“只有我死。”大家不解地看着他。他便慢慢说了出来，原来他想这秦桧看上了小满，而自己先前冒充过小满的父亲，如果自己死了，这秦桧为了讨好小满，必然会前来凭吊，在他凭吊的时候可以趁机将其刺杀。大家听过这个主意，无不拍手叫好。

自从大师开解过自己后，岳飞也心安理得了，决定好好过一个普通人的生活，这天他们一家人聚在一起包饺子，有揉面的，有擀饺子皮的，有捏饺子的，大家分工协作，其乐融融。安娘看着岳飞道：“爹，你知道我盼这一天盼了多久了吗？”

岳飞不解道：“盼哪一天？”

安娘道：“一家人在一起吃饺子。”岳飞歉疚地笑了。安娘继续道：

“我每天去奶奶坟头，想让她在天有灵，让你快点回家，这样，我们一家人就可以在一起，好好地吃上一顿大肉饺子了。”

娟儿逗趣道：“难怪你老是在奶奶坟前嘀嘀咕咕的，原来是在念叨这事。”说着大家笑了起来。此时，一群马队冲至院前，几个人滚身下马，岳飞听到声音，向外望去，却见张俊走了进来，岳飞有些诧异，起身相迎，道：“张帅，你怎么来了？”

张俊道：“我这不是无事不登三宝殿嘛！”看到孝娥及孩子道，“哟，这都是你的家人吧。”岳飞向他介绍一下，李孝娥知道有话要说，示意娟儿安娘他们往外走，道：“你们慢慢聊，我去煮饺子了！”说着捧着包好的饺子，带着岳霖、安娘、娟儿走了出去。

张俊笑道：“瞧你们这一家子，真开心啊！还是你有福气？庐山归隐一身轻！这一路看来，还真是你写着的‘云锁断岩无觅处，半山松竹撼秋风’啊！”

岳飞冷冷道：“张帅有话直说吧，不必绕弯子。”

张俊装作为难，道：“好，那我就明说了吧！你仗着有些文才，没事儿就到处瞎嚷嚷，什么文官不爱财，武将不惜死！要知道这两句词儿挡掉多少财路？枉死了多少性命？如今你下了马，他们是有冤的申冤，有仇的报仇！告你十大罪状的折子，纷纷送达皇上的手中，皇上十分无奈，想邀你去临安一叙，又怕信差出事，这才嘱咐我替皇上送这份口谕，要你随我一同进京面圣，陈述案情，好让皇上安心！”

岳飞慷慨道：“告我的状子？我岳某行得正立得直，不怕什么状子！”

张俊冷笑道：“你是不怕，反正有人替你背黑锅呢。”岳飞见他话中有话，问道：“你这话什么意思？”

张俊不阴不阳道：“什么意思？御前军统制，节制鄂州军马——张宪，左武大夫，忠州防御使——岳云，已经因谋反罪关在了临安大理寺。”岳飞闻言惊愕，怔住半晌，喃喃道：“什么？”

张俊大声道：“他二人被检举有谋反之嫌，少保大人如不赶去京城，说明实情，他二人于十日之内，论刑提斩！”

岳飞怒道："谋反？他们二人怎么可能谋反？谁人检举？谁人批准？"

张俊冷笑道："朝中谁说话算得上话，不言自明吧。我想你不忍心让张宪和岳云替你背这黑锅？忍心看着他们依罪论斩？"

岳飞看着张俊骂道："你们简直就是一丘之貉！"

张俊笑了笑，冷冷道："骂我？就算打死我也无济于事，你我同朝为将，还是互留脸面的好。此事事不宜迟，你还是速速与我赶赴临安为好。"岳飞直勾勾地看着张俊，气得说不出话来。此时，李孝娥捧着饺子走了进来，看着气氛不对，却笑了笑道："谈了什么呀，看你们高兴的。"

张俊立马笑道："我和岳兄杯酒论兵！"

岳飞勉强笑了笑，道："这次不是杯酒论兵了，是杯酒庆寿！韩帅六十大寿。皇上不给做，我们兄弟一道儿给他做！"李孝娥一语双关道："当初催你上路的是朝廷十二道金牌，这会儿催你上路的是临安十二将的生死交情！看样子你是非去不可了？！"

张俊点点头，道："这场聚会缺了岳少保，就聚不起来了！所以大伙要为兄登门拜会，务必把少保邀了去！"

"那什么时间去？"

"这会就走。"

李孝娥何等聪明，方才的一切她看在眼里，早就知道了个端倪，知道岳飞这一去可能就是不归路，只是她没想到时间赶得这么急。

岳飞看着她不忍心，向张俊使了使眼色，叫他先走，张俊便说他在山下等着，他知道这岳飞不会逃走，否则的话，他就不是岳飞。岳飞见张俊走了，便和李孝娥交代了一番，又向安娘和岳霖叮嘱一通，似乎自己只是出去逛一逛街，然后就回，娟儿向他托了一句话，差点让他滚下泪珠来，娟儿向他托话道："爹，你问小云子，他什么时候回来？"

岳飞看着她，心想，傻孩子，你的夫婿已经在牢里，但他看着娟儿怎么忍心说出口，悲戚地点了点头，转身就走。李孝娥追上去从颈上取下一枚玉佩，递给他，道："这个给你，保你平安。"

岳飞接过玉佩，体温犹在，最后深深地看了一眼李孝娥，李孝娥看着

他嘴角嗫嚅着却说不出话，两人都预感不祥，但是即使生离死别这千言万语却说不出口。岳飞深吸了口气，转身骑上马，决绝地离开。李孝娥回头笑了笑，招呼娟儿他们进屋吃饭，突然小慧纳闷道：“老爷说去给韩帅做寿，可我怎么记得以前韩帅做寿都是夏天啊。”

李孝娥一听，再也忍不住了，转过头望向窗外，潸然泪下，不让娟儿安娘他们看到。

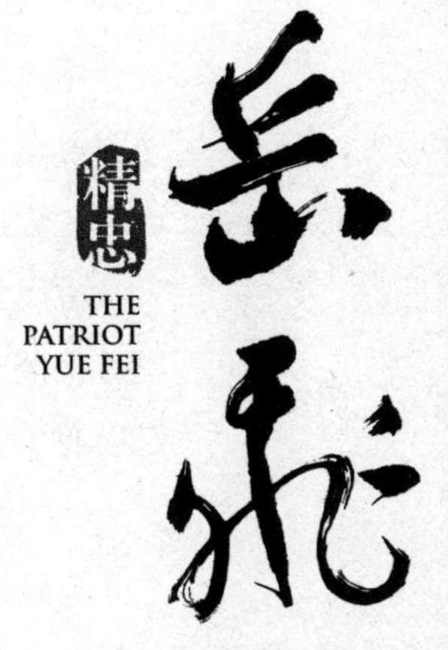

第六十九章

大理寺图穷匕见

张俊率领着八位护卫兵押送岳飞一路从庐山赶来，马不停蹄，快到了临安的时候才歇息了一下。张俊看着那边有一个卖水人，便走过去喝水，那些护卫兵也忍不住去讨水喝。喝过没多大一会儿，一个个都闹肚子直往厕所跑。岳飞看着不对，就要揪住这卖水人，等卖水人一抬头，他傻了眼，原来这卖水人不是别人，正是素素。

岳飞惊诧地看着素素，不知她搞什么鬼，素素不由分说递给他一个袋子，岳飞不知道里面是什么，愣着，素素见他发呆，道："里面有干粮，有外衣，还有一百两银票，你快走！阳关大道你不走，偏向深山虎穴行？你没看出张俊就是阴曹地府来的牛头马面？人家避他都来不及，哪有像你这么大大咧咧要你跟他走，你就跟他走的？！"

岳飞却道："无理寸步难行，有理走遍天下！我占个理字，为何不能光明磊落地走？"素素急道："岳大哥！这么多年来一直就是你说了算，这会儿你能不能听我一次！就这一次！"

岳飞感动道："我知道你是为我好。不过，这钱你还是拿回去吧！"说着把袋子掷还给素素，素素生气道："你真是聪明一世，糊涂一时！朝廷摆明了要害你，这张俊明明是想把你往火坑里推！"

岳飞摇了摇头，道："岳云、张宪在临安犯了事，等着我去开脱，总不能眼睁睁看着外人往岳云、张宪头上泼粪哪！"

素素急得跺脚道："他们不过是诱饵，是引你出来的！赵姑娘在秦桧那已经得到了消息，秦桧这次是非杀你不可！你这次去的，不是见皇上，而是见阎王啊！"岳飞听过，并不吃惊，坦然道："上苍有眼，就不会陷忠臣于不义；否则，”抬头看了看天空，幽幽道，“天下之大，能往哪里逃呢？”

素素还要劝，但见岳飞十分坚定，知道多说无益，便向岳飞说道多保重就离开了。岳飞跟着张俊一路走去，他知道前途未卜，可是天大地大，他岳飞又能到哪里去。张俊把他带到大理寺看望张宪和岳云，他看到他们竟然把张宪和岳云关进了审讯室，已被吊起来打得血流满面，不成人样，悲痛万分，扑上去叫道：“小云子！张宪！”

张宪、岳云见到岳飞十分绝望，张宪哭道：“大哥，你不该来这里，快走啊快走。”岳云失望地摇摇头，突然间，一左一右两名壮汉用长棍从身后猛击岳飞双腿，岳飞毫无防备，被打得向前踉跄几步，跪倒在地，张俊一声令下：“给我拿下！”

数十名狱卒乘势一哄而上，对着岳飞猛打过去，岳飞挥动双拳奋力反击，岳云张宪拼命挣扎着，悲愤叫道叫他快走，但纵然他武艺盖世，无奈双拳难敌四掌，他最终被张俊他们拿下了。

此时那秦桧却穿着一身黑衣服往孤山而去，原来小满的父亲死了，他为了讨好小满，决定亲赴孤山凭吊，小满早已被她放回去守孝去了。临出门前，他对府上下人嘱咐道：“如果少爷找我，和他说我去孤山了。”下人铭记于心，不敢有忘，于是他携带了几名守卫，策马而去。

孤山上破宅，已经变成一座灵堂，气氛庄严肃穆。小满袖藏利器跪在灵前哭泣。灵堂房顶上，也有两名忠义社成员埋伏。

张用装作小满的父亲，已经死了，躺在棺材里，衣袖中也藏着武器。素素扮作道士手持长剑、围着一个盆子，正在为小满的亡父作法超度。

一切准备就绪，就等秦桧。

左等右等，秦桧终于来了，并不说话，就往里走，所有人都紧张地看着他，张用屏息凝神地等着他，小满紧握袖中的匕首。突然一名家将疾驰而来，禀报道：“报相国，有要事相奏。”说着在秦桧耳边嘀咕了一番。

秦桧回头看了看，灵堂内正在继续法事，于是对家将挥手道：

“走！”说着走出屋门，就要离开。小满从地上爬起来，看着秦桧离去，已经恨得将嘴角咬破了，但是无奈。

原来那家将向秦桧报告，岳飞已经被张俊给逮到了，就关押在大理寺，他听到这消息，岂能平静，他要亲自监审岳飞，因此连忙从大孤山返回，直奔大理寺。他到了大理寺，和万俟卨一起来到隔室，吩咐大理寺府尹何铸即刻提审岳飞，只见岳飞被提到大堂上后，狱卒一松手，他一下子跪倒在地，何铸吩咐左右，道：“把人犯枷锁去掉！”

隔室内，万俟卨听到着急地看着秦桧道：“大人？！”

秦桧得意道：“没事的，你没看到他的腿都废了吗？都会主动下跪了。”大堂上，何铸一拍惊堂木，叫道：“本官御使中丞何铸，敢问下面何人？”

岳飞朗声答道：“万寿观使，岳飞！”

何铸拱手向天，道：“本官奉圣谕有所质询。”

“千里应询，有问必答！”

“你身后左边一人，可曾相识？”

岳飞向左边看了看，发现张宪已经昏厥，被两个衙役扶着，深深一怔，咬紧牙关道：“此人是我的部下张宪！”

“你身后右边一人可曾相识？”

岳飞向右边看了看，发现岳云浑身血痕，已经瘫软被衙役扶着，他倒吸一口凉气，悲愤道：“此人是我儿岳云！”

何铸又一拍惊堂木道：“你曾经在一张呈文上写了‘措置别作擘划’及‘书付张宪岳云阅后焚’两句吗？”

“这是一般卷批用语，并无特殊意义！”

“请岳爷交代清楚所谓措置擘划，措置哪些事情？”

“张宪、岳云有意在临安筹募经费及木料起一座岳军楼，供历年作战伤残不便的将校士兵栖身之用，我认为他二人所拟之案尚有斟酌之处，便批了如此字句。”

“可是本座手上这张呈文，其措置之事并非起岳家楼之事，其中之蹊跷，不知是张宪造就？还是阁下造就？”

“敢问这呈文上措置何事？”

“其上措置的是‘连接河朔，急攻黄龙，朝廷和议，不堪一顾’，啧！啧！啧！他二人行径荒唐，语及叛乱！几番用刑，数度晕厥，不知阁下有什么要替他们辩白的吗？”

岳飞看了看衙役呈给他的呈文，道：“本军行文有个约定，把行文日期署于行文背面，每位统制所署的位置不同，以确定这是他本人送发的行文无误，而大人所持的行文，其日期署于行文之尾，显与本军行文规定不符，这提及谋叛的呈文另有执笔之人！大人以此为蹊跷，与其废手脚刑讯张宪岳云，不如去问秦相国！”秦桧在隔世听到，一怔。

何铸收回呈文道：“如此说来本官是问错了人？你是冤枉的了？”

岳飞慷慨道：“何大人千言万语，所问不过六个字，岳某掏心挖肺，所答也只有四个字！”

何铸起身道：“下官洗耳恭听！”

岳飞双手褪衫，只见他背部大小伤痕遍布，中间有四个字：尽忠报国。秦桧和万俟卨躲在隔世窗户后看到也不免脊背发凉，而何铸却不忍心看到，他自知向岳飞构陷罪名有些难度，也不知再怎么审下去，于是一拍惊堂木，道：“把岳飞还押大牢，择日再审。”于是两名狱卒将岳飞拖了下去，重新囚于大牢。

岳飞回到牢房，面色沉静，向内而坐，想想自己保卫了半辈子的天下竟然这样，不禁心中冰凉，而外面的狱卒听说关押了当今的飞将军岳飞，纷纷前来观看，又要他耍一套岳家拳的，有要他将“尽忠报国”四个字给大家看的，还有要他讲讲他那盖世英雄的故事的，看到这些人，他心里不禁哈哈大笑，可怜人必有可恨之处……

只听一个狱卒叹了口气，道：“唉，都说是尽忠报国，原来是国报忠尽啊！”

另一个狱卒不解，问道：“国报忠尽啥意思？”

那个狱卒低声说道：“朝廷回报给忠臣的是……”说着用手抹了抹脖

子，另外一个狱卒立马明白，叫道："换作是我啊，尽什么忠，报什么国，只要能让我吃香的喝辣的，叫我去当金狗我都愿意。"

岳飞听在耳里，不禁哭了起来，不是为自己，不是为了皇上，也不是为了宋室，而是为了天下，为了黎民，为了民族，可惜啊……

自从孤山灵堂刺杀计划失败之后，大家虽然知道岳飞被关押，但知道绝不能轻举妄动，否则将会满盘皆输。这天他们在忠义社的客栈里商议下一步行动，素素向张用问道："你探听到了什么动静？"

张用急切道："大哥受刑以来，岳家军乱成了一锅粥，朝廷担心岳家军会反。我已飞鸽传书给了牛皋，让他少安毋躁，等待我们的好消息。对了，还有，万俟卨今天又去了秦府，看来秦桧不杀大哥是不会罢休的。"素素咬牙道："这个奸贼，大哥活着，他是不会消停的！明天一定要杀了他，或许还能保大哥一命。"

孟邦杰突然想起来，道："唉，过几天有个西湖船会，我们想办法让戏班子给秦桧留个最好的位置，然后我们混进去，在那里进行刺杀。"大家纷纷赞成。张用想了想，犹豫道："最大的麻烦是怎么样把秦桧的爪牙解决掉，他们跟在秦桧身边，想下手太难了。"于是大家又冥思苦想起来，如何才能把秦桧和他的护卫分开。

自从张宪和岳云被无缘无故关押起来，岳家军人心已经沸腾，后来他们的大帅岳飞也被关押起来，岳家军人人义愤填膺，只有王贵借酒浇愁。他自知对不住岳家军，更对不住岳大哥。牛皋叫他一起去找秦桧还有赵构论理，他也躲着不敢见人。牛皋气恼，自己聚集起岳家军的将士，大声叫道："兄弟们！岳元帅忠肝义胆，天地可照，如今却沦为阶下之囚，天理何在？天理何在？"

岳家军将士一起振臂高呼道："天理难容！天理难容！"

牛皋鼓动道："咱们不能让元帅被冤杀，咱们去临安，找皇上，找秦桧说说理去！让他们放了元帅！"岳家军将士被他说得激动，一个个摩拳擦掌，拿起武器就要出发，此时梁再平快马赶到，向他们喊道：“冷静！冷静！大家先冷静！”

牛皋嚷道：“岳帅危在旦夕，让我们怎么冷静？”

梁再平向将士们大声喊道：“凡事都有个说法，韩帅已经去向秦桧讨说法了。韩帅让我转告各位，他一定会去相国府问个水落石出，在此之前，大家切不可轻举妄动！”原来韩世忠听到岳飞被以举兵反叛为名关押起来，怕岳家军将士们冲动，真的起兵营救他们的元帅，那岳飞跳进黄河也洗不清了，不是举兵反叛也变成了真的，到那时岳飞不死也得死了，于是连忙派这梁再兴前来先安抚大家，他自己进宫面圣问个究竟。

牛皋听过梁再平的陈述，总算冷静下来，向将士们喊道：“好！我们就在这等韩帅的消息！如果天黑之前没有结果，我们就行动！”梁再平这才松了一口气，希望姐夫出面，定能为岳飞洗雪沉冤，也替自己报当年岳飞的救命之恩。

秦桧对大理寺府尹何铸第一次提审岳飞非常不满，这第二次便派自己最得力的心腹万俟卨主持提审，而他自己则依然躲在隔室里。将岳飞提到刑堂上之后，这万俟卨一拍惊木堂，喝道：“下面站着的可是疑犯岳飞？”

岳飞看到这个奸人，凛然道：“正是万寿观使岳飞！”

万俟卨怒道：“目前你有疑案在身，官衔与你不相干！”

岳飞正色道：“我尚未定罪，为何官衔与我不相干？有何可疑之处？请明白示下！”万俟卨冷笑一声，道：“你不明白？”

“岳某仰不愧于天，俯不怍于人，自问光明磊落问心无愧！”

“哈哈！好！你自问光明磊落，不过是独善其身，这六道折子可不这么看！”万俟卨说着将手中的折子扬了扬，岳飞笑了笑，轻蔑道：“树大招风，六道折子，不多。”

万俟卨阴笑道：“六道折子不多，但罪名却很重啊！这道，参你……”说着拿起折子看了看，道：“拥兵自重违抗军令！你在鄂州，朝廷宣召你提兵东下，策应淮西，你却迁延不进，意在窥伺朝廷胜负。

兵胜则进，兵败则反。你还抵赖什么？”岳飞不慌不忙道：“承诏领兵东下，沿途追杀金兵，此役于二月十九日得到皇上的奖励，亲札之中乃出现‘中兴勋业，在此一举，卿之此行，适中机会！’堂上若不信，现存御札可证。”

隔室中的秦桧一听，心中一怔，轻轻敲了敲隔板，那万俟卨听到，立马意会，向岳飞道：“这御札在哪里？”

“在我庐山家中！”岳飞坦然答道，秦桧却将此听在耳里，记在心里。

万俟卨点了点头，又拿出一道奏折来，道：“你与诸将统领大兵北讨，你所部人马屯在朱仙镇。朝廷宣召诸将回兵，张俊韩世忠等即日领兵还朝，为何只有你一支人马不肯班师？前后一十二道金牌召你，你亦不肯回兵。这必怀异心，好好逐一从实招承，免得皮肉受苦！”

岳飞慷慨道：“我一生立心务要收复中原，雪国之恨，用了十年之功，追赶金兀术到朱仙鎮，离去京师只有四十五里。那时金兀术怕我兵势，弃了汴京北走。此时朝廷若宽我三日，必定克复汴京，迎回圣驾，然后进取燕云，直捣黄龙！此乃是我平生之愿，有何异心？”

万俟卨见他说得正气凛然，连拍惊堂木阻止道：“住口住口住口！你岳飞狡辩起来，竟比你打仗还狡猾！”

岳飞哈哈大笑，道：“狡猾？堂上是站在北金那边说话的吧？”万俟卨气得要左右用刑，岳飞镇定道：“太祖皇帝遗诏，刑不及谏臣，难道堂堂万寿观使不及一名谏臣吗？”

万俟卨冷笑一声，道：“彼一时，此一时，除非你把御札取来大理寺，一勘究竟！不然太祖遗诏不是呵护得了你的！”

岳飞反问道：“堂上请到了皇上的圣旨了吗？”

“怎么了？”

“皇上所赐御札已一一密封，不是谁人都能看的！除非堂上请到皇上圣旨，否则岳某便犯下了大不敬之罪。”

万俟卨一听，心中一惊，自己拿岳飞无可奈何，结结巴巴道：“好，好，此表尚且按下……”隔室里的秦桧对万俟卨的表现不满意，愠怒地摇了摇头，那万俟卨把手头奏折放一边，又拿起另一个奏折，道：“你既然说到太祖皇帝，那么有一首你所题的反诗谅也不会忘记吧。”

“岳某从未写过反诗！”

万俟卨吟诵道：“寒门何载富贵……此句题在天竺寺一面墙上，你说说什么意思吧？”

岳飞冷笑道：“寒门者汤阴岳家庄是也！富贵者官拜万寿观使是也！将相本无种，寒门载富贵！这是以自身为例，鼓舞后进，勇往直前，成就大才俊！成就真英雄！岳某实不知这区区六字‘反’从何来？！”

“你不知道？”

岳飞冷眼相对，不语。

万俟卨拱手向天，道：“有人说，你这寒门二字，貌似说的是自己，其实影射的是太祖赵匡胤！太祖出身贫贱，经陈桥兵变夺取政权而立国登基载富逞贵！你这六个字分明是大不韪大不敬！你题此反诗，莫以为天下皆是糊涂人，看不出你笔下的心机，偏有那高明人一眼便能触破你的用心立意之处，就凭这两句的大不韪与大不敬，就难保你岳某的项上人头！”

岳飞冷笑道：“我岳飞出身汤阴寒门，改无可改，你如此附会，为何不把天下寒士都抓起来？！”

“谁让你岳飞偏偏标榜此事呢？”

岳飞走上前指着万俟卨道：“那万俟大人，鲜卑后裔！如此出身，不知道有没有那高明人一眼触破你其实就是金人之奸细？！”说着不由得紧握拳头，那万俟卨见状吓得急忙和陪审二人起来往后退，撞倒屁股下的椅子，战战兢兢道：“大……大……大堂重地，你敢恃武行凶吗？”

岳飞双目圆睁，怒喝道：“人道血气之怒不可有，理义之怒不可无！听了堂上这番话，掩理悖义，怒发冲冠哪！万俟卨！你等蛇鼠一窝，欺人太甚！”有个叫隗顺的衙役连忙跑到岳飞跟前连连作揖哀求道：“岳元帅，岳元帅，使不得啊，使不得啊，您老消消气，消消气……”

岳飞看着这衙役，逐渐冷静下来，愤怒道：“写寒门指的便是天家一

脉！写富贵指的便是陈桥兵变！如此穿凿附会，这之后天下写文章的人还有活路吗？”

万俟卨语无伦次道：“我……我有证据！”岳飞不屑地看着，不语，只听万俟卨到：“你三十岁封节度使，曾说过一句话，你可曾记得？！”说着学着岳飞口气道，“‘岳某与太祖，俱以三十岁建节，自古少有！’你自比太祖，占当今圣上的便宜……僭越异志！大逆不道！你猪油蒙了心啦？！”

岳飞出离愤怒道：“我……我原话是这么说的吗？！我三十二岁封帅，何来三十之说？你欲加之罪，我的年纪也随便篡改吗？你何不把我改成年已耄耋、垂垂老矣呢？这样就不用你们找此等托词，让千秋万世徒增笑话！！”

“我这么说是我有证人的！”

岳飞冷冷道：“你有证人，麻烦请他上堂，与我对证！”

万俟卨冷笑道：“哼哼哼，此人证就是你岳家军的人！你忘了，你曾经一顿军棍，差点把他给打死！”岳飞听过，大吃一惊，喃喃道：“王贵？”万俟卨奸笑着点头。

岳飞不相信道：“王贵绝对不会诬陷我的！”

万俟卨与左右陪审官员看看，得意道：“这就可见你岳飞众叛亲离到了什么地步了。”说着哈哈大笑起来，岳飞凛然道：“不论如何，敢问堂上，这句话可以将岳某定罪吗？岳某何罪之有？！”

万俟卨被岳飞突然这么一反问，一时瞠目结舌，说不出话来。隔室中的秦桧听到他如此，甩袖离开了。不一会儿那万俟卨急匆匆追了上来，惶恐不安地跟在他后面，悄悄看着他的脸色，一句话也不敢说。此时秦熺迎了上来，秦桧见到他道：“熺儿，去庐山，把岳飞的御札找出来，一个都不能遗漏。”秦熺领命便带领护卫军向庐山奔驰而去。

自从岳飞被张俊带走之后，李孝娥就知道随时会有事情发生，当她看到有几十名骑兵向自家驰来时，便吩咐娟儿岳霖他们先到后院躲开。很快这些骑兵到了门前，下马，直接闯进屋子抄家，砸碗、摔盆、掀桌子，李孝娥怒喝道：“住手！你们是什么人？！”

秦熺道："御林军！奉命搜查！"

"奉谁之命？搜查什么？"

秦熺冷哼一声，道："当然是皇命！快说，皇上给岳飞的御札放在哪里，统统交出来！"孝娥镇定道："御札是皇上所赐，凭什么给你们？"

秦熺冷笑道："不交出御札便交出脑袋！你两样挑一样！"

突然岳霖从后院蹿出来叫道："不要在岳元帅府撒野，我爹在战场上打仗的时候，你们在哪里？"

秦熺一脚踹倒岳霖，骂道："去你妈的！"李孝娥赶紧上前去扶岳霖。秦熺挥了挥手，那些士兵纷纷冲进各间屋子搜查。突然几个士兵看到安娘一个黄花大闺女，色心顿起，就要猥亵安娘，安娘见状，无处可逃，看到园中那口井，纵身跳了下去，李孝娥、小慧她们叫着去阻拦，已经来不及了……

不一会儿这些士兵搬着一摞一摞的御札出来，呈交在秦熺面前，足足装了一车，秦熺翻看着，冷笑着瞥一眼孝娥和岳霖，对这些士兵道："怎么都是这些玩意儿，金银财宝呢？"

一个士兵递上一个帕子，里面包着几十两碎银，道："他们全家上下，就搜到这些银子。"秦熺接过去不屑看看，扔在脚下，呸了一口道："他妈的，还不够打个牙祭的！"说着吩咐手下给李孝娥他们，不管老老小小，全部戴上了枷锁，向临安押去。

第七十章

莫须有千古奇冤

这天，是西湖船会的日子，按照既定计划，这是素素、张用他们最后一次刺杀秦桧的机会，也是最后一次拯救岳飞、岳云、张宪的机会。可是他们不知道，这对于他们要刺杀的人来说，也是一次机会，一次大大的机会。素素他们来到西湖上，张用、孟邦杰和忠义社的一些兄弟乔装成艄公，在西湖上划着船。素素扮作刀马旦，另几名忠义社成员也化上戏妆容，他们要给秦桧好好唱一出戏。

西湖上，船来船往，风和日丽，一般的老百姓不知道这是杀人的好天气，但其实，这空气里已经杀气腾腾，有甜丝丝的血腥味，他们都乘着船看着戏台上扛鼎、寻撞、吞刀、履火等杂技表演，纷纷叫好。有三艘小船并驾而行，中间那艘，船舱里正坐着小满与秦桧二人，一抹阳光照在船舱内，真叫人惬意温馨。

小满看着外面的天空，道："今天天气真好！"

秦桧笑道："是啊，阳光正好，微风不燥，感觉真舒服。"

小满给秦桧递过一颗剥了皮的荔枝，道："老爷，你总为国事烦忧，有时候，也该出来走一走。"

秦桧把她搂在怀里，道："好，今天，都听你的。"说着转过头向艄公吩咐划到对岸去，艄公答应一声便调转船头。那小满趁秦桧回身之际，从袖中取出准备好的一包粉末，快速倒入酒壶中。秦桧回过身来，她嫣然巧笑，给自己和秦桧一人斟了一杯酒道："小满漂泊在外，多谢老爷照顾，时逢佳节，小满敬老爷一杯！"

秦桧看着她道："你不用谢我，我是真心喜欢你，才会对你好。"

小满道："我知道老爷待我是真心的，就因为这样，小满才更加感激不尽。干杯！"

小满举杯相迎。

秦桧也举起杯子和她碰了一下，正要喝下，突然一阵急促的鼓声传来。只见岸上的杂技表演得惊险刺激，秦桧被吸引住了，放下杯子，转过身子去观看，边看边忧愁道："我常常在想，人的心，真是最柔软的地方，很容易就被打动，被牵引，然后就会朝思暮想，魂牵梦绕，就像中了毒一样，没有解药。"小满见他把酒杯放下，不禁一愣，又赶紧笑了笑，掩饰自己的慌乱道："老爷说得自己好像已经中了毒似的。"

秦桧听闻，哈哈大笑道："是啊，看到你，我就已经中毒，无药可医了。"

小满听过，高兴地再次举起酒杯，迎向秦桧笑道："那我们就为了这一次毒，干一杯！"

秦桧带着一丝不易察觉的微笑，也举起了酒杯。

小满注视着秦桧，正要喝下，急促的鼓声再起。只见戏台上锣鼓猛响，秦桧又被戏台上的戏曲所吸引，观看了起来，原来戏台上正在表演滑稽戏，《请君入瓮》。中央放着一只可以装进一个人的瓮，那独眼龙正扮成老生，演"来俊臣"，大小眼扮成丑角，演"周兴"。

戏台上：

来俊臣对周兴说道："有些囚犯再三审问都不肯认罪，有什么办法使他们招供呢？"

周兴笑道："这很容易！拿一个瓮，用炭火在周围烧，然后让囚犯进入瓮里去，什么罪他敢不认？"

来俊臣道："来人哪！"

来俊臣下人抬上大瓮一只，用炭火烧瓮。下人中有素素，素素边表演边看了一眼秦桧小满所在船只。

来俊臣冷眼看周兴，起身道："有人告你谋反，太后命我审

问你，请老兄自己钻进这个瓮里去吧！”

周兴战战兢兢道：“这……这……”

来俊臣脸一板，道：“嗯？！”

周兴慌忙，只能钻进瓮中，被烧得满头大汗。

观众们看得哈哈大笑，不停地鼓掌，秦桧猛然放下酒杯，跟着鼓掌叫好。小满看到秦桧再次把酒杯放下，心中失落万分，却也只好跟着秦桧鼓掌。秦桧回过头问道：“你知道这演的是哪一出吗？”

小满低头道：“小满连字都不识，哪懂什么戏啊！但就这么一看，两个都不是什么好人。”

“哦？怎解？”

小满半假半真地说道：“他们刚才还好好地吃酒吃肉，这一下子就变了脸，可见是那种翻脸比翻书还快的人！”秦桧笑了笑，摇摇头道：“我看未必！这戏讲的是来俊臣‘请君入瓮’的故事，人人都说来俊臣是天下的大奸臣，可我却不同意，他一心为国，对皇上忠心耿耿，何奸之有？！反倒是那些所谓的忠臣，比方说前丞相赵鼎，”说着瞥了一眼小满道，“食古不化，冥顽不灵，他不懂，皇上要的并不是战，而是和！你说是与不是？”

小满见他提到赵鼎，大吃一惊，极力掩饰，假装无心于此事，把杯子放到秦桧手中，故作娇俏道：“老爷，我们今儿个是来过节图个乐的，就别说这些忠啊奸啊的事，闷死人了，老爷，我们喝酒！”

秦桧哈哈大笑，道：“你看我，这杯子举了又放，放了又举，老半天也没喝上一口。”小满娇嗔道：“就是啊！今天除夕之日，小满和老爷喝上一杯，好好过个团圆日。”

秦桧连忙道：“好好，你我今日团圆。来，咱们干一杯。”说着端起酒杯与小满碰了一下，仰头喝下。小满看到他喝下，嘴角露出一丝笑容，为了不引起怀疑，即使自己赔上一命又怎么样呢，只要能杀掉这个大奸贼，她也毫不犹豫喝下去了。她没注意到，秦桧看她把酒喝下去时，嘴角也隐隐一笑。

秦桧突然来了兴致，道："我最爱听你唱那段临安小曲，今天这么好的日子，再唱一段听听。"小满见他喝下毒酒怎么好像什么反应也没有，只好先唱起来，等待着他的毒酒发作。

江南可采莲，莲叶何田田。
鱼戏莲叶间。
鱼戏莲叶东，鱼戏莲叶西，鱼戏莲叶南，鱼戏莲叶北。

她一边唱着一边又想起自己一家人在一起的情形，她知道自己快要死了，马上就要和爹爹、弟弟见面了。

两边行来两艘小船，好似无意挡住了秦桧侍卫的船，秦桧侍卫拼命划船试图冲破阻碍，忠义社成员扮成的艄公划船使劲挡住。戏台上，锣鼓声越来越激烈，举着旗子的演员左右交叉跑过。

小满回头瞥了一眼，发现秦桧侍卫的船已经被拦在后面，嘴角露出了一抹笑容，继续唱着。张用、孟邦杰及十多名忠义社成员扮作艄公的船，向秦桧小满的船涌去。小满见时机成熟了，便停下来不唱了，看着秦桧。

秦桧淡淡道："怎么不唱了，赵姑娘？"

小满一听"赵姑娘"三字，猛地一惊，看着秦桧，秦桧阴阴一笑，道："你不唱我唱，这首《点绛唇》你应该很熟悉吧？"

说着便唱了起来：

香冷金炉，梦回鸳帐馀香嫩。更无人问，一枕江南恨。消瘦休文，顿觉春衫褪。清明近，杏花吹尽，薄暮东风紧……

小满惊骇，向四周看去，发现到处都是秦相府护卫军的人，他们正在追杀张用、孟邦杰及忠义社的成员。戏台上的素素等人靠近台边，准备一跃刺杀秦桧，突然，上来十多名秦家侍卫扮演的武生，与素素等人打了起

来。看客们不知是真是假，只见打得热闹，纷纷叫好。

小满冷冷盯着秦桧道：“你……你早就知道了？”

秦桧冷冷一笑，道：“就凭你，以为可以瞒得了我？我不拆穿你，才可以把你们这些奸臣贼子一网打尽！”

小满喝下去的毒酒慢慢发作起来，她感觉越来越痛苦，抽搐起来。秦桧看着她，得意道：“我教你写的字，是我独有之字体，你练字的时候，写得多了，便忘记了这一点，隶书、魏碑，什么字体都有，而且，字如其人，你的一笔一画中，充满着仇恨。你是识字的！而且普通人家的女儿，怎么会有刀伤呢？扮演你爹那个人易容术很好，可惜脖子不会骗人，他没那么老！你究竟是什么人呢？为什么要混进秦府？所以，我派人去调查你。只要我秦桧想要查什么，在大宋朝，没有查不到的！原来，你是赵鼎的女儿，你要来杀我！之前那个厨子下毒，我没有想到下毒的不是一个人，而是两个人。还以为你是看到人死了才害怕，竟然被你蒙蔽了过去了！”

秦桧的眼神越来越冷酷，最后狞笑道：“我没死，是秦某命大，是老天庇佑着我！既然如此，我何不将计就计，替天行道，将你们一网打尽！”说着将手中的杯子一下捏碎。

那张用知道事情败露，焦急万分地试图冲破侍卫，刺杀秦桧，营救小满，但他被秦家护卫纠缠得根本脱不了身。忠义社成员不敌护卫军，纷纷被杀，百姓们乱成一团，秦桧的侍卫连挡路的百姓都杀害了。张用十分愤怒，异常勇猛，然而寡不敌众，最后被秦家侍卫一刀刺入，翻入湖内，不见人影。

戏台上，素素也已受伤，这时真戏上演，乱成一团。枪花翻飞，刀来剑往，大小眼、独眼龙先后中刀，倒在地上。素素孤军奋战，很快便难以招架，死在了侍卫刀下。

秦桧的船上，小满悲愤地看着这一切，叫道：“我们都死了，你也活不了！”

“凭什么？”

“凭你刚才喝下去的酒！”

秦桧哈哈大笑，道：“你以为我喝下去的是毒酒吗？”说着向小满展示他手中的酒杯，原来这酒杯暗藏机关，打开机关后，毒酒就落入下层，秦桧其实什么也没喝，小满绝望地摇了摇头。

秦桧看着小满开始毒发道：“我本想怎么处置你，不过看来是我多虑了。”

小满仰头对着天空凄惨一声叫道：“爹，女儿无能，没给你报仇！”说着突然拔下簪子，冲向秦桧，却被秦桧一只手制伏，小满咬牙切齿道：“人在做，天在看，虽然我杀不了你，但有别人会杀了你！你会有报应的！”

秦桧冷笑道：“最起码现在，我赢了！”

此时小满浑身剧烈抽搐起来，秦桧摇摇头道：“我本来不想杀你们，你们一个个自寻死路，我也没办法，你就跟你爹在阎王那儿相会吧！”

小满剧烈抽搐，眼神涣散，凶狠地瞪着秦桧，露出一抹诡异的笑容，道：“你等着……我死了……变成冤魂……也会缠着你……”还没说完小满吐尽最后一口毒血，秦桧一惊，急忙松开手，小满倒地而死。秦桧看着地上的小满，睁大双眼瞪着他，不寒而栗，大声叫道：“来人，来人！”

应声上来两名侍卫，秦桧吩咐他们将小满尸体扔到湖中。可怜小满，将湖水染红，化作一阵涟漪。

秦桧将忠义社一干人等除掉了，总算除掉了一个心头大患，现在还有一个心头大患，虽然已经控制，但尚未根除，这就是岳飞。他来到自己的书院等着，不大一会儿，秦熺将从岳飞家搜出来的所有御札搬了进来，他一个一个看过，每看过一个就烧毁一个，直到最后烧得一个也不留，他才放下了心。思忖，看你岳飞还有什么回天本领，让自己再逃过一劫。

自从授意秦桧除掉岳飞后，赵构一直惴惴不安，一则怕老百姓议论，二则又怕的确无法除掉岳飞。这天秦桧前来拜见他，他急切问道：“审得怎么样了？”他已经连“岳飞”二字都不敢提了。

秦桧答道：“岳飞死不招认。”

赵构叹气，道：“唉，他没做什么，自然是不会招的。”

“关键不是岳飞有没有谋反之心，而是有没有谋反之能。现在难就难在找不到定罪的证据。”

赵构看着秦桧，冷笑道：“以卿之能，欲加之罪，何患无辞。”

秦桧拱手作揖道：“有皇上这句话，臣就知道怎么做了。”

“那你去吧。”

“皇上，请下道圣旨，新春将至，臣不会让岳飞坏了皇上过年的兴致。”

赵构明知故问：“什么圣旨？”

秦桧笑了笑，道：“没有圣谕，臣可不好办事。”

赵构盯着秦桧看着，心中恼怒，这奸臣果然不忘拉自己下水啊，如果自己下旨，这白纸黑字，肯定会遭百姓唾骂，成为千古昏君。但秦桧毫不示弱，也盯着他看着，赵构见状，知道自己现在已拿他无可奈何，猛然转身，藏书案上拿起一道空白圣旨，递给秦桧道：“历史如何发展，就由爱卿来书写了。”

秦桧犹豫了一下，思忖，这个老狐狸，给自己一张空白圣旨，这圣旨最后还得自己来写，白纸黑字，自己铁定成千古罪人，但是毕竟他是皇帝，自己是臣子，只好跪下叩谢道：“微臣接旨！”

秦桧领回空白圣旨，自己却为难了，什么罪名，怎么定罪，虽然大理寺已经一审二审，根本就没有个结果，这如何定，怎么定？王氏在一旁见他犹豫，再三催促，他喟叹一声，道：“我这笔落下去，朝野毁誉，千古骂名，就逃不掉喽！”

王氏冷笑道：“当婊子还想立牌坊呀？管他千秋万世怎么骂呢，咱们秦家好就行了，你也不用怕得睡不着觉了！”

秦桧皱眉道：“说话怎么那么难听呢？”

“怎么难听了？这是实话！你现在一人之下万人之上，那些跟在你屁股后面溜须拍马的，哪个能跟你说实话？”

秦桧不耐烦地地摆摆手，说道让他一个人待一会儿，王氏不满地瞪了他一眼，走了出去。

而在大理寺牢房中，遍体鳞伤的岳云和张宪正在发呆，见狱卒把李孝娥、娟儿他们也押了进来，大吃一惊，看来这秦桧心狠手辣，要斩草除根。娟儿一看到岳云，便扑了上去，两人哭在一起。狱卒见娟儿挡在门口挨事，便推了娟儿一下，岳云激动，欲上前争执，无奈铁链子锁在身上，他愤怒地叫道："奸贼，有本事冲我来！"

狱卒狞笑道："哎哟，还不老实！"说着举起鞭子就抽岳云，张宪也愤怒喊道："住手，你们这些畜生！"那狱卒回过身去也抽打张宪。孝娥、娟儿、岳霖、小慧等人看着，悲愤哭泣。

很快岳飞知道他已经连累着自己的一家老小都坐了牢，但他并不愤怒，反而很沉静，他请求狱卒隗顺让他和家人见个面。但隗顺只能让他见到岳霖一个，岳霖看到岳飞，忍不住放声痛哭，扑进他怀里，哽咽道："爹，他们把我们一家……都抓进来了，把皇上的御札也抢走了……还有姐姐……姐姐她……"岳霖哽咽着说不下去了，岳飞急忙问道："安娘怎么了？"

岳霖哭得更大声道："姐姐她……跳井死了。"

岳飞听过，闭上眼睛，深吸一口气，强忍住悲痛，

"爹，我不明白，我们好好一家人，为什么把我们都抓起来？为什么要这样对我们？爹，你为朝廷付出这么多，为什么到头来会这样？"岳霖痛苦委屈地问道，岳飞压抑着悲愤之情，安慰并鼓励着岳霖道："霖儿，爹不在身边，你就是家里的顶梁柱。遇到再坏的事儿，你得挺住！记着，你是男子汉了，别人都能哭，你不能哭！"

此时，隗顺疾步走了过来，悄声急迫道："岳爷，时候不早了！"岳飞取下玉佩，戴在岳霖脖子上。隗顺招招手，便进来两名狱卒将岳霖带走。隗顺却还不离开，最后吞吞吐吐道："岳爷，还有一件事得告诉你，我听说岳家军在闹事，想来临安劫法场！"

岳飞听过，一惊，闲了一会儿撕下布条，咬破手指，写下血书，递给隗顺。隗顺毕恭毕敬地接过，敬请岳飞放心，他一定把血书带到岳家军。

岳飞再三向他拜谢。

秦桧思考良久，依然不知在圣旨上写什么，王氏见大半夜了他还蹲在书房，便端着酒及两盘小菜进来看他，见他依然苦思冥想，无心道：“有些事，妙就妙在何仙姑回娘家，云里来……雾里去……那就对了！”秦桧摇摇头道：“我看这岳飞案交给你办，一根绳儿把万俟卨他们几个拴在一道儿，也使不出你那云里来雾里去的功夫！”说着请王氏为自己捏捏肩，他一连几天来回奔波，腰酸腿痛。

王氏一边替他捏着肩，一边说道：“这会知道我的好啦？不替你那姘头说话啦？我告诉你，要是交在我手上，不但是你有福了，连岳飞也跟着有福了！还查什么查，审什么审呀，莫须有之实！莫须有之罪！莫须有之刑！莫须有之忧！”

秦桧听过，眼前一亮，若有所思道：“莫须有之忧……”

王氏点点头道：“一切都是莫须有！你还顶真什么？还等什么？还考虑个什么？问东问西问了两个月，还想耗精神问出个什么来？哪一门哪一户没有老婆孩子等着爷儿回家过年的？唉！你知道有多少人当面给你磕头辞岁，背地巴不得你一口气儿上不来，寿终正寝哩！”

秦桧呸了一口，看着她道：“你的意思不让岳飞乐和地过年？”

王氏冷笑道：“免得他活生生地受罪！”

秦桧沉默饮酒，王氏见他不说话，继续劝道：“知道什么是快刀斩乱麻吗？明儿朝拜，你给皇上供的礼儿莫过于……岳飞的项上人头！伸头一刀！缩头亦一刀！早一刀！晚一刀！三更半夜亦一刀！”

秦桧突然一拍桌猛然起立：“我现在去牢里一趟！”

王氏一把拉住他道：“你去？他捏你像捏一只苍蝇！”

秦桧镇定道：“此时我不去，便不是秦桧！此时他动粗，便不是岳飞！”就在此时，管家进来禀报，说韩世忠拜见。秦桧正要叫管家传话拒见，韩世忠已经理直气壮走了进来，秦桧阴阳怪气道：“时候不早了，韩帅有何吩咐呀？”

韩世忠开门见山道："敢问岳飞究竟是犯下如何罪行，竟毒打他的儿子！逼死他的女儿！抄他的家！伤害他的部属！难道我大宋真的没有王法，只有秦法了吗？！"

秦桧冷笑道："你这个年纪，人称老帅，老字有二解，其一是衰老之老，其二是老到之老，我希望你说话行事，不见衰老之老，而见老到之老！"

韩世忠冷冷道："我听不明白！"

秦桧笑道："老帅你要明白，世上有些事情是有因有果有头有尾！但有些事却是无因无果无头无尾！你问天，世事何以如此颠倒，天未必能回你的话，而凡夫俗子也听不明白天说了些什么话！即便追根究底，也没明白何以天之所以为天！人之所以为人！法之所以为法！罪之所以为罪！皇上一念之间，成果莫须有其因，问罪莫须有其实！一切莫须有，佛偈不可说！"

韩世忠恼怒道："莫须有三个字，怎么能服天下人心？"

王氏阴阳怪气地插嘴道："哟，韩帅，是天下人不服呢，还是你韩帅不服呢？看来啊，皇上错怪了岳飞了，应该连你也一块儿抓进去，这样天下人心就服服帖帖了，是不是啊，官人？"韩世忠被王氏这句话说得脸色一变，终于明白这一切原来是皇上的意思。秦桧瞥了一眼韩世忠的脸色，故意斥责王氏道："胡说什么呢，韩帅喜欢轻衣小驴游山逛水，卸甲之后，大可以登泰山之高，赏洞庭之大，长吟而修心，浅酌而养性，神仙生活，令人既羡且妒！怎会想跟岳飞一起过年？韩帅，秦某要事在身，不能奉陪了，再会再会。"

秦桧说着便走开了，走了几步突然又回过头，故作向往状道："说实在话，我挺羡慕你的，我就没你这么好的福气喽，不知何年何月才能过上你这样悠闲的日子呀！唉，韩帅你真是好福气！"

韩世忠愣在原地，天大地大，恐怕很快也没自己落脚的地方了。

第七十一章

百世流芳岳武穆

秦桧辞过韩世忠，带着秦熺等几位护卫，直奔大理寺狱中，着人准备了些酒和小菜，让秦熺他们在外守候，自己走进岳飞所在的牢里。秦桧听到岳飞的哼唱声一怔，站着听了一会儿，才叫道：“岳少保！今天除夕,是辞旧迎新的大好日子,秦某特来拜访！”岳飞转过身来，见是秦桧，微微点点了头，并没有说话。

秦桧除下棉衣，从食盒中取出酒壶，又取出两个酒盅倒了两杯酒，道：“岳太尉，请！”

岳飞淡淡道：“秦相国，请！”

秦桧取一盅递给岳飞，自己拿起酒盅，道：“我们俩好久没好好喝一杯了，想当年在归德那个小客栈，我们约好，你我二人，一文一武，一内一外，共济大事。没想到世事难料，十几年过去了，岳太尉和秦某走到了今天这一步！”

岳飞回想往事，喟然长叹，道：“可惜今天的岳飞还是岳飞，秦桧已不是当年的秦桧了。”说着将杯中酒一饮而尽。

秦桧不以为然地道：“我是死过一回的人了，在五国城求天天不应，求地地不灵，没有一点指望！那时候我就告诉自己，我一定要活下去，不管用什么手段！宁可我负天下人，休叫天下人负我！”

岳飞点点头，道：“看来岳某是挡了秦相国的路了，秦相国才要日夜谋划。杀我区区枢密副使，何须如此大费周章？！”

秦桧坦然道：“岳少保名望那么高，不费点心思怎么行？不过累是累点，此案终于是尘埃落定了，这杯酒是给你拜年的，也是给你送行的。大限将至，我倒是很想知道，你怕不怕？”

岳飞微微一笑，道：“我坦坦荡荡，何惧之有？倒是秦相国你，蝇营狗苟，恶贯满盈，双手沾满了多少鲜血，不知夜深人静的时候，你会不会怕？”

秦桧深吸一口气，哈哈大笑道：“世人都以为秦某憎恨岳飞，其实却不知道秦某独喜岳飞。没有岳飞，便没有秦桧，可以说，是岳飞成全了我秦桧。从今以后，你流芳千古，而我遗臭万年。”接着，又激动道，“但无论后世如何，今天你败了，我胜了，我说你犯了什么罪，你就犯了什么罪，大宋史册是由我秦桧写就的，而你岳飞，只是秦某手中的一个棋子！”

岳飞淡然道：“你不也是皇上的一颗棋子？”

秦桧一怔，勉强笑了笑。一时相对无言，秦桧渐感无趣，便起身告辞。

最后的时刻终于来临了，第二天，万俟卨就带着圣旨来到牢房，说岳飞涉嫌谋反，其本人和部属张宪、岳云斩首示众。万俟卨拿了供状给岳飞，让他签字画押，岳飞看着供状笑了笑，他在秦桧前来拜访的时候就知道了这个结果，所以并不感到意外，只是漠然签了字画了押。然后对要引自己走向刑场的狱卒道：“走吧。”

虽然他身穿破烂的囚服，手脚都被锁上了镣铐，但他的身躯依然挺拔，如同一颗迎风傲立的青松，他一步一步地朝监牢大门走去，镣铐声惊动了两边牢房里的囚犯，这些人虽然都是不法之徒，但是也知道家国大义，纷纷趴在牢房的栏杆上，满怀敬意地目送他离去。

经过李孝娥等人牢房的时候，李孝娥等扑到牢房栅栏上，李孝娥喊道：“官人！”伸出手来，岳飞想要前去和她说话，却被万俟卨阻拦道：“干什么，快走！耽误了时辰，怎么向皇上和相爷交代？！”

整个牢房沸腾了，囚犯们开始大声咒骂，拼命摇晃、拍打着栅栏，大声叫道：“奸臣！奸臣！岳爷保家卫国，你们何至于此！”“让岳爷道声别吧！”

万俟卨看这声势，触犯众怒，似有哗变之势，不禁暗自心惊，挥手示

意狱卒放开岳飞，自己退到一边，默然无语。岳飞来到栅栏前，李孝娥握着岳飞的手，在枷锁上摩挲。岳霖使劲憋着，不让眼泪流下。旁边的小慧、娟儿早已泪流满面。岳飞看着众人，淡淡一笑，伸手为孝娥抹泪，镣铐所缚亦不能得，岳霖连忙为娘擦掉眼泪。

岳飞和李孝娥彼此注目，胸中万千言语，一时竟难出口。隗顺眼角瞄到万俟卨已有不耐烦之意，在旁道："岳元帅，时间不等人，有话快说呀。"

岳飞低声道："孝娥，你跟着我吃苦受难，没有过过一天好日子，咱们今生无缘，来生再见。"

李孝娥忍不住抽泣，道："官人……"再也说不下去，转身面墙，身影起伏，抽泣不已。小慧和娟儿到孝娥身边，低声安慰。岳飞仰头，双目含泪。却毅然决然地走出了牢房。

看着岳飞消失在走廊尽头，李孝娥、小慧、娟儿抱头痛哭，岳霖却使劲咬着牙一声不吭。

岳飞经过岳云和张宪的牢房时，岳云忍不住叫道："爹！"

张宪叫道："大哥！"

岳飞看着他们，虽然浑身血迹斑斑，但不改铮铮傲骨，他欣慰地冲他们点了点头，道："云儿、张宪，我们下面见，还做好父子，还做好兄弟。"二人用力点了点头，含泪看着岳飞走过去。

岳飞逆着光一步步走远，虽衣衫褴褛，却掩不住器宇轩昂。

不多时，万俟卨带同狱卒，将岳飞带到了一座古亭，岳飞知道那就是自己殒命之所，抬头看了看，只见亭上几个斑驳的大字："风波亭"。亭内早有几名士卒带着白绫严正以待。

风波亭，人生岂不就是一场风波？岳飞在心中长叹一声，走进了风波亭，隗顺跟在岳飞身后，老泪纵横。

士卒将白绫交给岳飞。岳飞看了看白绫，又抬头看了看前方，仿佛看着千里之外岳家军的兄弟，那些出生入死的兄弟，只能来生再见了，只是可惜了北方的百姓，他想着，将白绫缓缓套在脖子上。

隗顺痛哭流涕大声叫道："岳爷归天，万缘放下……天日昭昭……"

飞雪漫天，积雪覆地。

不远处，宋高宗赵构矗立在雪原中，看着风雪中的岳飞生祠。

姚公公赶到，捧着岳飞的供状递给赵构。

赵构展开卷轴。供状上，只有“天日昭昭，天日昭昭”八个大字。

赵构一怔，抬头看天，只有漫天大雪，喃喃道：“非卿不忠，非朕不明，你的公道在这里，朕的天下也在这里！”

岳家军的校场上。牛皋快要急疯了，他们都在等韩世忠元帅的消息，心中存着一份明知渺茫，但是却不愿意放弃的希望。可是等了一天，还是没有任何消息传来。岳大哥不知道还安好否？他越想越觉得心焦难耐，猛然站起来，冲出营帐，对岳家军的兵将们喊道：“兄弟们，韩帅没动静了，看来朝廷铁了心要杀大哥了！是汉子的，跟俺杀向临安，找那昏君奸相讨个说法！”士兵们都跟他一个心思，早就对朝廷心灰意冷，听到他的话，顿时挥舞着兵器呐喊：“去临安，讨说法！去临安，讨说法！”

王贵听到动静从营帐里冲出来，拉住牛皋道：“牛霸儿，你们这是干什么？你们都不能去，你这是去找死啊？！”

牛皋瞪了一眼王贵：“找死了，怎么的？怎么，你怕了，你这个胆小鬼，枉费大哥对你的一片心意。”

牛皋说着就往出走，他身旁的桂娘不屑地瞥了一眼王贵，跟着牛皋出来，众人刚走到军营门口就愣住了，只见军营已被团团包围，张俊亲率大军杀气腾腾地看着众人。张俊骑马站在队伍前头，看到牛皋，叫道：“牛皋，不要胡来，否则以叛乱论处！”

牛皋义愤填膺，骂道：“张俊，打北蛮子的时候，你跑得比谁都快，现在你有本事啦？！”

牛皋身后的岳家军听到牛皋的话，顿时鼓噪了起来，双方士卒相对呼啸，王贵上来拉劝牛皋，牛皋将将王贵推了一个趔趄，大声喊：“兄弟们上啊！”

眼看着一场大战就要爆发，突然一骑绝尘赶来，正是隗顺的侄儿，只

见他在马上扬着手里的血书叫道："岳爷有令，不要动手！岳爷有令，不要动手！"

牛皋一怔，上前道："你是从临安来的？岳帅怎么样了？"

"今夜行刑。"

牛皋失声惊叫道："什么？！"一把抢过他手中的血书，手忙脚乱地翻开，只见岳飞写道：

> 岳军旧属听令：好生恶死，天下常情。若临大难而不变，视死如归，非忠义之士，有所不能。孔曰成仁，孟曰取义，若要不导致唐末五代那样，天下大乱生灵涂炭，舍飞一命，势在必行，你等切不可妄动，此乃军令！

牛皋看完，顿时虎目含泪，忍不住哭出声道："不可妄动就是让我眼睁睁地看着你去死。"说着将血书一扔，桂娘见状，连忙上前捡起来，叫道："牛皋不能扔，这血书是大哥给你下的最后一道军令，这血书就是大哥呀！"

牛皋痛苦地嘶吼一声，轰然跪倒。他身后的岳家军齐刷刷地跪下，向着临安方向长拜不起。

没过多久，噩耗再度传来。岳云、张宪相继死在屠刀之下。但是秦桧依旧不敢掉以轻心，岳家军军营外围的包围更加严密，直如铁桶一般。

牛皋因伤心与岳飞和张宪等人之死，整日借酒浇愁，酩酊大醉，这日，他在营中喝醉了酒，忍不住开始痛骂秦桧和赵构陷害忠良，甚至数次带军冲营。

秦桧得到消息，不由自主地恐慌了起来，他一直以为杀了岳飞、张宪和岳云，岳家军就失去了主心骨，却轻视了牛皋，不由得后悔不已，忙指示张俊借机除去牛皋。

张俊心领神会。第二天，牛皋果然又忍不住怒意，带着一对士卒冲击外围军士，准备出去看一眼岳飞被害死的地方，就在两方士卒扭打在一起的时候，一支冷箭突然不知从何方而来，“噗”的一声贯穿了牛皋胸膛。牛皋不信似的看了看胸口的箭尾，却又释然地笑了笑，喃喃道：“这样也好，这样就能早点见到大哥了……”可怜一代猛将，没死在金人刀枪下，却死在了奸臣的暗箭之下。桂娘看到夫婿已死，自己也不想独活，当夜便喝下毒酒，慷慨赴死了。

为了斩草除根，彻底铲除岳飞在朝在野的势力，秦桧无所不用其极，甚至专程赶到芦山杀死了乌诗玛，可怜她肚里的孩子还有两个月就要生了。

赵构杀了岳飞，很快便和金国达成了和议：宋国称臣纳贡，金国将韦后放还给大宋。只是让赵构没想到的是，虽然他迎回了母亲，但母亲的心已经死了。韦后也自知一念之间酿成了千古恨事，决定皈依佛陀，每天伏在案几上抄写心经。自从归来后，就没跟赵构说过一句话。

这天，高宗再次来求母后原谅，他站在韦后寝宫门外，道：“天寒地冻，儿臣特备了袍子给太后御寒，请太后换装临朝面见大臣。”

站在门口伺候韦后的公公袁和禀报道：“回皇上，太后交代，从今以后，她只穿道服不穿华服。”

跟随赵构前来的吴氏走上前，指着手中的篮子道：“这些鱼翅鲜鲍熊掌鹿片都是皇上特地为太后准备的。”

赵构在门外躬身笑道：“是啊，这十几年来儿臣一直没有尽孝，没有侍奉在身侧，今天儿臣特地命御厨给您准备的。”

袁和禀报道：“回皇上，太后交代，从今往后，吃斋念佛，其他山珍海味，一概不沾。”

赵构怔住，脸上的欢喜之色逐渐消退，愣了半晌，忽然从身边的宦官处拿过一盏灯笼，道：“这只灯笼，是朕小的时候，母亲亲手糊了逗朕耍的，这些年朕东奔西跑，身边都带着这只灯笼，如今母子团聚了，请把这只灯笼挂在帐外，高灯远照，以彰玉庆！”说着双手将灯笼交给袁和。

袁和接过灯笼，却一口将灯吹灭，赵构一怔，怒道：“你……你，大胆奴才！”

袁和不慌不忙地答道："回皇上，太后交代，若是皇上提了灯笼来见，就要我不客气把灯火吹熄！"

赵构惊诧道："这……这是什么意思！"

袁和道："太后说，皇上提了灯笼都走错了路，还要灯笼做什么？"

赵构瞠目结舌，隔着窗纸，看着母亲伴着青灯枯坐，虔诚地誊写心经，一切不言已明。他顿觉彻骨寒冷，眼眶含泪，和嫔妃一同踉跄离去。

因为赵构心中确实有愧，岳家人并没有被秦桧杀死，他们全被流放。那岳霖虽小，却像一个男子汉一样，搀老扶幼，带着大家走在流放路上，李孝娥偶尔转过头看着岳霖，心中很是欣慰，虽然苍天无眼，但是自古忠臣如劲草，这残酷的世道可以冤杀一个岳飞，可是永远断绝不了源源不绝的志气，这些青年很快就会长大，他们会朝着岳飞不能抵达的彼岸勇往直前，终有一天会光复中原，痛饮黄龙！

（完）

总编剧　丁善玺　唐季礼

编　剧　于海林　王自蹊

赵微娜　沈昱辰　王丹卿

出品单位　东阳盟将威影视文化有限公司

上海华大影业有限公司

北京小马奔腾文化传媒股份有限公司

幸福蓝海影视文化集团股份有限公司

北京光线传媒股份有限公司

东川国际文化传媒（北京）有限责任公司

北京泰耀文化工作室

荣誉出品　上海合禾影视投资有限公司

天视卫星传媒股份有限公司

时代动感制作有限公司

北京金强盛世文化传播有限公司

鸣谢单位　岳飞思想研究会

重庆市岳飞文化交流协会

精忠爱国企业家商会

图书在版编目（CIP）数据

精忠岳飞. 大结局 / 李勋阳改编. — 北京 : 北京联合出版公司，2013.8

ISBN 978-7-5502-1817-8

Ⅰ. ①精… Ⅱ. ①李… Ⅲ. ①长篇历史小说－中国－当代 Ⅳ. ①I247.5

中国版本图书馆CIP数据核字(2013)第177031号

精忠岳飞. 大结局

改　　编：李勋阳
选题策划：北京磨铁图书有限公司
责任编辑：王　巍
封面设计：韩　捷
排版制作：刘珍珍

北京联合出版公司出版
（北京市西城区德外大街83号楼9层　100088）
北京博艺印刷包装有限公司印刷　新华书店经销
字数240千字　700毫米×980毫米　1/16　17.5印张
2013年8月第1版　2013年8月第1次印刷

ISBN 978-7-5502-1817-8
定价：35.00元